연중마감, 오늘도 씁니다

연중마감, 오늘도 씁니다

초판 1쇄 인쇄 2025년 2월 18일
초판 1쇄 발행 2025년 3월 4일

지은이 김현정
펴낸이 유정연

이사 김귀분
책임편집 신성식 **기획편집** 조현주 유리슬아 서옥수 황서연 정유진 **디자인** 안수진 기경란
마케팅 반지영 박중혁 하유정 **제작** 임정호 **경영지원** 박소영

펴낸곳 흐름출판(주) **출판등록** 제313-2003-199호(2003년 5월 28일)
주소 서울시 마포구 월드컵북로5길 48-9(서교동)
전화 (02)325-4944 **팩스** (02)325-4945 **이메일** book@hbooks.co.kr
홈페이지 http://www.hbooks.co.kr **블로그** blog.naver.com/nextwave7
출력·인쇄·제본 삼광프린팅(주) **용지** 월드페이퍼(주) **후가공** (주)이지앤비(특허 제10-1081185호)

ISBN 978-89-6596-699-9 03800

연중마감, 오늘도 씁니다

김현정 지음

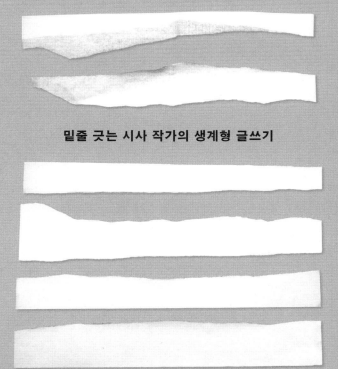

밑줄 긋는 시사 작가의 생계형 글쓰기

흐름출판

나는 김현정의 20대 중반부터 40대 중반까지의 세월을 함께
했다. 그 긴 세월 동안 내가 쏟아놓은 매정한 말들을 책의 시작부
터 이토록 일목요연하게 정리해 놓다니…. 그것도 풍부한 예화들
과 함께…. 작가임에 틀림없다.

고백하건대 그가 없었다면 하지 못했을 일들이 너무나 많
다. 〈시선집중〉도 그랬고, 뉴스룸의 〈앵커브리핑〉은 더욱더 그렇
다. 그는 한국 방송작가, 특히나 시사작가로서 일가를 이룬 존재
다. 혹 다시 함께 일한다면, 나는 여전히 매정한 잔소리를 해대고
있을 것이고, 그는 또 원망의 한숨을 쉬고 있겠지만, 그나 나나 다
안다. 우리는 최고의 파트너였다.

— 손석희, 前 JTBC 사장

작가 김현정이 보내온 책을 읽으니 마음 한편에서는 안도감
이, 다른 한편에서는 질투심이 밀려온다. 무슨 뜻이냐고? 음… 헤
로도토스의 《역사》에 이런 구절이 있다. '분명 한 사람을 설득하
기보다는 여러 사람을 설득하기가 더 쉬운 것 같다.' 이오니아의
도시국가 밀레토스의 참주가 페르시아에 맞서기 위해 스파르타

왕 한 사람을 설득하는데 실패했으나 아테네에 가서는 3만 명을 설득하는 데 성공했다는 일화를 두고 한 얘기다.

신문 칼럼을 썼던 나는 '3만 명'을 상대한 것에 가깝다. 그 중 절반, 아니 3분의 1이나 4분의 1 정도만 공감하면 성공이었다. 반면 김현정은 확실한 '한 사람'을 상대해야 했다. 그런데 그 한 사람이 손석희 앵커 아니던가. 그가 버티고 서 있는 테르모필레 협곡(영화 〈300〉의 그곳!)을, 그것도 매일 통과해야 했으니…. 지금이라도 심심한 위로를 전하고 싶다.

그러나 김현정이 그 한 사람과 대결하며 내공을 다져온 것을 떠올리면 글 쓰는 자로서 질투심이 치민다. 생각해보라. 매일 아침 일찍, 한국 사회라는 수산시장에서 활어를 떠다가 회를 치고 매운탕을 끓여 내와야 했다. 더구나 싱싱한 이슈를 포착하는 감각에, 가슴을 파고드는 감정과 머리를 납득시키는 이성이 최적의 균형을 이루어야 하는 일 아닌가.

그러니까, 여러분이 펴든 이 책은 연중무휴로 그 무시무시한 수련 과정을 밟아온 자가 자신만의 엑기스를 모은 것이다. 아, 그렇게 부러우면 당신도 김현정처럼 해볼 용의가 있느냐고? 아니오. 사양하겠습니다. 대신, 저는 시간 날 때마다 자세를 고쳐 앉아 이 책을 다시 읽도록 하겠습니다. 혹시 압니까? 닫혔던 저의 글쓰기 성장판이 열릴지.

— 권석천, 칼럼니스트, 《사람에 대한 예의》 저자

"너네 사귀냐?" 9시 뉴스 끝나고 늦은 밤, 한잔하러 가는 우리 둘의 뒤통수에 부장은 질투를 날리곤 했습니다. 하하 호호 곱창을 구울 거라 생각했겠지요.

천만에요. 뭐가 제대로 맘에 안 든 겁니다. 자존심이 상한 겁니다. 더 과감하게 가자, 신중해야 한다, 이래야 세련된 뉴스다, 자칫 후져질 수 있다. 막걸리의 힘을 빌려 쏟아내곤 했습니다.

풍부한 소재를 감성 담아 감아내는 김현정의 문장, 팩트부터 따져 간결하게 던지려는 이소정의 앵커 멘트가 처음부터 잘 섞였다면 거짓말입니다. 하지만 믿는 구석이 있었지요. 시청자에게 한 뼘 더 가깝고, 어제보다 나은 방송이어야 한다는 공감대 말입니다. 때로는 KBS 기자보다 더 욕심내는 김 작가가 고맙고 그 열정에 정신이 번쩍 들기도 했습니다.

인공지능이 기사를 쓰는 시대입니다. 이 책은 얄팍한 글쓰기 요령이 아니라 뉴스를 대하는 자세, 시사작가의 마음가짐, 치열하게 고민하고 부지런히 쓰는 '태도'를 얘기합니다. 그래서 소중합니다. 그게 기본이니까요.

"나도 누구처럼 막 갈굴 걸 그랬나?" "쳇, 선배는 만족을 모르잖아요." 만족은 너가 더 모르잖아요, 김 작가님.

부디 김현정의 보물단지가 미래의 작가들에게 건강하고 신선한 욕심을 가득 불어넣기를 바랍니다.

— 이소정, 前 KBS 〈뉴스9〉 앵커

나만의 지문이 찍힌 문장을 꿈꾸며

빨간색 블라우스 차림, 이를테면 전투복이다. 여의도 MBC 7층 라디오국 앞에서 큰 숨을 내쉬었다. "안녕하세요, 김현정이라고 합니다. 오늘부터 잘 부탁드립니다." 낯선 방송사의 풍경, 조간신문 브리핑을 준비하던 김종배 선배가 아는 척을 해 주었다.

— 어이구, 니가 웬일이냐. 아침잠도 많은 애가.

현재 시각 오전 5시, 바짝 긴장한 표정으로 첫 출근한 막내 작가를 생각하니 절로 웃음이 삐져나온다. 아직 대학생 티가 가시지 않은 어린 나의 모습이다. 넌 이제 죽었구나, 조금 있으면 그 무섭다는 손석희 부장도 출근할 텐데, 이제 어쩔거니.

2003년 스물다섯 살의 봄날, 이른 아침이었다. 얼결에 방송작가가 되어버렸다. 대학 시절 〈미디어오늘〉 객원기자로 활동하며 칼럼을 썼는데, 내용이 어른들 보시기에 재밌었나보다. 이름을 대면 알만한 SBS 탐사프로그램에서 같이 일하자는 전화를 해왔고, 얼마 지나지 않아 〈미디어오늘〉 편집장인 김종배 선배를 통해 제안받은 자리가 〈시선집중〉의 막내작가였다.

내 꿈이 글쎄 뭐였더라? 졸업 후 미래에 대한 그림이 흐릿했던 시기, 라디오 홈페이지에 올라있는 손석희 앵커의 사진을 몇 번이고 들여다보며 망설였다. 작가라는 폼 나는 직업, 도전해보고 싶긴 한데, 저 무서운 공간에 가서 잘 해낼 수 있을까? 고민한 시간도 잠시, 어느새 나는 첫 출근을 준비하고 있었다.

얼떨떨한 상황 속에서도 생방송은 시작됐고 방송이 끝난 뒤 TV에서만 보아왔던 손석희 앵커가 두툼한 종이 뭉치를 건네며 말했다.

― 현정아, 오늘부터 이건 네 몫이다.

당일 생방송에 사용한 원고였다. 스테이플러 쿵, 박아 모아두지 말고 꼼꼼하게 읽어본 뒤에 밥값 하는 작가가 되라는 의미였을 것이다. 공손하게 두 손 모아 받아 들었지만 속마음은 달랐다. 훗, 이쯤이야…. 낯선 사람들과 낯선 공간이 두려웠을 뿐 글쓰기만큼은 두렵지 않았던 나이였다. 챙겨 입은 빨간색 전투복을 다시 한번 정돈하며 턱을 곧추세운다. 제대로 보여주겠어!

영화 〈인터스텔라〉의 한 장면처럼, 그 시절의 나를 만나게 된다면 해주고 싶은 말이 참 많다. 얘야, 글쓰기란 그런 것이 아니란다…. 《아라비안나이트》의 셰에라자드처럼 천일 밤낮을 쉬지 않고 이야기하고 싶다. 지금처럼 하면 후회할 텐데. 너 정말로 그렇게 쓸 거니?

우아하게 앉아 아름다운 문장만 뽑아내면 될 거란 상상은 초반부터 어그러졌다. 작가의 전투현장은 방송사 스튜디오가 아니었다.

— 이걸 쓰고 들어가라고요?

그해 늦여름, 나는 태풍 매미로 지하 전체가 물에 잠겼던 마산 대우백화점 앞에 있었다. 피해 지역에서 생방송을 진행하기 위해서였다. 현장관리자가 안전모를 나눠주었다. 위험하니 가급적 들어가지 말라는 당부도 함께였다. 성큼 들어가는 손석희 앵커를 따라 소심하게 발을 옮기며 수첩을 꼭 쥐었다. 축축하고 컴컴한 지하, 순식간에 물이 들어차는 순간의 공포가 고스란히 전해지는 것 같았다. 시민들의 목격담을 녹음하고 편집해 원고와 함께 방송 첫머리에 내보냈다. 제대로 들여다봐야 제대로 쓴다는 사실을 알게 된 첫 순간이었다.

　방송작가의 글은 손으로만 쓰는 것이 아니었다. 두 발과 귀로, 입으로 또 가슴으로 써야했다. 매일 새로운 이슈와 출연자를 찾아내 방송에 출연하도록 만들어야 했고, 이젠 그만 나오겠다는 고정 출연자의 마음을 돌리려고 이른 아침부터 밤까지 함께 술을 마신 적도 있다. 전날 밤 철석같이 약속했던 출연자가 나타나지 않아 수명이 줄어들 것만 같았던 순간도 수두룩이다. 경쟁 프로그램에 특종을 빼앗겨 분함에 몸을 떨었고, 나오지 않겠다는 사람을 설득하느라 말도 안 되는 허풍을 늘어놓기도 했다.
　화면에 어떤 영상과 사진이 올라가면 좋을지 글자 크기와 모양 하나하나를 조율하고, 때론 음악도 고른다. 앵커의 동선과 움직임을 초단위로 계산해서 문장의 숨을 다듬어야 한다. 오감 아니 육감을 모두 동원해 그리듯 말을 거는 종합예술이 방송원고다.
　이제 와 몇 줄의 문장으로 축약해놓은 시간이지만 돌아보면 아득하다. 나는 처음부터 잘하지 않았다. 어리석게도 수없이 실수하고 꾸중을 듣고 남몰래 눈물 흘리며 경험을 쌓아왔다. 글은 배울수록 어려웠고 쓸수록 힘들었다. 매일 새로운 깨달음이 찾아온다. 어제의 글쓰기를 돌아보며 뜨끔대는 마음을 진정시켜야 했다. 그 사이 현업을 떠난 동료와 후배들도 여럿이다. 함께 시작했던 작가들보다 꽤나 오랜 시간, 현장에서 수련하며 버텨온 셈이다.

당시엔 힘겨웠지만, 기억하고 싶은 순간은 더 많다. 나는 문재인-김정은 두 정상이 악수한 판문점과 김정은-트럼프가 만난 싱가포르 현지에서 생방송 원고를 썼다. EU 의회가 있는 프랑스 스트라스부르와 한일강제병합 100년을 맞은 여름 도쿄에서 생방송을 진행했다. 5.18 30주년에 이슬비 내리는 광주 금남로에서, 최서원의 태블릿 피시가 세상에 나온 지 1년째 되는 날에는 촛불이 물결치던 광화문에서 현장의 뜨거움을 전했다. 아빠가 좋아했던 거물급 정치인들과 마주 앉아 술잔을 받았고, 박지성, 이승엽, 손흥민, 황희찬…. 대단한 스포츠 스타들을 섭외해 인터뷰 질문지를 만들었다. 뉴스에 출연한 BTS, 뉴진스 원고도 구성했다고 말하면 요즘 친구들, 우와~ 하고 나를 쳐다봐줄까? 시사작가의 영역은 뉴스만이 아니다. 조금 더 욕심을 부려가며 노력한 덕분에 골든디스크 어워즈나 백상예술대상 같은 소위 트렌디한 분야로 영토를 넓혀 글을 쓰기도 했다.

운이 좋게도 대단한 프로그램의 이름난 앵커들과 함께한 덕분이다. 손석희, 이소정. 속으론 다정했을지는 몰라도 도무지 만족을 모르는 앵커들의 기대치가 나를 끊임없이 단련시켰다.

무언가 떨떠름한 표정, 찡그리는 눈썹만 발견해도 밤에 잠이 오지 않았다. 나는 병적으로 질투가 많다. 남보다 좀 더 인정받고 싶어하고 한 발 더 잘하기를 소망한다. 만족할 줄 모르는 앵커들을 만족시키기 위해 발버둥쳐 왔다고 여겼지만 과실은 나에게 돌아왔다. 이제 그나마 글 쓰는 '흉내'라도 낼 줄 아는 작가가 되어가고 있는 중이니까. 내가 쓴 원고에 나만의 냄새와 나만의 지문을 찍으려고 오늘도 노력하고 있는 중이니까.

그렇다. 이 책은 글을 쓰며 버텨온 시간의 기록이다. 20년 넘는 시간 동안 나는 매일 썼다. 글은 손이 아니라 온몸으로 쓰는 것이다. 긴 시간 버텨낼 체력과 마음, 상대에 대한 진심 어린 시선과 겸손한 태도로 쓰는 것이다. 혼자가 아니라 동료와 협업하고 고민하여 함께 만들어가는 것이다. 견디며 쓰기, 꾸준히 쓰기, 다르게 쓰기. 험하고 가팔랐던 시간 동안 배워온 글쓰기의 자세이다.

글을 써서 번 돈으로 나는 때때로 여행을 다니고, 결혼했고 아이를 낳아 키웠다. 좋아하는 고기도 사 먹고 나고 자란 동네에 집도 샀다. 가끔 선후배에게 인심도 쓴다. 후배와 대학 제자들에게는 가끔 나처럼 되고 싶다는 고백도 받는다. 제법 괜찮은 인생 아닌가. 여전히 부족함은 넘치지만 내일의 나 또한 지금처럼 잘 해나가리라고 믿는다.

글쓰기에 지름길이란 없다. 고민하고 투자한 만큼 정직하게 답이 돌아온다. 다만 글을 쓰면서 궁금했던 점들이 참 많았다. 앞서 걸어간 선배들의 조언이 간절했다. 감히 내가 길을 알려주긴 힘들다. 언감생심 조언할 주제도 되지 못한다. 다만 긴 시간 글쓰기를 고민하고 때론 패배해온 방송작가의 경험이, 다른 이들에게 용기와 희망으로 다가가면 좋겠다. 이 책은 글쓰기를 사랑하는 이들에게 보내는 소박한 응원가다.

저 멀리, 23년 전 빨간색 블라우스를 차려입고 어깨에 잔뜩 힘을 주고 앉은 막내작가가 보인다. 며칠 뒤엔 작가가 된 것을 후회하며 훌쩍이고 있을 테지. 양쪽 눈이 퉁퉁 부어버린 그 아이에게 울어도 괜찮다고 말해주고 싶다. 대신 내일은 다시 일어서렴. 도망가고 싶은 순간을 넘어 꾸준히 달리다보면 글쓰기가 무엇인지 어렴풋이 알게 된다고. 소중한 사람들과 한 걸음 한 걸음 힘주어 나아가면 문장 안에 나만의 냄새와 지문이 새겨질 것이라고.

차례

추천의 글 • 5

프롤로그 나만의 지문이 찍힌 문장을 꿈꾸며 • 9

1장 연중무휴, 오늘도 씁니다

950번의 〈앵커브리핑〉, 950번의 실패 — 25

반짝이는 박수 소리 — 32

저는 손석희가 아니잖아요 — 38

평범한 일상이 특별한 글이 되는 순간 — 45

2004년, 두 죽음 앞에서 — 53

그래도 매일매일 씁니다 — 64

2장 연중공부, 채워야 씁니다

김 작가, 신문을 왜 봐요?　　　　— 75

딱 한 걸음만 더　　　　— 90

뉴스에 시를 싣고 싶습니다　　　　— 98

하늘 아래 새로운 글은 없다　　　　— 110

3장 연중궁금, 한 발 더 다가가 씁니다

물음표가 당겨온 이야기　　　　— 130

그 아가씨가 자꾸 6강이라 하대요　　　　— 140

서태지와 뉴진스 사이에서　　　　— 144

우리에게는 질문이 필요하다　　　　— 151

4장 연중도전, 처음이지만 씁니다

용기 내어 한 번만 더   — 161

국회수첩, 골든디스크 그리고 〈1997〉   — 168

내 머릿속에는 앵커가 산다   — 179

L의 운동화는 집으로 가는 중입니다   — 185

상처 받는 순간보다 용기 얻는 순간을   — 193

5장 연중취재, 내성적이도 씁니다

웅크리고 있으면 누구도 읽어 주지 않는다 — 204

이동진 기자님 좀 바꿔주세요   — 209

한 끗이 가져오는 차이   — 223

6장 연중마감, 오래 달리듯 씁니다

글쓰기란, 오래 달리기 — 238

타인의 세계를 우습게 보지 말자 — 243

자만하면 넘어진다 — 249

오늘 실수했다고 하늘이 무너지지 않는다 — 256

함께라면 오래 달릴 수 있다 — 262

7장 나를 찾아가는 글쓰기 수업

수업 하나, 나는 _____입니다 — 273

수업 둘, 당신의 목소리를 들려주세요 — 284

수업 셋, 일상의 순간을 저장한다 — 295

수업 넷, 나는 기자다 — 303

수업 끝, 일단 쓴다 — 312

에필로그 오래전 내 꿈은 작가였고 지금 나는 작가다 • 315

1장

연중무휴,
오늘도 씁니다

미리 고백하건대 나는 글을 잘 쓰는 사람이 아니다. 방송작가가 글을 못 쓴다니 이게 무슨 소린가. 황당하겠지만 사실이다. 방송작가 하면 어떤 이미지가 연상되는지? 만나는 열에 아홉은 이렇게 묻는다.

— 혹시 드라마작가세요?
— 아니요. 저는 구성작가이고요. 시사나 교양 프로그램을 만들어요.

누군가 말했다지. 개그는 설명하는 순간 개그가 아니라고. 황급히 손을 내저으며 설명하는 순간 자아는 쪼그라들기 시작한다. 방송작가하면 연관어처럼 떠올리는 드라마작가는 극히 소수에 불과하다. 회당 억! 소리 나는 원고료를 받는다는 이른바 스타 작가는 나도 TV에서만 보았다. 현실은 지극히 평범하다. 대부분 방송작가는 뉴스와 예능, 다큐멘터리, 라디오 같은 방송 무대 뒤편에서 글을 쓴다. 이름 없이. 소소하게.

그래서 좀처럼 직업을 밝히지 않는다. 사람들이 상상하는 작가와 현실 속 나의 차이를 너무나 잘 알고 있기 때문이다. 신기해요. 대단하세요…. 라는 칭찬에 우쭐했던 시절도 잠시, 어떻게든 정체를 감추고 싶지만 자주 들통이 난다. 왠지 수상해 보이는 거다. 옷을 자유롭게 입고 출퇴근 시간이 좀 다르다. 어딘가 못마땅한지 미간을 자주 찌푸리고 매사 꼬치꼬치 따져대며 그냥 넘기는 법이 없다. 별다른 재주는 없어 보이는데 돈을 벌기는 한단다. 저 사람은 대체 무슨 일을 하길래…. 궁금함을 가장 못 참는 사람이 먼저 입을 연다.

— 실례지만 무슨 일을 하시나요?
— 회사원이라면 대충 무슨 회사…?
— 어머, 저 그 방송사 좋아하는데. 작가셨구나. 역시!

정체가 탄로 났을 땐 위장술이 제일이다. 뭔가 아는 척, 깊이 생각하는 척, 천성과는 다르게 과묵한 사람으로 변신한다. 흔들리는 눈동자를 감춰야 하니 지긋이 미소 짓는다. 손바닥만 한 실력이 들통날까 봐 상대편 기대에 부응하기 위해 애를 쓴다.

이런 속사정에도 불구하고 내가 작가로 불리는 이유는 딱 하나, 시간이다. 나는 20년 넘게 매일 방송원고를 써온 생활인이다. 남들도 매일 출근하는 회사, 20년 다닌 게 무에 그리 자랑인가 싶겠지만 하루하루 글을 써서 마감하고 사는 건 말처럼 쉽지 않다. 다시 강조하지만 '매일'이다. 세상엔 작가가 아니어도 나보다 잘 쓰는 사람들이 널렸다는 사실을 안다. 하지만 20년 넘게 매일 글을 팔아본 사람은 많지 않다고 감히 생각한다. 모자란 실력 대신 탑재한 맷집과 끈기 덕분이다.

물론 글쓰기는 여전히 두렵다. 남들 기대만큼 울림 있는 문장을 써내야 한다는 압박이 늘 버겁다. 후~ 하고 불면 날아갈 거품들아 제발 그 자리에 있어 다오. 기도하고 또 기도한다. 대체 나는 어떻게 이 힘겨운 시간을 견뎌왔을까. 글 못 쓰는 방송작가를 버티게 한 지난 20년의 글쓰기를 먼저 고백해야 이야기가 수월하겠다.

950번의 〈앵커브리핑〉,
950번의 실패

땡동~ 메일 알림 신호음에 화들짝 놀란다. 저녁 무렵 손석희 앵커에게 〈앵커브리핑〉 초안을 보낸 뒤 도시락으로 허기를 때우는 시간이다. 오늘 머리를 너무 많이 썼나? 당이 떨어졌는지 숟가락 쥔 오른손이 덜덜덜 떨린다. 허겁지겁 밥을 퍼먹는 시간에도 컴퓨터 앞을 떠나지 못한 건 언제 답신이 올지 모르기 때문이었다.

Re : 앵커브리핑

발신자가 앵커임을 확인한 순간부터 심장박동은 빨라지기

시작한다. 매일 겪는 순간인데도 늘 이 모양이다. 반찬 묻은 숟가락을 입에 문 채 떨리는 손가락으로 메일을 클릭한다.

나는 JTBC 뉴스룸에서 〈앵커브리핑〉을 쓰던 작가였다. 2014년부터 2019년까지 950회를 이어간 〈앵커브리핑〉은 뉴스와 인문학을 엮어 스토리텔링하는 형식으로, 뉴스룸에서 가장 시선을 모으는 코너였다. 〈앵커브리핑〉 작가가 몇 명이냐는 질문을 자주 받는데, 그럴 때마다 좀 난감하다. 작가는 첫 회부터 마지막까지 나 혼자였다.

거짓말 같아 보일 수도 있겠지만 진짜다. 물론 숨어있는 작가가 또 한 명 있기에 가능한 일이었다. 바로 손석희 앵커다. 기획부터 화면과 동선, 마무리까지 모두 앵커의 마지막 손길을 거쳐서 나갔다. 그러니 내가 얼마나 버거웠겠나. 이름만으로도 대단한 앵커의 원고를 쓰는 건 가문의 영광이지만 대신 하루하루가 두려움과 떨림 그 자체였다.

〈앵커브리핑〉 집필 방식은 단순하면서도 무섭다. 1대1 다이렉트 방식, 작가가 앵커에게 직접 지시받고 직접 원고를 보내고 지적도 직접 듣는다. 오전에 그날 사용할 아이템과 구성안을 짜내 앵커에게 보내면 전체적인 방향을 담은 의견이 돌아오고, 오후 내내 초안을 작성해 메일로 보내면 앵커가 최종 원고를 완성해 답신하는 구조다. 메일을 클릭하며 덜덜덜 떨리던 내 손은 단순히 당이 떨어져서가 아니었다.

손석희 앵커의 답신은 크게 세 가지로 분류된다. '보냈다'와 '고쳤다' 그리고 '다 고쳤다'.

번역하자면 다음과 같다.

보냈다 : 조금 수정했다. 수고했다.

고쳤다 : 많이 고쳤다. 정신 좀 차리자.

다 고쳤다 : 이걸 원고라고 썼냐. 너 오늘 대체 왜 그러냐.

혹시나 하는 기대는 역시나 무너졌다. 950회 동안 '보냈다' 보다 '고쳤다'가 많았고 '고쳤다' 보다는 '다 고쳤다'가 더 많았다. 앵커는 긴말하지 않는다. 왜 고쳤을지 주의 깊게 살피라는 공자님 말씀만 덧붙일 뿐이다. 뉴스를 총괄하느라 분주한 시간, 〈앵커브리핑〉에만 매달릴 수 없을 터이니 어쩌면 당연했다.

다 큰 작가 앉혀놓고 하나하나 가르쳐줄 여유 따윈 없는 것이 생방송 뉴스의 시간표다. 허나 당하는 사람 마음은 논리적이지 못하다. 대체 뭘 알아서 살펴보란 말인가. 돌아온 원고 앞에서 자존심은 여지없이 무너졌다. 앞에서 도시락 까먹으며 눈치 보는 후배들에게 면목이 없어 슬그머니 숟가락을 내려놓는다. "오늘도 많이 고치셨네. 이 내용으로 준비합시다."

그 순간 나를 지배하는 감정은 원망, 짜증, 미움, 증오, 좌절,

야속함. 아니 그 모두를 섞은 잡탕이었다. 온 세상 부정적인 마음은 죄다 내 심장을 향해 모여들었다. 종일 끙끙대며 고생한 작가에게 왜 이러실까. 칭찬은커녕 싸늘한 말만 돌려주는 앵커가 야속했다. 눈을 뜨는 순간부터 잠이 들 때까지, 아니 꿈에서도 원고만 걱정하며 사는데 좀 이쁘게 돌려 말해주면 안 되나?

하지만 현실은 냉정했다. "이런 사례를 가져다 붙이면 억지가 된다." "앵커브리핑은 연설문이 아니다. 주장하듯 외치지 말아라." 심지어 "맞춤법이 이게 뭐냐. 신경 쓰기 바란다." 씩씩대는 작가의 마음을 아는지 모르는지 지적은 단호했고, 나는 조금 서러웠던 것 같다. 곰곰이 씹어보면 틀린 지적이 아니었기에 더욱 그랬다. 이런 서운함은 쌓이고 쌓여 지질함의 정점을 찍는다. 마주 앉아 저녁밥도 먹기 싫은 경지까지 차올라, 혼자 골방에 틀어박혀 도시락만 파먹었다. 죄 없는 모니터만 노려본다. 뚫어지게. 원고에 필요한 대화는 최소한만, 가능하면 문자 메시지로.

그렇다. 그 시절은 나에게 '총기 난사 위험기'였다. 부족한 실력은 제쳐둔 채, 분노만 가득했던 시기. 나도 남들처럼 칭찬받고 싶었고 다정한 대화를 나누며 여유로운 저녁 한 끼 먹고 싶었다.

그러려면 필요했다. 나에겐 없는 실력 말이다. 모름지기 작가란 일필휘지, 단숨에 힘 있게 써 내려가고…. 천의무봉, 손댈

곳 하나 없는 문장을 써낸다는데…. 하늘이 내린 실력 대신 내가 탑재한 건 오기였다. 내일도 저러나 보자. 반드시 더 잘 쓰고야 말겠다. 어떻게든 지지 않겠다는 마음이 나를 버티게 한 원동력이었다.

사실 '보냈다' '고쳤다' '다 고쳤다' 이외에 나를 가장 두렵게 한 말은 따로 있었다.

수고했다. 오늘 하루 쉬자.

어떻게 고쳐도 답이 안 나오니, 오늘은 방송 못 내보낸다는 얘기다. 작가의 자존감이 길바닥 껌딱지처럼 찰싹 내려앉는 순간이다. 하지만 순순히 당하지는 않는다. 품 안 깊숙이 감춰둔 무기를 꺼내며 저항했다.

다시 해볼게요.

몇 시간 뒤 생방송이 닥칠 터이지만 어떻게든 해내고야 말겠다는 의지는 하늘을 찔렀고, 나를 너무나 잘 파악하고 있는 앵커의 대답은 한결같았다. 해봐라~.

다시 컴퓨터 자판이 불을 뿜는다. 내 손가락은 물론 자료와 화면을 준비하는 팀원들도 분주해졌다. 돌아보면 앵커와 작가,

제작진이 서로를 믿었기에 가능한 시도였다. 이렇게 어금니 꽉 물고 다시 쓴 원고의 절반 정도가 아슬아슬하게 기준점을 통과했다. 어떻게든 다시 써서 당일 생방송에 내보냈다는 의미다. 제법 타율이 괜찮지 않나? 물론 쿨하게 다시 맡겨준 앵커와 성질 더러운 작가 눈치를 살피며 도운 제작진 없이는 못 해냈을 성과다.

사방을 향해 총질하고 싶었던 그 '총기 난사 위험기'에 나를 휩쓴 감정은 까닭 모를 분노와 원망이었다. 분노에는 이성이 없으니 다시 겪는다 해도 되풀이될 마음이다. 하지만 며칠, 혹은 몇 주가 지난 뒤 가만히 원고를 들여다보면, 왜 그렇게 혼이 났는지 납득하게 된다. 쓰는 사람 눈엔 잘 보이지 않는 구멍과 흠집은 시간이 지날수록 곳곳에서 모습을 드러낸다.

더구나 〈앵커브리핑〉은 세간의 관심이 집중된 코너인 만큼 최대한 빈틈없이 준비해야 했다. 쓰면서 전력 질주하는 작가를 냉정하게 제어하고 바로잡는 과정이 중요하다는 사실을 순간순간 나는 잊고 있었다. 다시 말해 패배는 정해진 순서였는지도 모르겠다. 나는 매일 원고와의 싸움에서 졌고 바닥을 딛고 다시 일어설 수밖에 없었다. 하지만 패배의 순간마다 꽉 물었던 장한 나의 어금니. 마음만은 지지 않겠다고 결심한 그때의 오기가 나를 조금이나마 성장시켰다.

덧붙이면 그 시절 내내 서운했던 손석희 앵커의 칭찬과 애정은 〈앵커브리핑〉이 종영한지 6년이 지난 지금까지 이어지고 있다. 잊을 만하면, "그때 너 참 고생 많았다. 우리가 정말 대단한 일을 해낸 거다." 넘치도록 과분한 칭찬이 건너온다. 진즉에 이러셨으면 얼마나 좋았겠느냐고요…. 속으론 투덜대지만 웃음이 앞장을 선다. 나의 때늦은 자랑이기도 하다.

반짝이는 박수 소리

— 죄송합니다 ^^. 제가 그 부분을 생각 못 했어요. 다시 써
봐도 될지요?

— 수정된 내용을 보니 뒷부분이 완전히 달라졌네요. 다시
꼼꼼하게 살펴보겠습니다 ^^;

손석희 앵커에게 보낸 문자다. 오기로 버텼다더니 답장을
이런 식으로 보냈다고? 조금 전까지 '총기 난사 위험기'를 회상
하며 불을 뿜지 않았었나? 픽~ 하고 비웃는 당신의 얼굴이 눈
에 선하다. 그렇다. 비굴한 거 나도 안다. 마음 같아선 뾰족한 기
분을 고스란히 발사하고 싶지만, 나도 살아야 하지 않나. 그는

나의 까마득한 선배이자 직장상사, 그리고 내가 쓴 글을 읽어주는 앵커다. 나중에 후회할 일은 되도록 피해야 한다. 순간적으로 치민 날 것의 마음을 고스란히 드러낼 수는 없는 노릇이었다.

하지만 나도 글 쓰는 사람인데 바닥까지 자존심을 내려놓기는 어렵다. 나의 마음이 조금은 상했고 그럼에도 오기라는 게 있으니 다시 잘 써보겠다는 냄새 정도는 풍겨줘야 한다. 짧은 답신 한 줄에 말이다. 이모티콘과 말줄임표를 주의 깊게 고르고, 문자를 보내는 시각의 업무 상황까지 가늠해본다. 말 그대로 '따뜻한 아이스 아메리카노 한 잔'을 만들어내는 것이다.

아이의 학교 선생님께 문자나 편지를 보낼 때도 마찬가지다. 학부형 구력 12년, 눈치 없고 또래보다 굼뜬 아들 녀석이 무탈하게 초중고를 마친 비결은 학기 초마다 마음 다해 써 보낸 손편지였다. 내용은 특별하지 않다. 유려한 문장도 필요 없다. 선생님에 대한 존중과 존경의 마음만 제대로 표현하면 된다. 숨김없는 속사정을 고백했고 도움이 필요한 부분을 구체적으로 써 내려갔다.

선생님. 오전에 뵙고 온 김의진 엄마입니다. 오늘 긴 시간 내주셔서 감사드려요. 단정하게 잘 보이고 싶어서 나름 신경을 쓰고 갔는데요. 중간에 눈물을 얼마나 찔끔거렸는지, 눈화장이 다 번지고 난리가 아니었더라고요.

아이 아빠와도 의논을 해보았습니다. 확 달라지긴 어렵겠지만 수행평가, 내신 더 꼼꼼히 챙기도록 가족 모두 신경 쓰겠습니다. 압수했던 휴대전화도 다시 돌려준 뒤 관리해보려고 합니다. 부디 선생님께서도 잘 살펴주세요.

그래도 선생님 뵙고 오면 뭔가 새롭게 결심하게 되어서 마음이 좋습니다. 덩치만 크고 아기 같은 녀석들 챙기시느라 힘드실 텐데 무엇보다 건강 챙기시고요. 이번 학년 마무리할 때는 보다 기쁜 얼굴로 뵐 수 있으면 좋겠습니다.

답장은 받았을까? 예외 없이 정성스러운 대답이 돌아온다.

어머니, 언제나 따뜻한 편지와 문자가 저에게도 큰 힘이 됩니다. 사춘기 아이 키우기 많이 힘드시겠지만 아이는 계속 성장하고 있으니 좀 더 기다려주시면 좋은 결과 있을 겁니다. 학년 마무리할 때 좋은 소식 전해드릴 수 있도록 노력하겠습니다. 감사합니다.

물론 메시지 몇 번 주고받았다고 점수를 더 받진 못한다. 대신 선생님들이 한 번이라도 아이를 더 쳐다보아 주셨으리라고 믿는다. '어머니, 손편지를 받고 어떤 분인지 궁금했어요…' 학부모 면담을 갔을 때 이런 말을 들어본 적도 있다. 편지가 눈물

나게 감동적이어서는 아니었을 것이다. 먼저 온 마음을 다하면, 상대도 나에게 마음을 내어준다.

잘 쓰는 글은 문장이 좋은 글이 아니라 상대방을 헤아려 쓰는 글이라고 나는 믿는다. 방송에선 시청자가 그렇다. 글을 쓸 때는 독자가 대상이다. 정말로 마음에 드는 상대를 만났다면 근사한 말이나 대단한 경험담을 늘어놓기보다 그의 눈동자에 눈을 맞추며 끄덕이고 공감해주기. 이것이 제대로 된 글쓰기다.

KBS 〈뉴스9〉에서 일하던 2022년, 보도국에 요청이 들어왔다. 2월 3일이 한국수어의 날인데 뉴스 클로징에서 소개해주면 좋겠다는 내용이었다. 뉴스의 클로징은 길어야 30초 남짓으로 앵커가 두어 마디 하면 끝난다. 쉬운 길로 간다면 준비는 간단하다.

(수어와 함께 멘트) 9시 뉴스 마칩니다. 고맙습니다.

끝인사를 수어로 짧게 표현하면 그만이다. 비율로 따져보아도 수어를 보는 시청자는 그리 많지 않을 것이다. 하지만 그러고 싶지 않았다. 교과서적인 말이지만 공영방송 뉴스는 누구나 시청할 권리가 있다. 다만 몇 사람에 불과해도 뉴스를 화면으로 읽는 시청자가 있다면, 마음을 다한 선물을 전하고 싶었다. 무언가 근사한 방법이 없을까…. 한참 썼다 지우기를 반복한 끝에 언젠가 보았던 다큐멘터리의 제목을 떠올렸다. 〈반짝이는 박수 소리〉. 표현이 아름다워 저장해둔 문장이었다.

'반짝이는 박수 소리'. 이런 표현, 들어보신 적 있으신 가요? 청각장애인들은 박수 대신 두 팔을 이렇게 반짝반짝 흔들며 축하와 격려의 마음을 전합니다.

오늘은 제2회 한국수어의 날입니다. 눈과 손으로 전하 는 우리만의 언어를 기념하는 날인데요.

(수어와 함께 멘트) 서로 조금씩 다른 모든 사람이 수어 로 다 같이 반짝이는 날을 기대하면서, 오늘 9시 뉴스 마무 리하겠습니다. 고맙습니다.

— KBS 〈뉴스9〉, 2022년 2월 3일

클로징을 맡은 이영호 앵커는 저녁 식사도 거른 채 수어 연 습에 들어갔다. 한참 전에 먹은 점심도 체해서 소화제까지 한 봉 들이켰단다. 서투르지 않게 제대로 전달해야 한다는 부담 때 문이었다. 화면은 평소와 다르게 수어 통역사의 비율을 확 키워 보았다. 왼편엔 앵커, 오른편엔 수어 통역사가 나란히 서서 뉴스 를 마무리했다. 클로징 온에어 시간 총 36초. 욕심 많은 작가 탓 에 고생하는 앵커와 제작진에게 눈치가 보였다.

반전은 그날 밤에 일어났다. 〈뉴스9〉 클로징에 감동했다는 시청자 댓글이 쏟아지기 시작했다. 전혀 예상치 못했던 반응이었다. 뉴스를 보다가 눈물 흘린 건 난생 처음이라는 시청자도 있었다. 일간지에 기사가 실렸고, 이영호 앵커에게는 인터뷰 요청이 들어왔다. 반응이 이 정도라면 소화제 몇 알쯤 더 삼켰어도 괜찮았겠다 싶다. 뉴스를 눈으로 읽는 몇몇을 위했을 뿐이라고 여겼는데, 그보다 훨씬 더 많은 시청자가 마음으로 보답해준 36초의 기적이었다.

온기를 담은 다정한 마음을 건넨다면 한없이 평범한 글도 아름다워진다. 조금 모자라도, 나에게 정성을 다하는 사람. 눈을 마주보며 고개를 끄덕이고 물개박수를 쳐 주는 사람에게 마음은 더 가게 마련이다. 글도 그렇다. 스치는 사람들의 표정과 몸짓, 포털에 올라온 사진과 기사, 댓글 창의 온도를 헤아려보고, 손편지 쓰듯 인사를 건넨다. 정성스럽게. 온 마음을 다해서.

저는 손석희가 아니잖아요

신기했다. 거만하지 않았다. 후배에게 기사 내용을 확인할 때도 깍듯하게 존대했다. 잘 이해되지 않거나 보충취재가 필요해 보이면 분장을 하다가도 해당 부서로 달려갔다. 2020년부터 삼 년 넘게 함께 일한 이소정 기자, KBS 〈뉴스9〉 메인앵커 얘기다.

뉴스 앵커석은 기자라면 누구나 앉고 싶어 하는 자리다. 특히 대한민국을 대표하는 공영방송에서 여성이 평일 메인 뉴스의 앵커를 맡은 건 이소정 기자가 처음이었다. 그가 올라간 자리는 기자로서 가장 돋보이고 행복한 위치인 셈이다. 하지만 그의 행동은 거꾸로였다. 한없이 오만해질 수도 있는 자리에서 자신을 꾹꾹 눌러댔다. 공영방송이라는 특수성 때문에 다른 방송사 앵커들이 당연히 누리는 지원이 부족해도 불평 한마디가 없었다. 방송 진행에 필요하다 싶은 소품이 생각나면 사비를 털어 사왔다. 호화로운 외부행사에 초대받으면 '에이~ 제가 무슨' 손사래를 치며 거절했다.

원래 그런 성격 아니냐고 여길지 모르겠지만 천만의 말씀. 다소곳과는 거리가 멀다. 여성 기자 처음으로 기자협회 축구팀에서 뛰었다. 뉴스는 밥심으로 진행해야 한다며 구내식당 고봉밥을 꾸역꾸역 밀어 넣는다. 승질이 돋아나면 선배를 들이받거나 막걸리라도 한잔 부어 원샷해야 하는 이른바 쎈 언니. 하지만 내가 처음 KBS에 출근해 〈뉴스9〉 오프닝 원고를 내밀었을 때, 이소정 앵커가 나에게 한 말은 이랬다.

— 작가님, 저는 손석희 앵커가 아니잖아요.

되도록 짧고 간결하게 진행하고 싶다는 의견이었다. 아직 뉴스에서 견해를 드러낼 만큼의 식견도 연륜도 쌓이지 않았으니 겸손하게 숙이겠다고 한다. 자신을 드러내지 않겠다니, 앵커가 그래도 되나? 대부분 손석희 앵커같이 주목받는 앵커를 꿈꾸지 않나? KBS가 나를 부른 이유도 바로 그 때문이라고 생각했기 때문에 내심 의아했다. 하지만 메인 뉴스를 진행한 4년 동안 이소정 앵커의 태도는 한결같았다.

　　징검다리 휴일을 마치고 다시 일상으로 돌아왔습니다. 오늘 하루 편안히 보내셨습니까.

　　가까운 친지를 대하듯 소소한 안부를 건네는 것이 전부였다. 조용하고 겸손하게, 가장 이해하기 쉬운 우리말 표현을 찾아가며 시청자와 마주하고자 했다. 2023년, 시청자에게 작별 인사조차 하지 못한 채 앵커석을 내려와야 했을 때도 마찬가지였다. 사방에서 쏟아지는 인터뷰 요청을 마다했다. 그라고 왜 자신을 내세우고 싶은 마음이 없었을까. 아마도 순간순간 고개를 드는 욕심을 꾹꾹 눌러가며 자리에 섰을 것이다.
　　종종 술잔을 마주한 자리에서 이소정 앵커는 말했다. 기자를 이십 년 넘게 했지만 여전히 공부가 부족하다고. 세상엔 아는 것보다 모르는 사연이 너무 많아서 뉴스를 이해하고 쉽게 전달하기에도 버겁다고. 그 순간 문득, 이십여 년 전 막내 작가 시절 내 모습이 떠올랐다.

　　— 현정 씨. 방송국에서 작가에게 원고료를 왜 주는 것 같아요?

2005년 즈음이었을까? 그날도 누군가에게 한 움큼 잔소리를 들었던 참이었다. MBC 라디오에서 방송 밥을 먹은 지 이제 3년쯤 년쯤 지났을 때다. 운이 좋게도 나는 잘나가는 시사 프로그램의 작가였고 까닭 모를 자신감만 웃자란 시절이었다. 옆자리 다른 프로그램 선배들이 만만해 보여서 어떻게든 이겨 먹어야겠다는 생각만 가득했다. 당연히 품행은 제로였을 터. 선배들 눈에는 실력은 한참 부족한데 자존감만 하늘을 찌르는 '모지란' 녀석이었을 거다. 당연히 버릇없다는 이유로 자주 꾸중을 들었는데 이 '모지리'는 혼나는 이유를 당최 이해할 수 없었다. 실은 1등 프로그램에서 일하는 나를 시샘하는 거 아닌가. 당신들이 글을 얼마나 잘 쓰길래 나에게 훈수를 두나…. 씩씩대며 분을 삭이지 못하는 나에게 선배 한 분이 조용히 다가오셨다. 작가실의 최고참, 〈여성시대〉의 박금선 선배였다.

화려한 카리스마는 아니었다. 단정하게 자른 단발머리에 교복을 입은 듯 한결같았던 검정 상하의. 한 번도 목소리 높이는 장면을 보지 못했을 정도로 표정과 몸짓마저 조용조용했던 왕선배님은 까마득히 어린 후배에게도 말을 낮추는 법이 없었다. 고요함 속에서 뿜어나오는 권위라고나 할까. 그저 공손해질 수밖에 없는 아우라에 저절로 모인 두 손을 꼼지락대며 선배를 바라봤다.

— 원고료는요, 작가가 글을 잘 썼다고 주는 대가가 아닌 것 같아요.

뭔가 이상했다. 작가가 받는 돈이 글의 대가가 아니라니, 대체 무슨 말인가. 선배는 동그래진 내 눈을 한참 바라보다가 말을 이어가셨다.

— 그건요. 겸손하게 잘 참았다고 주는 돈이에요.

박금선 선배는 라디오 최장수 프로그램 중 하나인 〈여성시대〉의 기둥이자, 필력으로는 누구에게도 뒤지지 않는 작가였다. 청취자의 마음을 잔잔하게, 때론 일렁이게 만드는 원고로 긴 시간을 살아왔을 선배가 생각하는 원고료란, 잘 참았다고 주는 돈이라니.

선배는 이미 알고 있었다. 아무리 훌륭한 작가라 해도 모두를 만족시키는 글을 써내지 못한다는 것을. 온 마음을 다해 쓴다 해도 글은 매일같이 퇴짜를 맞고 지적당하고 때론 혹독하게 평가받는다. 누군가는 작가의 의도와 다르게 행간을 읽어내고, 인터넷 댓글 창엔 글 쓴 사람을 상처 입히는 비평이 줄지어 달린다. 때론 납득이 가지 않는 시청률과 그 결과에 대한 책임이 온전히 작가에게 쏟아지기도 한다. 버티고 견뎌야 할 일들이 겹겹이 쌓였는데, 섣부른 자의식과 잘난 척은 스스로를 망칠 수 있다는 것. 내가 쓴 글에 정말 결함이 없는지, 선배와 동료를 대하는 태도에는 문제가 없는지, 무엇보다 잘 참아냈는지 먼저 돌아보면 좋겠다는 조언이었다.

흔히, 방송은 욕을 먹지 않으면 잘 넘어갔다고들 한다. 조금만 실수해도 크게 욕을 먹는다. 많이 일할수록 실수도 비례하기 마련이니 열심히 쓸수록 더 많이 욕을 먹는 꽤나 억울한 구조이기도 하다. 심지어 욕도 관심의 일종이라고 하지 않나. 시청률 높은 프로그램일수록, 지적과 비판 역시 비례한다. 세상이 나에게 왜 이러나 하는 원망과 짜증보다는 타인을 향해 쓰는 글의 속성을 인정하고 겸허하게 받아들일 줄 알아야 오래가는 글쟁이가 된다.

그날 이후 이십 년의 시간이 흐른 2024년 5월. 22대 국회의원 선거 개표방송을 하기 위해 MBC 라디오에 잠깐 돌아갔다. 슬며시 작가실 문을 밀고 들어가니 그리운 얼굴이 나를 보고 빙그레 웃는다.

— 현정 씨, 정말 오랜만이에요. 원고 쓰러 왔어요?

여전한 단발머리와 검정 상하의. 이제는 함부로 어리광부리지 않느냐고, 겸손하게 잘 버티고 있느냐고 그 눈이 묻고 있었다. 그동안 실력보다 웃자란 마음은 없었는지 황급히 돌아보게 되는 순간…. 역시 선배 앞에선 두 손이 저절로 공손히 모인다.

— 선배님, 그대로시네요. 어떻게 지내시는지 궁금했어요.
— 나야 늘 변함없이 여기 있어요.

오늘도 낮추는 법을 끊임없이 연습하고 있다. 지금 이 순간도 마찬가지다. 천성이 진중하지 못한 나는 이게 잘 안 된다. 긴장을 자칫 늦추는 순간, 발바닥이 땅에서 떨어진다. 어쩌겠나, 반복해서 주문을 외는 수밖에. 스스로 잘났다고 여기는 순간 원고는 무너진다. 작가로 일해온 긴 시간과 제법 폼나는 경력을 앞장세우고 싶지만 내가 틀릴 수 있다는 것. 실은 원고를 잘 쓰지 못한다는 사실을 인정하는 순간 겸손한 태도는 자연히 따라온다.

속이 갑갑한 일이 생겼을 때, 세상이 나를 몰라주는 것 같아 서글플 때 떠올린다. 원고료는 나의 단점을 인정하고, 글쓰기의 괴로움을 잘 참아내서 받는 대가라는 사실을. 사람의 글과 말과 행동을 규정하는 태도의 힘을. 이소정 앵커, 박금선 선배의 겸손함은 단단한 자신감에서 흘러나왔다는 것을.

평범한 일상이
특별한 글이 되는 순간

작가를 가족이나 친구로 두면 피곤하다. 작가가 언제 어디서 그 사람 이야기를 팔아먹을지 모르기 때문이다. 실제로 내 주변 사람들은 알게 모르게 내 글에 수도 없이 등장해왔다. 즐거워하는 이들도 있지만 짜증내는 사람도 있다. 가장 피곤한 사람은 올해 스무 살이 된 아드님이다.

— 어제 치킨집 갔는데, 너 어릴 적 사진이 크게 붙어있더라? 오구오구 귀여워라.

동네 치킨집에 다녀온 친구들이 죄다 한마디씩 건네며 빙글빙글 웃더란다. 아이와의 추억을 소재 삼아 써낸 맛집 칼럼 때문이다. 귀엽던 꼬마 시절 사진을 함께 실었는데 사장님이 지면을 큼직하게 붙여둔 탓에 여기저기서 목격담이 들어오는 모양이었다. 아들은 조용하게 항의했다. "제발 저의 어린 시절을 팔아먹지 마시라고요. 쫌~!"

미안하지만 어쩌겠니. 엄마는 원고를 팔아 돈을 버는 사람이란다. 팔 수 있는 추억이 더 있다면 죄다 글감으로 내다 팔고 싶은 심정이다. 먹이를 찾아 산기슭을 헤매는 표범처럼, 작가는 매일 소재를 찾아 헤매는 직업이니까. 아들을 글감으로 팔아넘긴 경험은 이번이 처음도 아니었다.

— 지용이 엄마가요. 선풍기를 틀고 자면 안 된대요. 죽는다고요.

초등학교 3학년 여름방학 때였다. 친구 집에서 하룻밤을 자고 온 아이가 돌아오자마자 투덜댔다. 무더운 밤, 선풍기를 켜고 자려 했더니 친구 어머니가 질색을 하더란다. 책에서 읽은 대로 선풍기를 켜고 자도 괜찮다고 말해봤지만, 그 집에선 통하지 않았나 보다. 녀석은 씩씩대며 과학 잡지를 뒤적였다. 하긴 나도 어린 시절 비슷한 이야길 여러 차례 들어왔다. 진짜로 무슨 일이 생길까봐 삼복더위에 선풍기를 끄고 잔 날도 있었다. 이제

보니 여름철 방송에 딱 맞는 소재가 아닌가. 하지만 아무리 머리를 굴려봐도 〈앵커브리핑〉에 써먹기는 애매했다. 대신 떠올린 건 김필규 기자가 진행하는 뉴스룸 〈팩트체크〉. 입이 잔뜩 나온 녀석을 살살 꼬드기기 시작했다. 그럼 우리 김필규 아저씨에게 물어볼까? 내친김에 홈비디오 느낌을 내고 싶어서 휴대전화로 질문하는 아이의 모습을 촬영했다.

　　손석희 : 김필규 기자와 함께하는 팩트체크 시간입니다. 오늘 팩트체크는 한 초등학생의 제보를 받아서 준비했다고 하는데 먼저 어떤 내용인지 화면으로 만나보시겠습니다.

　　"책에서 봤을 때 밀폐된 공간에서 선풍기를 틀어도 죽지 않는다고 했는데 그게 맞는 거예요? 팩트체크에서 좀 알려주세요."

　　손석희 : 시켜서 한 것이 아니라면 팩트체크는 초등학생들한테도 상당히 관심사군요.

　　김필규 : 사실 저희 스태프 중 한 명의 자녀이기는 한데요.

　　손석희 : 시켜서 했을 가능성이 높아지는데.

김필규 : 아닙니다. 절대 그렇지 않고요. 시켜서 한 게 아니라 정말 그렇게 영상을 마련해서 꼭 알고 싶다고 해서 보내왔습니다.

손석희 : 지나치게 부정하는군요. 알겠습니다.

김필규 : 그러기도 했고요. 또 이 문제에 대한 논란이 지금 상당히 진행형이어서 꼭 한 번 다뤄보면 좋겠다고 생각을 했습니다. 다른 시청자분들도 궁금한 부분 보내주시면 언제라도 다뤄보도록 노력을 하겠습니다.

— 한국만 믿는다는 '선풍기 돌연사' 사실일까?
JTBC 뉴스룸 〈팩트체크〉, 2015년 7월 16일

방송을 사적으로 이용한 것 아니냐고 여길 수도 있겠지만 이른바 선풍기 속설은 누구나 한 번쯤 궁금해하는 관심사였다. 실제 〈팩트체크〉 팀이 찾아보니 무려 1969년부터 '선풍기 틀어놓고 자면 열 손실로 호흡곤란이 오며 생명도 앗아간다'라는 분석기사가 나왔을 정도였다. 결론은 선풍기 돌연사는 우리나라만의 속설이라는 이야기. 소재를 제공한 대가로 김필규 기자에게 푸짐한 점심 한 끼도 얻어먹었다. 고맙다 아드님아.

가까운 지인들의 SNS 글을 소재로 끌어온 경우도 수두룩하다. 2023년 9월 육군사관학교의 홍범도 장군 동상 이전 논란이 뜨거웠을 때였다. 모교의 교수 한 분이 몇 달 전 답사한 카자흐스탄 크즐오르다의 사진을 페이스북에 올렸다. 크즐오르다는 장군이 스탈린 정권에 의해 강제 이주되어 말년을 보낸 장소다.

카자흐스탄 크즐오르다에 있는 유적들입니다. 홍범도 장군 묘소는 한국으로 이장 후 공원으로 꾸미고 있고 흉상과 강제 이주 기념비만 있습니다. 시내에는 홍범도 거리가 있고 크즐오르다역은 이주 시기의 모습을 그대로 간직하고 있습니다. 크즐오르다 사범대와 박물관에 전시된 노동 영웅 명패에는 고려인의 흔적이 뚜렷합니다. 지난 1월에 찍은 사진입니다.

— 김상헌 상명대 역사콘텐츠학과 교수, 페이스북

김상헌 교수가 글과 함께 올린 사진에는 한글로 '홍범도 거리'라고 쓰인 골목의 명패와 고려인 강제 이주 기념비, 홍범도 장군 기념공원의 풍경이 담겨있었다. 기념공원은 장군의 유해가 송환된 2021년을 전후해 여러 차례 알려졌지만, 홍범도 거리의 한글명패는 처음 보는 것이었다. 당장 전화로 사용을 허락받아 그날 〈뉴스9〉에 내보냈다. 팩트가 맞는지 일일이 확인하였음은 물론이다. 역사학과에 다니면서 제대로 공부한 기억이 없는데, 졸업하고 나니 전공을 알차게도 써먹는다.

(홍범도 거리 한글 명패 사진 잘 보이게)

연해주에서 활동하던 홍범도 장군이 강제 이주되어 말년을 보낸 카자흐스탄 크즐오르다입니다. 장군의 유해가 있던 곳은 흉상과 함께 공원으로 꾸며졌고 "다시는 반복되지 않기를⋯." 고려인들의 나라 잃은 고통이 강제 이주 기념비와 '홍범도 거리'에 또렷이 남아있습니다.

— KBS 〈뉴스9〉, 2023년 9월 1일

친구의 동네 자랑을 〈앵커브리핑〉에 넣은 적도 있다. 강원도 원주로 이사한 친구가 SNS에 사진을 올렸다. 이웃집 대문 사진이었는데 앞에 붙여둔 쪽지가 아주 흥미로웠다. 집 앞 주차공간을 쓰지 않는 시간을 적어두었으니, 그 시간엔 마음껏 주차해도 된다는 내용이다. 쪽지 아래엔 이웃의 감사 인사가 줄줄이 달려있었다.

산책하다 발견하고 한 장 찍었다. 우리 동네 너무 멋지지 않음?

신이 나서 자랑하는 친구에게 사진을 받아 명절 하루 전날 〈앵커브리핑〉에 써먹었다. 올 명절에는 험한 말 주고받는 대신 서로 이해하고 보듬자는 내용이었다.

"오늘은 주차해도 됩니다."

강원도 원주시 단구동에 사시는 시청자 박상철 씨가 보내주신 사진입니다. 골목길, 어느 평범한 주택 대문 앞에서 발견한 작은 푯말이었습니다. 집주인은 집 앞에 누구든 차를 주차할 수 있는 시간을 적어놓았고 아래에는 전화번호까지 써놨습니다. 선량함은 나도 모르게 번지는 것인지, 동네 사람들이 붙여놓은 감사의 쪽지도 눈에 띄는군요.

'감사합니다. 상쾌한 하루가 될 것 같습니다.'

'당신의 배려가 세상을 아름답게 합니다.'

'마음 따뜻한 이웃을 만나 행복감을 느끼는 하루입니다.'

사실 조금은 낯선 장면입니다. 우리가 그동안 보아왔던 건… 바로 이런 장면들이 아니었는지요.

'절대 주차금지'

'노 파킹, 차 작살'

'외부 차는 강력 본드칠 합니다.'

그래서 "주차해도 됩니다" 같은 사연들이 뉴스가 되는 것 같습니다. 보는 것만으로도 행복함을 전달하는, 요샛말로 한다면 마치 '사이다' 같은 배려들입니다. 이런 작은 문구 하나에 많은 이들이 행복감을 느끼는 이유는 실은 이러한 배려가 너무나도 귀하기 때문은 아닐까.

— "주차해도 됩니다… 우리 집 앞에"
JTBC 뉴스룸 〈앵커브리핑〉, 2015년 11월 5일

글을 쓰기 위해서는 끊임없이 소재를 찾아내야만 한다. 책을 읽고 자료를 뒤져가며 저축하는 방법도 있지만, 눈을 크게 뜨고 주위를 둘러보는 시선을 잊지 않았으면 좋겠다.

찬찬히 돌아보면 서서히 들어온다. SNS 속 친구들의 일상, 새로 문을 연 식당의 간판, 가족이나 친구와 나눈 소소한 대화들…. 눈에 확 들어올 만큼 특별하지 않아도 된다. 사는 게 별건가? 평범한 이야기라도 가공하면 특별한 이야기가 된다. 작고 반짝이는 순간은 멀리 있지 않다.

2004년, 두 죽음 앞에서

2004년 〈손석희의 시선집중〉 막내 작가 시절의 이야기다. 조금씩 작가라는 직업에 익숙해질 무렵, 두 사람의 죽음을 지켜보았다. 그들은 모두 서른을 조금 넘겼고, 나와는 전화선을 통해 연결된 사람들이었다.

2004년 6월 13일, 만두 업체 사장님의 죽음

이른바 '쓰레기 만두' 파동을 기억하시는지. 우리가 즐겨 먹는 만두에는 식감 좋게 다진 무가 들어가는데 2004년의 여름,

사달이 났다. 유명 만두 체인과 식품업체에 만두소를 납품해오던 한 공장에서 썩은 무를 써왔다는 보도 때문이었다. 함께 공개된 사진은 충격적이었다. 곰팡이가 시커멓게 핀 단무지가 쓰레기처럼 잔뜩 쌓여있었다. 놀란 소비자들은 만두를 먹지 않았고, 소규모 만두 업체들이 줄줄이 도산했다.

이 문제를 다룬 MBC 〈100분 토론〉에 한 만두 업체 사장이 전화를 걸어왔다. 그는 정부의 허술한 대처와 언론의 선정적 보도로 영세한 공장들까지 피해를 보고 있다고 하소연했다. 정직하게 만두를 만들어왔는데 쓰레기라는 오명을 뒤집어쓰게 되어 억울하다는 주장이었다.

방송 이후 〈시선집중〉 제작팀에서도 이 업체 사장을 다시 인터뷰하면 좋겠다는 의견이 모였다. 당시 사회뉴스의 섭외와 원고작성은 나의 몫이었다. 지역 언론 기자에게 연락처를 수소문한 끝에 가까스로 통화에 성공했다.

— 사장님. 〈시선집중〉의 김현정 작가입니다. 어제 〈100분 토론〉에서 하셨던 이야기를 좀 더 자세히 듣고 싶어요. 내일 아침 손석희 앵커와 전화 인터뷰를 부탁드릴 수 있을까요?

방송작가 업무에서 섭외가 차지하는 비중은 얼마나 될까? 매일 방송하는 시사 프로그램의 경우, 작가의 하루 업무는 이렇다.

당일 생방송이 끝나자마자 다음날 사용할 소재들을 뒤진다. 제작 회의에서 통과되면 섭외에 들어가는데 인터넷 검색은 물론 사돈의 팔촌까지 동원해 연락처를 알아내야 한다. 통화에 성공하면 소위 '간'을 본다. 방송에 적합한 사람인지 아닌지 대화를 나누며 판단하는 작업이다. 방송에 내보내도 되겠다는 확신이 선 이후에야 설득을 시작한다. 생방송에 출연할 수 있는지, 또는 안정적인 장소에서 전화 연결이 가능할지. 사전 질문지를 작성해 보내는 과정은 그다음이다. 이 모든 절차가 마무리된 다음 본격적인 글쓰기에 들어간다. 질문지를 가다듬고 필요한 자료를 붙이고 앵커 멘트를 쓰면 완성이다.

당시 〈시선집중〉은 매일 아침 6시 15분에 생방송을 시작했다. 전날 밤까지 섭외에 성공하지 못하면 다음 날 방송이 펑크난다는 의미다. 어떻게든 누군가를 설득하여 방송에 출연시켜야만 했다.

다급한 마음에서였을 것이다. 만두 업체 사장과 통화를 하면서도, 나는 전화선 너머 흔들리는 목소리의 질감을 알아채지 못했다. 우선 건너오는 답변부터 논리적이지 않았다. 상대방의 말끝은 자꾸만 흐려졌고 시작한 말과 맺음말이 서로 맞지 않았다. 주변엔 자동차 소음과 바람 소리가 요란했고 한참 말을 잇지 못하기도 했다.

하지만 더욱 다급했던 건 무거운 나의 눈꺼풀이었다. 지금

이 사람을 설득하지 못하면 처음부터 다시 시작해야 했다. 다른 소재를 찾고 연락처를 알아내 섭외하는 작업을 되풀이해야 하는 것이다. 얼마나 필사적이었겠나. 무엇보다 새벽 출근으로 항상 잠이 부족했던 나는 너무 피곤하고 졸렸다.

— 사장님, 그러지 마시고요. 저희가 생방송이니 하고 싶은 말씀은 다 하실 수….

목청을 높여가며 설득의 말을 늘어놓는 사이, 통화가 뚝 끊겼고 그는 다시는 전화를 받지 않았다. 곧이어 들어온 문자 메시지…. 무언가 일이 잘못되어간다는 생각이 들기 시작했다. 미안하다, 억울하다, 방송에서 제대로 밝혀달라는 의미로 미루어 짐작은 하겠는데 맞춤법, 띄어쓰기는 물론 주어와 서술어 모두가 엉켜있었다. 비로소 머리가 곤두섰고, 심상찮은 예감에 처음 연락처를 가르쳐주었던 기자에게 전화를 걸었다. 기자 역시 사장님과 통화가 되지 않아 여기저기 수소문을 하고 있는 터였다. 부디 아무 일도 일어나지 않기를…. 하지만 다음날, 나는 믿고 싶지 않은 현실과 마주해야 했다.

〈오마이뉴스〉이승후 기자입니다. 지난 13일 저녁 8시 13분~8시 17분 사이에 제 휴대폰으로 3건의 문자 메시지가 들어왔습니다. 문자 메시지를 보낸 이는 식약청과 언론에서 '불량만두 제조업체'로 발표한 △△푸드 ○○○ 사장이었습니다. 문자 메시지의 원문은 이렇습니다. 맞춤법을 고치지 않고 그대로 적습니다.

"기자님 우리 자식들 아빠 불량만두을 알고 만들어다 하고 왜 먹어나 그 오명 꼭 벗겨주세요

국민여러분 정말 쓰레기 만두 않입니다. 정말 알고 만들지 안았습니다. 지금까지 어떻게 알고 만들숙

제 체임만으로 쓰레기 만두 파동이 끝날수만 있다면 자식들에게 나쁜 아빠가 안이고 훌륭한 아빠"

사장이 2분여의 간격을 두고 보낸 3건의 문자 메시지는 맞춤법도 틀리고 두서도 맞지 않아 정상적인 상태가 아님을 깨달았습니다. 게다가 MBC 라디오 〈손석희의 시선집중〉 작가가 "신 사장에게 인터뷰를 요청했는데 거절하더라"며 "죽고 싶다는 말을 계속했다"고 제게 알려왔습니다.

저는 수소문 끝에 알아낸 사장님의 친형에게 정황을 설명하고 빠른 조치를 당부했고, 즉시 전남 화순경찰서로 향했습니다. 이후 상황은 여러 보도를 통해 독자 여러분께서 접하신 내용과 같습니다.

— '쓰레기 오명'은 누가 벗겨줄까요
이승후, 〈오마이뉴스〉, 2004년 6월 17일

심장박동이 빨라지기 시작했다. 죄를 짓지 않았지만 나는 죄를 지었다. 이미 돌이킬 수 없는 일이었다. 가늠해보니 내가 전화를 걸어 열심히 설득하고 있었던 그 시간, 사장님은 서울 반포대교에 있었다. 빠른 속도로 지나치는 차량을 바라보았거나, 아예 난간 위에 올라가 있었는지도 모르겠다. 그는 나와 마지막 전화통화를 하고, 주변에 몇 통의 문자 메시지를 보낸 뒤에 세상과 작별했다. 생을 버리기 직전에 놓인 사람과 통화를 하면서도 나는 몰랐던 것이다. 사람의 목숨보다, 감겨오는 눈꺼풀이 더 무거웠던 철없는 방송작가는 누군가의 마지막을 전화선으로 지켜보았다. 무심하게. 너무나 이기적으로.

2004년 6월 22일, 이라크에서의 죽음

만두 업체 사장의 비극적인 죽음이 있기 얼마 전, 먼 곳에서 날아온 황망한 소식은 하나 더 있었다. 2004년 5월 31일, 이라크 팔루자에서 가나무역 직원 김선일 씨가 무장세력에게 납치되는 사건이 일어났다. 납치범들은 우리나라의 이라크 파병 계획을 철회하라며 인질을 공개했고, 온 국민은 공포에 휩싸인 채 김선일 씨의 무사 석방을 기원하고 있었다.

MBC 라디오는 급박한 현지 소식을 전하기 위해 분쟁지역을 취재하는 김영미 프리랜서 피디를 이라크에 파견했다. 당시는 인터넷 전화가 활성화되지 않아 국제전화가 유일한 소통 채널이었다. 이마저도 불통이기 일쑤여서 MBC는 위성 전화를 김 피디에게 지급했고, 나는 그와 상시 연락을 해가며 현지상황을 살피고 있었다.

치직- 거리는 전화소음 너머로 함께 울고 웃고, 때로는 같이 화내며 위로하던 시간이었다. 김영미 피디가 가 있는 그곳은 바로 앞 건물에서 폭탄이 터지고, 매일같이 사람이 죽어 나가는 생지옥이었다. 김 피디 또한 날아온 파편에 발을 다쳐 살점이 너덜거리는데 진통제 한 알로 간신히 버티고 있었다. 하지만 납치 20일이 다 되어가도록 김선일 씨의 생사는커녕, 협상이 진행되고 있는지조차 파악하기 어려웠다. 그나마 뚜뚜- 하는 긴 통화 연결음 끝에 '여보세요', 전화를 받는 김 피디의 목소리를 들으면 마음이 툭, 하고 내려앉았다. 안도감과 함께 긴장과 슬픔이 교차하는 나날이었다. 그러던 어느 밤 위성 전화 신호음이 다급하게 울렸다.

— 현정 씨!! 어떡해요!!

아직 잠에서 빠져나오지 못한 나는, 전화기를 다른 쪽 귀에 가져다 댔다.

— 그 사람, 죽었어요!!

김영미 피디는 소리치고 있었다. 방금 부비트랩에 감긴 채로 버려진 청년이 발견되었다는 울음 섞인 설명과, 누군가 낯선 언어로 외치는 고함 소리, 지직대는 통화음 뒤로 울리는 자동차 경적소리…. 지옥에서 걸려온 전화를 받은 기분이 이러할까. 한동안 나는 말을 잇지 못했고, 통화는 몇 분 뒤 끊겨버렸다.

손석희 : 오늘 굉장히 슬픈 소식이 전해졌습니다. 많은 국민들이 이 슬픔을 함께하고 있고, 우리가 그동안 어떻게 석방 교섭을 해왔는지도 궁금합니다. (중략) 오늘 새벽이 되겠습니다만 이라크 대사관에서 우리 외교부로 사망 사실을 보고해온 것이 새벽 0시 반 정도로 알고 있는데 그 전에 어떤 과정이 있었습니까?

임홍재(이라크주재 한국대사) : 미군 당국으로부터 동양인으로 보이는 시체가 발견됐다 하는 통보를 받았습니다. 여기 현지 시각으로 약 6시경 됩니다. 저희가 바로 가나무역 책임자하고 저희 대사관 관계관을 보내서 확인을 했습니다. 확인을 하는 절차에서 약 2시간 정도가 소요됐습니다.

손석희 : 그동안에 교섭과정이 어떻게 진행됐습니까? 교섭과정에서는 외교부나 대사관 쪽에서 비밀에 부친 부분이 있었습니다만 지금은 말씀해 주실 수가 있을 것 같은데요. 어느 부분이 가장 어려웠고 최종적으로 무엇 때문에 결렬이 됐는지요?

임홍재 : 저희로서는 모든 노력을 다 했습니다. 이라크 정부와 또 이라크 지도자와 종교지도자, 또 우리를 돕겠다는 사람들이 참으로 많았습니다. 이런 사람들의 도움을 다 받아서 모든 채널을 동원해서 저희가 노력을 다 했습니다. 결과가 이렇게 돼서 저희로서는 참 슬프고 매우 조심스럽게 생각합니다.

— MBC〈손석희의 시선집중〉, 2004년 6월 23일

고(故) 김선일 씨와는 만난 적도 이야기를 나눈 적도 없었지만 죽음은 손에 잡힐 듯 가까웠다. 가장 가까이에서 취재한 김 피디와 실시간으로 접촉하고 있었기 때문이었다. 죽음은 멀지 않았다. 바로 나의 곁, 나의 공간 안으로 흘러들어와 비극으로 마감되었다.

고작 2년 차, 스물다섯의 막내 작가가 며칠 간격으로 겪어낸

두 사람의 죽음이었다. 막지 못했다는 죄책감과 두려움이 지배했던 시간이었다. 한동안 눈을 감고 있기가 두려웠고, 고개 숙여 머리칼을 헹구지 못했다. 샤워실 거울도 애써 외면했다. 천장에, 거울에, 암흑 속에서 생을 마감한 두 사람의 얼굴이 떠오를 것만 같아 잠을 이루지 못했다. 그러나 상처 입었다고 제작진 누구에게도 말하지 못했다. 모두는 각자의 업무로 분주했고, 막내 작가의 마음을 챙겨봐 줄 여유는 없었다.

나는 왜 상처받았을까, 아니 상처받았다고 말해도 되나…. 타인의 고통과 죽음을 목격해야 하는 것이 작가의 일이라면 이대로 계속해도 될까…. 돌아가신 분과 가족이 겪으셨을 고통에 비하면 너무도 보잘것없는 괴로움이었지만 한동안 나는 글 쓰는 일을 그만두고 싶었다.

트라우마였다고 기억할 만큼 힘들었던 그 시기를 빠져나올 수 있었던 건 역설적이게도 정신없이 바쁜 일 때문이었다. 동료들이 나의 상처를 돌보아줄 여유가 없었듯, 나 역시 업무에 밀려 상처를 제대로 들여다볼 여유를 갖지 못했다. 물론 지금보다 몸과 마음이 건강했고, 일에 대한 욕심이 대단했던 시기였기에 무사히 건너온 상처이기도 하다. 치유하지 않은 채로 그저 견디며 아물게 놓아둔 것이다.

하지만 당시의 흉터는 두고두고 남아 지금의 나에게 이야기한다. 글은 사람을 무너뜨리기도 하고, 거꾸로 일으켜 세울 수도 있다고. 한 줄이라도 제대로 쓰기 위해서는 한 사람 한 사람에게 온 마음을 기울이라고. 새파란 청춘의 나이에 세상과 작별한 두 사람이 나에게 남긴 엄중한 메시지다.

그래도 매일매일 씁니다

선배 작가가 된 이후, 가끔 후배들에게 구성안을 써오라는 숙제를 내줬다. 단순 뉴스거리를 찾아오라는 의미가 아니다. 이슈를 풀어갈 방식을 고민하고 앞뒤에 붙일 사례를 배치해서 대략의 스토리텔링을 해오라고 시킨다. 대부분 대학생 인턴기자나 경력 이삼 년 남짓 되는 작가들이다. 너희도 연습을 해야 하니까, 라고 그럴듯하게 포장하지만 실은 아이디어라도 얻고 싶은 마음이 컸다. 그날그날 써먹을 소재가 부족해서 뭐라도 주워먹고 싶었던 시절이었다.

과연 잘 써올까? 믿고 싶지 않지만 잘 써온다. 때론 후배가 나보다 더 잘 쓴다는 생각에 화들짝 놀란다. 실력은 나이와 경력에 비례하지 않는다는 사실을 새삼 깨닫는 순간이다. 지금 나, 표정관리 잘 하고 있나.

　정문에 한 쌍, 그리고 후문에 한 쌍. 국회 본청의 사방을 지키고 있는 건 네 마리의 해치상입니다. '국민의문' 이런 문구가 새겨져 있군요. 그렇습니다. 오늘은 20대 국회 개원일. 새로운 국민의 문이 열리는 날입니다.
　그런데 국민의문… '국민의 문'일까, '국민 의문'일까… 본의 아니게 중의법을 떠올리게 됐습니다. 공교롭게도 띄어쓰기도 안 되어있군요.

— 네 마리의 해치… 국민의문
JTBC뉴스룸 〈앵커브리핑〉, 2016년 5월 30일

　2016년 5월, 제20대 국회가 개원하는 날 보도국 인턴기자가 가져온 소재를 살린 글이다. 국회 본청 해치상 아래 새겨진 국/민/의/문 네 글자가 인턴의 눈에는 다르게 읽혔다고 했다. 국민의 '문'이 아니라 국민 '의문'이 아닐까? 오늘부터 새로 국회에 드나들 의원님들, 국민의 '문'을 통과할 때마다 국민의 '의문' 섞인 눈초리를 기억하라는 매서운 지적이었다. 어떻게 이런 걸 발견했담? 놀란 속마음을 감추고 칭찬부터 돌려준다. 무뎌가는 안목을 반성하는 동시에, 하루를 견뎌낼 소재를 얻은 횡재에 기뻐하면서 슬그머니 자판을 두드린다.

가끔은 기자들도 글감으로 써달라며 그럴듯한 구성안을 보내오곤 했다. 세월호 참사 당시 진도 팽목항을 오래 지켜온 서복현 기자가 그랬다. 그는 40여 년 전 기차표를 훔친 한 여고생의 사연을 담은 기사에서 탄핵된 전직 대통령을 읽어냈다. 오랜 시간이 지나도 사라지지 않을 부끄러움에 관한 이야기였다.

부끄러움은 목에 가시처럼 남아서 여고생은 내내 편안하지 못했습니다. 44년 전의 그는 경북의 한 기차역에서 550원짜리 기차표를 훔쳤다고 했습니다. 이제 와 말하지 않았다면 아무도 알지 못했을 일입니다. 그러나 본인만은 부끄러움을 기억하고 있었습니다.

"오랫동안 양심에서 지워지지 않았는데 천 배로 갚아도 모자랄 것 같지만 이제라도 갚게 되어 참으로 다행입니다."

44년의 시간을 돌아 그는 남모를 부끄러움을 내려놓았을 것입니다.

돌아오지 못했던 이들이…하나둘 돌아오고 있는 저녁. 우리가 되찾는 것은 희생자 한 사람, 한 사람뿐만이 아니라 지난 3년 동안 잃어버렸던 많은 것들… 그리고 조금씩 내려놓게 되는, 우리들 목에 가시처럼 남아있던 부끄러움. 결국, 다 내려놓을 수는 없다 해도, 지난겨울 선한 사람들을 바깥으로 나서게 했던 이유가 바로 그것 때문이었다는 것을 우리는 알고 있습니다.

18개의 혐의를 모두 부인하고, 헌법재판소의 결정마저 부정한 채 지금은 홀로 앉아 뉴스도, 신문도 마주하지 않는다는 사람…. 부정과 회피를 통해 그가 되찾으려 하는 것은 무엇이고 내려놓으려 하는 것은 또한 무엇일까.

44년 전, 여고생이 차표를 훔쳤다던 그곳은 지금은 간이역으로 남아서 아직 주소가 남아있다고 합니다. 편지를 전할 주소가 남아있다는 것은 참으로 다행한 일이지요.

그러나, 아주 오랜 시간이 흐른 뒤에 지금 모든 것을 부정하는 그가 사과의 편지를 부치고 싶은 마음이 혹여 든다 한들…. 그 빚 갚음의 편지를 전할 국민의 마음속 주소는 그때까지도 계속 남아있을까.

― 부끄러움은 목에 가시처럼 남아…
JTBC 뉴스룸 〈앵커브리핑〉, 2017년 5월 17일

불쑥불쑥 내미는 다른 이들의 아이디어를 받으면 놀란 마음을 감추기 힘들다. 작가로서 세밀한 구성과 표현을 덧붙이긴 하였지만, 힘있는 구성안이 있었기에 가능했던 원고였다. 이런

근사한 표현을, 이렇게나 대단한 내용을 발견하다니. 생각지도 못했던 통찰에 내가 작가란 사실이 부끄러울 지경이다. 다들 이렇게 글을 잘 쓰면 나는 어찌 먹고살라는 말인가. 스스로 쓸모 없는 존재가 된 듯한 기분에 휩싸이기 쉽다. 그러나 지금은 안다. 주눅 들 필요 없다는 것을 말이다.

글 좀 쓰는 사람이 차고 넘치는 세상에서 내가 작가 행세를 하는 이유는 딱 하나, 매일 써왔기 때문이다. 20년 넘는 시간 동안 글쓰는 직업인으로 꾸준히 살아온 덕분에 나는 남보다 잘 쓰지 못해도 사람들 앞에서 '작가' 행세를 하게 됐다.

4년 전에 시작한 예술대학 강의에서 느낀 점도 마찬가지. 신은 공평하지 않다. 평소엔 성실해 보이지 않았는데, 제출한 과제물을 보면 윤이 나는 문장을 써내는 학생이 있다. 얄밉지만 눈이 먼저 간다. 강의실 맨 앞줄에 앉아 성실하게 받아 적는 학생들 입장에서 보면 억울하고 원통할 지경이다.

그럴 때마다 나는, 글 못 쓰는 작가인 내 이야기를 들려준다. 어쩌면 강의실에 앉아있는 그대들이 선생인 나보다 더 글을 잘 쓸지도 모른다고. 하지만 내가 여러분 앞에 서서 강의하는 이유는 그 어려운 글쓰기를 긴 시간 매일 해냈기 때문이라고. 그러니 여러분도 언젠가 저 재능 넘치는 얄미운 녀석을 끈기로 무찔러 버리라고.

누구에게나 반짝이는 한 줄은 있다. 하루이틀, 혹은 몇 주는 재능과 순발력으로 이어갈 수도 있지만, 매일 써낸다는 것은 재능과는 다른 문제다. 신은 공평하지 않지만 포기하지 않을 용기를 공평하게 나눠주었다.

매일 홈런이었을까? 그럴 리가. 열 번에 한 번 뿌듯하면 다행이다. 어찌어찌 때워냈지만, 사람들이 방송을 보지 않았으면 하는 날도 있다. 말도 안 되는 실수로 혼쭐이 난 뒤 훌쩍거리는 날은 더 많다. 그러나 적어도 나는 이 지긋지긋한 글 감옥에서 도망가지 않았다.

글쓰기는 장거리 달리기와 같다. 단거리에선 총알같이 달리는 선수가 빨리 성과를 내고 주목받지만, 장거리는 다르다. 뜀박질을 못 해도 꾸준히 단련하다 보면 어느 순간 긴 거리를 숨차지 않게 뛰게 된다. 글쓰기도 마찬가지다. 하루 반짝 잘 쓰는 사람은 많다. 하지만 매일 쓰는 사람은 많지 않다. 오늘 좀 못 썼다고, 주눅 들지 않아야 내일도 쓸 수 있다.

그래도 정 안 되겠으면 원고료를 떠올린다. 속물 같아 보이지만 살아보니 돈만큼 힘을 주는 것도 없더라. 열심히 써서 고기 사 먹는 거다. 버티는 만큼 달콤한 보상이 기다린다고 생각하면 단전에 저절로 힘이 들어간다. 하루치 원고를 견디면서 오늘도 마라톤하듯 달리기를, 아니 글쓰기를 이어간다.

2장

연중공부,
채워야 씁니다

잘 나오나?
바보.
안녕.
김○○.

문구점 필기구 코너 아래 붙은 종이를 들여다본다. 필기감
이나 색감을 확인하려고 견본용 펜으로 그은 글자들이다. 대부
분 비슷비슷하다. 뭔가 끄적이고는 싶은데 막상 쓸 말은 없으니
오늘도 그려본다. 돼지 꼬리(∿). 하지만 우리는 꼬리가 없는
인간이지 않나. 뭔가 의미 있는 글자를 쓰고 싶을 때도 있다. 그
래서일까, 이름이라도 쓴다. 전 세계 유적지에 알게 모르게 새겨
진 온 나라 사람들의 이름을 보면 웃음이 난다. 다들 진짜 쓸 말
이 없구나.

쓰기 본능은 충만하지만 뭘 써야 할지 막막한 건 나도 마찬가지다. 작가의 마음속엔 수많은 서랍이 있어서 필요한 소재는 얼마든지 꺼내 쓴다고 했던 무라카미 하루키 씨, 진짜로 그런가요? 서랍장은커녕 싸구려 비닐 옷장 한 칸 없는 나는 눈 뜨는 순간부터 오늘은 또 뭘 쓰고 사나, 머리를 쥐어뜯는다. 머리숱 많은 작가를 경계하자. 일을 제대로 안 한 거다.

소재를 고민하다 지쳐, 걸어 다닐 기운조차 없는 날은 택시를 잡아탄다. 기사님 KBS 신관이요~.

— 작가시죠?

신기가 있으신가. 백미러로 흘끗 쳐다본 게 전부일 텐데, 직업을 어떻게 맞춘담? 화들짝 놀란 나에게 기사님은 비기를 알려주셨다.

— 제가 방송사 사람들을 자주 태우는데요. 직업마다 특징이 있어요. 기자나 피디들은 주로 전화를 하고요, 스태프들은 몸이 힘든지 잠을 자요. 그리고 작가들은 뭔가 골똘히 생각하면서 오만상을 찌푸리고 있더라고요.

그러면 그렇지. 다들 뭘 쓰고 살아야 할지 시름이 깊은 거다. 나만 그런 게 아니라는 사실에 위안받긴 하지만 다시 오만상을 찌푸리며 창밖으로 눈을 돌린다. 당장 오늘 써먹을 소재부터 찾아내야 하는 현실이다. 지금부터는 그 숨넘어가는 하루에 나를 버티게 해준 비밀창고를 공개한다.

김 작가, 신문을 왜 봐요?

우리 동네 주민들이 손꼽아 기다리는 날이 있다. 내가 재활용품을 문밖에 내놓는 날이다. 조금 과장을 보태면 이걸 두고 가끔 주민들과 손수레 어르신들 사이 신경전이 벌어진다. 남의 집 쓰레기 가지고 이게 무슨 짓인가 싶지만 그럴 만도 하다.

주인공은 두툼한 신문뭉치다. 우리 집은 신문을 네 개 구독하는데, 며칠 모이면 부피가 꽤 된다. 한주 치만 쌓여도 어른 손바닥 한 뼘은 족히 넘는다. 이걸 노리는 사람들이 많다. 신문지가 일상생활에 그렇게 요긴하단다. 채소 다듬을 때, 바닥이 미끄러울 때, 미안하지만 강아지 배변을 치울 때도 쓰인다. 무게도 제법이어서 폐지 모으는 어르신들에겐 쏠쏠한 수입원이다. 이러니 우리 집 재활용 쓰레기가 나가는 날 동네엔 소리 없는 신문전쟁이 시작된다.

그만큼 요새 종이 신문 구경하기 쉽지 않다. 인터넷 포털창만 클릭해도, 아니 휴대전화만 꾸욱 눌러도 공짜 뉴스가 쏟아지는 세상이다. 지금이 조선시대도 아닌데 신문을 본다고? 심지어 돈을 내고? 하긴 요즘 신문 구독료가 얼마인지 아는 사람이 몇이나 될까. 가끔 방송사 기자들조차 나를 신기한 듯 쳐다본다. '김 작가, 신문을 왜 봐요?'

제가 좀 옛날 사람이라서요…. 대답을 얼버무리지만, 속으론 좀 황당하다. 그럼 다들 뭘 보나. 어디에서 글감을 찾으란 말인지 궁금하다. 나는 신문이 없으면 일을 못 하는 사람이다. 누군가 글쓰기 비법을 물어본다면 나의 답변 1번은 언제나 똑같다.

— 신문 하나 정해서 처음부터 끝까지 꼼꼼하게 읽고 메모하세요.

물론 조언대로 실천하는 사람 별로 없다. 처음 몇 달은 좀 읽나 싶더니, 저 사실 신문 끊었어요, 하는 후배도 여럿 봤다. 한 달 2만 원 남짓인 구독료가 아깝고, 외출할 때 읽으려면 귀찮게 들고 다녀야 한다. 다 보려면 오래 걸리는 데다 며칠 건너뛰면

숙제처럼 차곡차곡 쌓인다. 돈이 아깝다는 생각에 결국 신문을 끊어버린다. 아저씨 다음 달부턴 신문 넣지 마세요. 하지만 단언한다. 몇 년 동안 지치지 않고 꾸준히 읽는다면 그 사람의 글쓰기는 누구도 못 이긴다. 진짜다.

종이 신문은 하루의 세상이 모두 집약된 종합예술이다. 굵은 정치 흐름부터, 사회 문화 이슈, 연예인 덕질까지 스물여덟 장 안팎의 지면 안에 빼곡히 담겨있다. 드라마로 치면 매일 이어지는 일일드라마, 연속극이다. 어제 싸움하고 등을 돌린 정치인들이 극적으로 손을 맞잡는 장면, 하루아침에 뒤집힌 수사결과, 인기 아이돌 그룹을 둘러싼 소속사의 다툼까지. 하루하루의 과정이 숨 가쁘게 중계된다.

처음엔 진입이 쉽지 않다. 드라마를 생각해보자. 주인공은 누군지, 성장 과정은 어떠했고, 서브 주인공과는 왜 원수지간이 됐는지 등의 기본정보는 1회부터 정주행해야 제대로 알 수 있다. 종이 신문을 오늘 처음 펼쳐보았다면 한참 진행 중인 드라마의 지난 이야기를 알지 못한 채 TV 앞에 앉은 격이다. 당연히 이해하기 어려울 수밖에.

하지만 그 짜증나는 과정을 며칠만 꾹 참고 흐름을 따라가면 줄거리가 대충이라도 눈에 들어온다. 저 사람들이 왜 싸우고 있는지 슬그머니 알게 되고, 낯선 이름과 명칭이 조금씩 익숙해진다. 나아가 다음 장면이 궁금해지기 시작하면 거의 다 따라잡은 셈이다.

여기까지 잘 왔다면 다음은 쉽다. 대충 파악해둔 스토리가 이어지기 때문에 앞으론 한두 회 빼먹더라도 전체 흐름이 이해된다. 자전거 타는 법을 한번 배워두면, 한참 뒤에도 저절로 타게 되는 것과 같은 이치다. 속는 셈 치고 딱 한 달만 시도해보자. 금방 본궤도에 올라설 수 있다. 그런데 여기서 잠깐. 누군가는 궁금할지도 모른다. 왜 꼭 종이 신문이어야 하나?

신문을 굳이 구독하는 이유

대학 1학년 시절, 과방에 놀러 갔던 동기가 씩씩대며 돌아왔다. 과방에선 짜장면 파티가 한창이었는데, 탁자에는 이번 주 발행된 학보가 깔려있었다고 한다.

— 너희들 정말 이럴 거야? 내가 얼마나 열심히 쓴 기사인데!

주먹까지 부르르 떨며 성질을 내는 통에, 단무지 집어 먹던 애들이 슬그머니 도망을 나갔다나…. 대학 시절 나는 학교신문사 기자였다. 1학년 수습기자 때는 단신 기사 석 줄 쓰는데도 선배의 빨간 줄이 사정없이 그어졌다. 고작 나보다 한두 살 더 먹은 선배였지만 꾸중은 추상같았다. 팔천 명 넘는 학우들이 읽는 신문이니 단 한 줄이라도 제대로 쓰라는 호통이다. 열 번도 넘게 빠꾸를 맞아가며, 찔끔 삐져나오는 눈물까지 참아가며 써낸 기사인데, 짜장면 받침이라니, 이것들이 대체 제정신인가?

하다못해 대학생 기자의 기사 몇 줄도 이러했다. 짜장면조차 용서가 안 될 정도이니 실제 신문사는 어떨지 짐작할 수 있을 것이다. 글 좀 쓴다 하는 사람들을 전부 모아둔 공간이 언론사다. 기사 한 줄, 칼럼 한 편 뚝딱 찍어내는 것 같아도 어떤 과정을 거쳐서 지면으로 나오는지 알게 되면 신문지 한 장, 쉽게 구겨버리지 못한다.

종이 신문이 만들어지는 과정을 잠시 따라가 보자. 먼저 현장 기자들이 부지런히 출입처를 돌며 쓸만한 소재를 모아 데스크에 보고한다. 이를 바탕으로 제작 회의가 진행되는데 회사의 이른바 브레인들이 모여 기삿거리를 고르고 부서별로 일감을 배분한다. 다시 현장 기자가 취재에 들어가 마감 시간까지 기사를 써낸다. 이게 다가 아니다. 선임 기자의 퇴고 즉 데스킹을 거쳐야 지면에 올라갈 자격이 주어진다.

다음은 편집기자들의 시간이다. 기사의 핵심을 담은 제목을 뽑은 뒤 어떤 크기로 어느 위치에 얹을지를 정한다. 글자 크기, 사진 한 장에 온 마음을 기울인다. 인터넷 언론에서 자주 등장하는 낚시성 기사, 즉 제목만 그럴싸하고 내용은 비어있는 황당한 속임수가 최소한 종이 신문에서는 통하지 않는다. 오롯이 진검승부다. 이렇듯 여러 사람의 눈과 귀와 손을 거쳐 정수만을 모아둔 신문을 보지 않을 이유가 있을까? 단언하지만 글을 제대로 쓰려면 신문이 답이다. 만약 시간이 부족하다면 눈으로 전체의 제목만이라도 훑어보자. 하루의 흐름을 꿰어볼 수 있다.

하루 중 가장 중요한 사건은 1면 맨 앞머리에 올라가 있다. 독자의 눈을 잡아끌 만한 제목을 뽑아 넣었으니 신문 1면만 보아도 오늘 우리 사회의 화두를 짐작할 수 있다. 그날그날의 이슈만 들어가는 건 아니다. 청년주거, 동물권, 리사이클링 등 신문사만의 독특한 기획이 곳곳에 배치되고, 문화면과 스포츠면은 저마다 개성 있는 시각과 제목으로 승부한다.

마지막 오피니언면은 내가 가장 좋아하는 지면이다. 이 시대 파워라이터들의 지식과 주장이 모여 있다. 모든 지면을 챙겨보기 부담스러운 경우에는 문화면과 오피니언면만이라도 읽으라고 권하고 싶다. 입만 크게 벌리고 받아먹을 준비가 되어있다면 남들이 시간과 공을 들여 정성껏 차린 음식이 단 몇 분 만에 내 입속으로 들어온다. 마다할 이유가 없다.

이런 내용, 인터넷 포털에도 다 있지 않냐고 반문할지 모른다. 착각이다. 온라인 매체는 조회 수가 중요하다. 클릭 수를 높이기 위해 독자를 낚을 만한 제목을 붙여 올리고, 반응이 좋다 싶은 기사는 비슷한 내용을 짜깁기하여 반복 재생산한다. 스스로 선택한다고 여길 수 있지만, 착각이다. 자신도 모르게 알고리즘이 드리운 낚싯줄을 따라 엉뚱한 방향으로 뉴스를 소비하게 된다. 음식으로 치면 조미료가 잔뜩 뿌려진 인스턴트 식품을, 그것도 내 입맛에 맞는 종류만 꾸역꾸역 찾아 먹는 격이다. 인터넷 기사는 정제된 신문기사를 먼저 읽은 뒤에, 추가로 의문점이 생겼을 때 검색해서 들여다보고 비교하면 충분하다.

신문, 제대로 읽는 법

신문을 좀 더 자세히 펼쳐보자. 세상의 결이 보이고 다양한 스토리텔링이 펼쳐진다. 2024년 3월 5일, 첫 월요일의 신문이다. 교보생명이 계절마다 바꿔 다는 광화문 글판의 사진이 눈에 들어온다.

그대가 밀어 올린 꽃줄기 끝에서
그대가 피는 것인데

왜 내가 이다지도 떨리는지

— '내 몸 속에 잠든 이 누구신가', 김선우

바야흐로 봄의 시작이다. 두툼한 외투로 무장했던 이들이 조금씩 겨울을 내려놓고 있었다. 이제 봄이 오시는구나…. 사진 속엔 마음을 부풀게 만드는 시의 구절과 건물 앞을 지나는 사람들 표정이 함께 담겼다. 하지만 이 장면을 풀어내는 스토리텔링, 즉 신문마다 전하고자 하는 메시지는 조금씩 다르다.

한 신문은 광화문 글판 앞에서 사진을 찍는 아빠와 유치원생 딸의 모습을 담았다. 또 다른 신문은 뒷머리를 질끈 동여맨 교복 차림의 학생을 클로즈업했고, 연인으로 보이는 사람들의 다정한 산책을 담아낸 지면도 있다. 아빠와 딸을 찍은 신문은 새싹처럼 자라난 봄의 희망을, 학생을 찍은 신문은 시련을 이겨내고 피어난 봄의 강인함을, 그리고 연인을 찍은 신문은 시작하는 계절의 설렘을 담고 싶었을 것이다. 같은 풍경 안에서도 저마다 발견한 세상은 다르다. 이게 스토리텔링이다. 문득 지나치곤 하지만 다시 돌아보면 피어나는 봄의 표정들. 나라면 이 글판 앞에서 어떤 이야기를 풀어나갈 수 있을까 상상하며 지면을 들여다본다.

다른 면을 펼치니 초등학교 입학식 장면이 앙증맞다. 요즘 저출생으로 야단이라 하니 기자들 모두 딱 한 명만 입학하는 초등학교에 우르르 찾아간 모양이다. 주인공은 커다란 책가방을 메고 서 있는 1학년 어린이. 같은 공간, 같은 주인공을 두고 진행된 취재였지만 이곳에서도 시선은 저마다 달랐다. 제목만 읽어봐도 구분이 가능하겠다.

'나 홀로' 입학식…. 아, 외롭다〈경향신문〉
반 친구 없는 '혼자만의 입학'〈한국일보〉
'1명이면 어때요'…. 반가운 후배 맞이〈한겨레〉

첫 번째 기사는 혼자서 텅 빈 복도를 걸어가는 입학생의 뒷모습을 클로즈업해서 찍었다. 몸집보다 커다란 책가방이 유난히 안쓰러워 보이는 장면이다. 친구도 없이 낯선 장소에 덩그러니 놓인 1학년의 외로움이 전해지는 듯하다. 아이는 다른 생각을 하고 있을지도 모르지만 바라보는 어른의 마음이 더 많이 투영되어 있었다.

두 번째 기사 역시 빈 복도를 혼자 걸어가는 입학생의 뒷모습을 담았다. 하지만 주인공만 같을 뿐 사진의 구도가 다르다. 1학년의 뒷모습과 복도에 걸린 학생들의 동시 작품을 함께 찍었다. 공교롭게도 제목은 '혼자만의 세상'. 우연한 발견이었겠지만 주위를 세심하게 둘러보았기에 찾아낸 소재였을 것이다.

마지막 세 번째 기사는 아예 결이 다르다. 마찬가지로 입학

'나홀로' 입학식…아, 외롭다

전국 대부분 초등학교에서 입학식이 열린 4일 강원군 부계초등학교에서 '나홀로 입학식'을 마친 1학년 신입생이 교실로 걸어가고 있다. 저출생으로 올해 신입생이 '0명'인 초등학교도 전국 157곳에 달했다.
연합뉴스

반 친구 없는 '혼자만의 입학'

전국적으로 일제히 초·중·고교 입학식이 열린 4일 대구 군위군 부계초등학교에 올해 유일하게 입학한 학생이 입학식을 마친 후 홀로 교실로 이동하고 있다. 교육부는 저출생에 따른 학령인구 감소로 인해 1학년 입학생이 '0명'인 초등학교가 전국 157곳에 달했다고 밝혔다. 이는 전체 초등학교 6,175개교의 2.5%다.
군위=연합뉴스

'명이면 어때요' 반가운 후배맞이 4일 오전 강원도 태백시 태백초등학교에서 열린 입학식에 참석한 신입생 이원준군(왼쪽)이 함께 공부할 3학년 선배들이 준비한 입학 선물을 받고 있다. 전교생이 27명인 태백초등학교에 입학생이 1명인 건 올해가 처음이다. 지난해 전교생이 39명으로 학년당 1학급이 가능했지만 새학기부터는 1학년과 3학년의 수업을 통합해 운영하게 됐다. 저출생으로 학생인구가 줄어들에 따라 태백초는 작은학교 살리기 프로젝트에 참여하는 등 신입생 유치를 위해 다양한 노력을 기울이고 있다. 이날 입학식에서 이성우 교장은 "우리 학교는 비록 작지만, 부모와 같은 마음으로 열심히 가르치고 정성껏 보살피겠다"며 이군의 입학을 환영했다.
백소아 기자 thanks@hani.co.kr

생이 한 명뿐인 학교를 찾아갔지만 접근 자체를 달리했다. 한 명뿐인 후배를 의젓하게 맞이하는 3학년 선배들의 모습을 함께 찍었다. 볼이 통통한 선배들과 신입생이 마주 보고 웃는다. 후배가 들어와서 기쁜 거다. 쓸쓸함보다는 설렘이 전해진다.

　기사를 딱 세 개만 비교해봐도 느낌은 다르게 다가온다. 같은 소재와, 같은 장면을 저마다 다르게 풀어낸 시도가 참으로 신기하지 않나? 이 좁은 행간과 미세한 결을 읽어내는 것이 스토리텔러의 기본자세다.

수평적으로 읽기

　아침마다 나는 시간이 바쁘면 두 개, 여유가 있다면 서너 개의 신문을 병독하여 수평적으로 읽는다. 논조가 서로 다른 신문이면 더 좋다. 똑같은 현상을 두고도 정반대의 평가가 나오기 때문이다. 신문을 병독하는 습관은 자칫 한쪽으로만 쏠릴지 모를 시선을 잡아주는 동시에 나와 생각이 다른 사람들의 논리를 파악하도록 도와준다. 치열하게 찬반 토론을 하다가도 묘하게 상대방 논리에 설득되는 경우가 생기듯, 내 의견과 비교해가며 읽는 재미가 있다.

　이러한 극과 극의 차이는 정치적으로 예민한 사안을 다룰

때 더욱 두드러진다. 2018년 문재인, 김정은 두 남북 정상이 판문점에서 만난 다음 날인 4월 28일 〈조선일보〉와 〈한겨레〉의 제목을 살펴보자.

한반도 '완전한 비핵화' 운은 뗐다. 〈조선일보〉
"더 이상 전쟁은 없다." 판문점 선언. 〈한겨레〉

〈조선일보〉는 판문점 도보 다리에서 탁자를 사이에 두고 대화하는 남북 정상을 1면 상단에 올렸다. '운은 뗐다'라는 표현이 눈에 띈다. '을'이 아니라 '은'이다. 이제 겨우 시작일 뿐 아직은 경계할 부분이 더 크다는 의미를 담은 문장이다.

반면 〈한겨레〉는 1면 전체를 사진으로 가득 채웠다. 두 사람이 손을 잡고 판문점 군사분계선을 넘는 장면이다. "더 이상 전쟁은 없다." 선언적인 제목은 종전협정까지 내다보는 희망 섞인 기대를 담았다.

마치 같은 일을 겪었지만 서로 다르게 기억하고 증언하는 영화 〈라쇼몽〉 같다. 실제로 4.27 남북정상회담을 지켜본 국민 마음도 그러했을 것이다. 누군가는 벅찬 감동을 누르며 눈물을 흘렸겠지만, 또 다른 누군가의 눈에 그 장면은 그저 잘 포장된 행사였는지도 모른다. 무엇이 옳고 그른지 우리는 섣불리 평가하기 어렵다. 다만 살펴보고 고민할 뿐이다.

살면서 점점 더 느끼지만, 세상엔 나와 생각이 다른 사람이 너무나 많다. 그러나 대부분은 다른 생각과 다른 세상을 들여다보려 하지 않는다. 불편하기 때문이다. 결국 비슷한 사람끼리 모여 원을 이루고 견고한 성을 쌓는다. 혹여 생각이 다른 사람을 만나고 싶더라도 기회 자체가 적다. 때론 싸우게 될까 봐 두렵기도 하다.

신문이라면 가능하다. 읽으면서 욕을 해도 좋다. 다른 세상을 엿보고, 그 간격을 메우는 연습이라도 하게 된다. 적을 알아야 나를 알고, 그래야 이긴다. 신문 읽기는 논리적으로 쓰기 위한 비밀병기, 싸움의 기술이다.

적자생존, 밑줄 긋는 자가 살아남는다

종이 신문을 읽을 때 준비물은 형광펜 하나. 근사한 제목이나 표현, 기억할 만한 내용에 밑줄을 긋는다. 한줄 한줄 찬찬히 읽다 보면 발견하는 장면들이 있다. 서울 상봉터미널이 사라진다는 소식에 문득 옛 추억에 잠기고, 때론 기자가 소개한 남해 바닷가 작은 서점으로 여행을 떠나기도 한다.

밑줄을 긋거나 크게 동그라미를 쳐둔 뒤엔, 이 부분만 다시 컴퓨터에 옮겨적는다. 그래야 온전히 내 것이 된다. 솔직히 말하면 컴퓨터에 옮겨 적은 뒤에도 내용을 잊어버리기 일쑤다. 어젯밤 본 드라마 줄거리조차 가물가물한 이 몹쓸 기억력을 어찌할 수 없다면 적자생존, 적는 자가 살아남는다는 사실을 기억하며 매일 메모한다. 이후에도 잊을 만하면 무엇을 정리했는지 슬슬 스크롤 해가며 살핀다. 오늘은 쓸모없어 보여도 한참 뒤 다른 쓸모로 반짝일 때가 온다. 같은 내용도 여러 번 읽어야 머릿속에 각인되고 필요할 때 언제라도 꺼내어 사용할 수 있다.

자, 이쯤 되면 질문이 들어온다.

— 신문을 두 개 보면 될까요?
— 어느 신문을 보면 좋을까요?

내일부터 열심히 읽어보겠다고 마음먹어주어 고맙다. 하지만 처음에는 여러 신문을 권하지 않는다. 체할 수 있다. 꼼꼼하게 처음부터 끝까지 읽으려면 신문 하나당 적어도 한 시간 남짓 걸린다.

이제 시작이라면 맘에 드는 신문을 딱 하나만 고른다. 처음엔 연습하듯 제목만 훑다가 관심 있는 기사를 좀 더 꼼꼼히 읽고 메모한다. 이게 습관이 되고, 읽을 만하다는 판단이 든다면 그다음 신문 개수를 하나쯤 더 늘려보는 게 좋겠다. 가급적 논조가 다른 신문을 골라서 비교해가며 읽는다. 첫 신문은 한 시간 걸리지만 두 번째 신문은 삼십 분이면 되고, 그다음은 이십 분이면 끝난다. 이미 파악해둔 내용과 비교하며 읽거나 빠진 내용만 보충하면 그만이다. 모두에게 응원을 보낸다. 신문을 읽겠다고 마음먹은 순간 당신은 이미 고수다.

딱 한 걸음만 더

글 좀 쓴다 하는 사람들은 예외 없이 이 사람을 좋아한다. 나 역시 팬클럽 수준이다. 〈중앙일보〉 기자였던 권석천 칼럼니스트다. 칼럼이 나올 때마다 나의 반응은 거의 비슷하다. 처음엔 눈이 빠져라 글을 읽는다. 아~ 하는 탄성과 동시에 한숨을 푹~ 내쉰다. 마지막에는 자괴감이 든다. 나도 과연 이렇게 쓸 수 있을까. 이런 글쟁이들 때문에 수많은 작가들이 좌절하거나 무너진다고 생각한다. 피고 권석천, 유죄.

비법을 캐내고 싶었다. 나와는 뭐가 다르길래 아~ 하는 글을 써내는 것일까. 당연히 본인에게도 질문해보았는데 대답은 좀 시시했다.

— 제가 남보다 문장을 잘 쓰는 건 아닌 것 같고요, 다만 구성은 좀 잘하지 싶어요.

뾰족한 방법은 따로 없다고 한다. 다양한 글감을 짜임새 있게 배치하는 재주가 좀 있을 뿐이라는 겸손의 말씀…. 안 되겠다. 목마른 자가 우물을 판다. 비법을 꺼내놓지 않으니 스스로 찾아보는 수밖에.

한참을 연구해보니 내가 감탄했던 칼럼은 모두 비슷한 특징을 갖고 있었다. 그는 한 발 더 가까이 다가가서 오랜 시간 공들여 들여다본 뒤에 타인이 미처 발견하지 못한 이야기를 찾아냈다. 남들도 이미 다 본 소설과 영화, 뉴스 속에서 끄집어낸 한 오라기의 특별함. 비법은 여기에 있었다.

예를 들어보자. 2016년 부천의 일곱 살 아이가 살던 집 냉동고에서 발견됐다. 아이는 부모에게 지속적인 학대를 당해왔다. 낳아준 부모에게 죽임당한 이후에도 비극은 계속되어서 시신은 훼손된 채 냉동고에 방치되어 있었다. 여론은 부글부글 끓어올랐다. 가해자는 정말 친부모인가, 학교와 지역사회는 왜 몰랐나…. 범죄심리 분석부터 구멍 난 사회 복지 시스템에 대한 비판까지, 신랄한 기사와 칼럼이 쏟아졌다. 더 이상 다르게 접근할 내용이 있기는 할까 싶었을 때 권석천 기자가 내놓은 칼럼 제목은 '7분이면 아이 살릴 수 있었다'였다.

지난 일요일, 당신과 나는 차에서 내린다. 밤 9시 45분 경기도 부천의 어느 골목이다.

슈퍼마켓, 부동산, 치킨집, 정육점, 편의점…. 상점 들이 드문드문 불을 밝히고 있는 일방통행 이면도로를 따라가다 안쪽으로 70~80미터 들어간 곳에 빌라가 있다. 2012년 최 모(34) 씨 가족이 살던 곳이다. 빌라 맞은편 주차 장 관리실 문을 두드리자 50대 여성이 얼굴을 내밀고 "죽 은 아이 때문에 왔느냐"고 묻는다. (중략) 당신과 나는 빌라 에서 최 군이 다니던 초등학교로 향한다. 다시 이면도로로 나와 110여 미터를 직진한다. '어린이 보호구역 30' 제한속 도 표시가 그려진 왕복 4차로 도로 앞에서 우회전해 150여 미터를 더 걷는다. 횡단보도 너머 '△△초등학교' 정문 앞에 선다. 4분 33초. 다시 빌라로 돌아와 이번엔 '△△동 주민센 터'까지 걷는다. 오르막길을 330여 미터 남짓 가자 왼편으 로 붉은색 벽돌 건물이 나타난다. 7분 25초.

— 7분이면 아이 살릴 수 있었다
권석천, 〈중앙일보〉, 2016년 1월 9일

기자는 궁금했다. 아이가 학교에 가지 않았던 4년 동안 어 른들은 어디에 있었을까. 그는 차를 타고, 사건이 일어난 동네를 찾아간다. 동행이 한 명 있다. '당신'이라고 불린 사람. 칼럼을 읽고 있는 우리, 독자다.

사실 안 가도 다들 아는 이야기였다. 초동수사가 끝난 지 오래였고 후배 기자들이 정보를 잔뜩 취재해서 보고했을 것이다. 부천 학대 아동이라는 검색어만 쳐봐도 내용은 차고 넘쳤다. 괜한 헛걸음만 하고 돌아올 공산이 더 커 보였다.

차이는 여기서 생긴다. 정보는 끓어 넘쳤지만 유심하게 빈 구석을 들여다본 시선은 적었다. 그는 천천히 동네를 걸어봤다. 기자의 발소리와 함께 한 번도 가보지 않은 동네의 풍경이 어렴풋이 그려지고 인근 상점들 모습이 손에 잡힐 듯 가까워진다. 아이의 집에서 학교까지 어른 걸음으로 4분 44초. 집에서 주민센터까지는 7분 25초. 그는 아이가 학대받은 사실을 아무도 몰랐다는 사실을 소리높여 비판하지 않았다. 다만 차곡차곡 걸었을 뿐이다.

당신과 나에게 묻는다. 남을 위해, 모르는 아이를 위해 7분의 시간을 쓸 수 있는가. 바쁘다는 핑계 대신 7분의 양심을 지킬 자신이 있는가. (중략) 나는, 당신은 떨리는 지남철인가. 떨리지 않는 지남철인가.

— 7분이면 아이 살릴 수 있었다
권석천, 〈중앙일보〉, 2016년 1월 9일

가벼운 운동화 차림, 한 손엔 수첩을 쥐고 돌아선 기자의 질문이 건너온다. 동네를 조용조용 걸었을 그의 발소리는 4분 또는 7분. 크게 고함을 지르면 들릴 것만 같은 가까운 거리에서 고통받았을 아이의 표정을 그려냈다.

물론 우리는 기자가 아니다. 일일이 현장에 가볼 수 없고 기자들만큼 속 깊은 정보를 알아내기도 어렵다. 대신 주어진 여건 아래 숨어있는 행간을 고민해보면 된다. 가정법을 사용하여 스토리를 만들어볼 수도 있겠다. 다르게 쓰고 싶다면 더 깊이, 가까이 들여다보고 무엇을 끄집어낼지 고민해 보아야 한다.

유심히 바라보고 찾아낸 사례는 다른 지면에서도 찾아볼 수 있다. 2022년 수원에서 세 모녀가 함께 숨진 채 발견되었다. 이미 익숙한 뉴스였으니 이유 역시 짐작이 가능했다. 생활고 때문이겠지…. 뒤이어 왜 이런 일이 반복되는지에 대한 개탄이 쏟아졌는데 사건을 조금 다르게 바라본 기자가 있었다. 세 모녀가 죽음을 선택하기 2년 전, 세상을 떠난 장남 현수의 이야기였다.

세상은 엄마와 두 딸의 안타까운 죽음을 '세 모녀 사건'으로 명명했다. 그러나 A 씨를 비롯한 기배동 주민들의 생각은 달랐다. 세 모녀 대신 꼭 "현수네 식구"라고 불렀다. 두 딸 중 현수란 이름은 없다. 현수는 2년 전 사망한 첫째

아들의 이름이다. 주민들은 "세 모녀 죽음도 비극이지만 현수가 더 안타깝다"고 했다. 가족을 위해 사십 평생 일만 하다가 세상을 떠난 현수 씨의 인생에 더 주목해야 한다고 입을 모았다.

— 20년 가난과 싸우다 아플 새도 없이 떠났다
박지영, 〈한국일보〉, 2022년 9월 29일

아 현수네요? 취재를 나간 기자는 마을 사람들에게 들은 이름을 허투루 넘기지 않았다. 현수가 누구인가요? 꼬리를 물고 이어간 질문을 통해 감춰진 사연을 듣게 되었을 것이다. 아버지의 사업 실패로 가족이 빚더미에 앉게 되자 가장이 된 청년 현수는 밤낮없이 일하다 병을 얻었다. 현수 씨가 세상을 떠난 지 고작 2년, 수원 세 모녀의 비극은 스무 살 청년이 쉼 없이 발버둥 쳐 온 '현수네 가족'의 비극이었다.

20년 동안 죽어라 일만 했던 현수 씨를 쉬게 해준 건 '루게릭병'이었다. (중략) 현수 씨는 바로 병원을 찾지 않았다. 자신이 일을 안 하면 온 가족이 굶어 죽는 걸 알기에 아플 시간조차 없었다. 결국, 2020년 초 6개월 시한부 선고를 받았다. 병세는 빠르게 악화했다. 목발을 짚고 10미터를 채 걷지 못했다. 의사 진단이 나온 지 3개월도 지나지 않은

2020년 4월 그는 눈을 감았다. 그렇게 세 모녀만 덩그러니 세상에 남았다. (중략)

가족은 이별한 지 2년여 만에 유골함에 담긴 채 재회했다. 이달 20일 수원시와 화성시가 논의해 수원 연화장에 안치됐던 세 모녀 유골을 현수 씨가 있는 화성시 추모공원으로 옮긴 것이다. 흰색 천에 싸여 추모공원으로 들어오는 세 모녀 유골함을 화성시 직원들이 맞았고, 화성시장과 시의원들이 조사와 추모사를 낭독했다.

"고인들이 걸어온 힘든 여정을 함께 하지 못했습니다. 너무 늦었지만, 마지막 가는 길은 덜 외로웠으면 합니다."

— 20년 가난과 싸우다 아플 새도 없이 떠났다
박지영, 〈한국일보〉, 2022년 9월 29일

기자는 사건의 오늘뿐 아니라 어제와 내일까지 취재하여 담아냈다. 무심결에 되물은 "현수네요?"라는 한마디에서 이야기는 시작되었다. 한발 더 들어가서 찾아낸 특별함이다.

'만약 당신의 사진이 만족스럽지 않다면 충분히 다가가지 않은 것이다.' 사진작가 로버트 카파가 남긴 말이다. 포탄이 터지는 전장에서도 치열했던 그의 사진은 시대를 넘어 전설로 기억되고 있다. 똑같은 장면을 찍어도 누가 어떻게 찍느냐에 따라 모양이 달라지듯 잘 쓰고 싶다면 한 발 더 들어가야 한다. 나의 글이 만족스럽지 않다면, 타인의 글을 보며 한숨만 내쉬고 있다면 원인은 단순하다. 한 발 더 다가가지 않았기 때문이다.

뉴스에 시를 싣고 싶습니다

패치워크. 다양한 색상과 무늬를 가진 천 조각을 서로 꿰매어 붙이는 작업을 말한다. 따로 떼어놓으면 쓸모없어 보이지만 작은 조각들이 맵시 있게 어우러지면 색다른 느낌의 작품으로 변신한다. 물론 조건이 있다. 숙련된 기술자가 잘 꿰매야 한다. 어울리는 패턴을 찾아내는 안목과 정성스러운 바느질 솜씨가 필요하다는 이야기다.

글도 마찬가지다. 하나의 소재로 굵은 줄기를 잡아가도 되지만, 주제를 관통하는 다양한 소재들을 한 줄에 꿰어내면 더욱 매력적인 스토리가 된다. 안목과 실력을 연마하는 방법은 간단하다. 되도록 많이 꿰매어본다. 명작보다는 망작이 더 많이 나올 수도 있지만 포기하지 말자. 자꾸만 연습해야 타율이 높아진다.

끝없이 시도하는 가능주의자

— 아니 이게, 김 작가…. 하하하!!

멀리서 부장의 웃음소리가 들린다. 말 그대로 박장대소, 허리까지 꼬부리며 박수를 친다. 한 주 동안 〈뉴스9〉 클로징 화면에 시를 넣자고 단체 채팅방에 제안한 직후다. 코로나19로 다들 갑갑해 하던 시기, 뉴스의 끝자락에 위로의 메시지를 담고 싶은 의도였다. 하지만 결론은 이 모양, 대차게 까였다. 그렇다고 사람 무안하게 저렇게 웃을 필요까지 있나. 얼굴이 붉어지고 짜증이 불쑥 솟는다. 안 들어도 될 욕을 오늘도 사서 먹는구나. 아둔한 스스로를 원망한다.

그래도 나는 틈만 나면 들이댔다. 내 생각이 틀리지 않다는 확신이 있었다. 뉴스라고 해서 시와 소설, 음악이 섞이면 안 된다는 법은 없다. 문화예술은 문화뉴스에만 들어가야 한다는 인식 자체가 구시대적 발상 아닌가. 〈앵커브리핑〉을 쓸 때도 느낌 있는 영화나 소설의 한 구절, 아름다운 미술작품과 함께 뉴스를 풀어냈을 때, 시청자의 울림이 더 크게 돌아왔다. 물론 오랜 시간 정통 뉴스의 틀을 고집해온 KBS이기에 설득은 몇 배 이상 힘들었다. 거절할 수 없도록 매력적인 기획이었다면 좋으련만 나의 내공은 기대치에 미치지 못했다.

　뉴스에 시를 넣자는 첫 제안은 낯뜨겁게 거부됐지만, 결론적으로 나는 성공했다. 절기상 개구리도 깨어난다는 경칩 날, 조금만 더 힘을 내자는 메시지를 담아 시를 넣어 보자고 끈질기게 제안했다. 앵커가 직접 낭독하기엔 부담스럽고 어색하다 하니 고심 끝에 우회로를 택해보았다.

　잠자던 봄이 깨어나는 절기상 경칩입니다. 코로나 뒤 두 번째로 맞이하는 봄의 길목이기도 합니다.
　겨울을 잘 견뎌낸 모두를 위로하듯. 머지않아 환한 꽃이 필 것입니다. KBS 9시 뉴스 마칩니다. 고맙습니다.

— KBS〈뉴스9〉, 2021년 3월 5일

　시청해주셔서 감사합니다, 인사하는 간결한 마무리 대신 화면 전체에 눈부신 벚꽃을 펼쳐놓았다. 배경음악으론 꽃잎이 흩날리는 느낌의 잔잔한 피아노 연주를 내보냈다. 그토록 염원했던 시는 어디에 들어갔을까? 앵커 멘트가 끝나자마자 화면 가득 봄의 글귀가 떠오르도록 설계했다.

추운 겨울 다 지내고

꽃 필 차례가 바로 그대 앞에 있다.

— '그대 앞에 봄이 있다', 김종해

— KBS 〈뉴스9〉, 2021년 3월 5일

그날 퇴근길, 어느 때보다 발걸음이 가벼웠다. 남들이 알아주지 않아도 행복하다고 생각했다. 〈뉴스9〉 클로징에 나는 시를 넣었노라. KBS 보도국에 합류한 지 딱 1년 만에 이뤄낸 결과물이었다. 그리고 다음 해 1월, KBS 〈뉴스9〉는 희망을 품은 시의 한 구절을 전하며 한해의 문을 열었다.

"가능주의자가 되려 합니다. 불가능성의 가능성을 믿어보려 합니다."

안녕하십니까. 2022년 첫날 9시 뉴스는 시 한 구절로 시작합니다. 큰 빛이 아니어도 반딧불이처럼 깜박이며 나아가겠다, 이렇게 다짐하듯이⋯ 다시, 희망을 얘기하며 함께 만들어갈 삼백예순다섯 날이 새롭게 놓였습니다.

그 핵심엔 3년째 접어든 코로나19와 두 달 남짓 남은 대선이 있습니다. 오늘 특집 9시 뉴스는 새해 첫 대선 여론조사 결과로 시작합니다.

— KBS 〈뉴스9〉, 2022년 1월 1일

나희덕 시인의 '가능주의자'가 바다 한가운데 떠오른 새해 첫 태양을 배경으로 등장했다. 오늘도 비웃음만 사겠지? 내심 걱정하면서 내놓은 제안이었다. 진짜 써도 돼요? 정말 통과된 거예요? 제작진에게 몇 번이나 확인하며 호들갑을 떨었다. 이날 완성된 생방송 화면을 보면서 누구보다 기뻐한 사람은 뉴스의 변화 가능성을 믿고 끊임없이 시도한 '가능주의자', 나였는지도 모르겠다.

열 번 꿰매어 안 꿰매어지는 소재는 없다

— 그게 말이 된다고 생각하나. 관련 없는 내용을 엮어내면 그건 억지가 된다.

〈앵커브리핑〉을 쓰던 시절, 손석희 앵커에게 자주 들었던 지적이다. 똑같은 이유로 거의 매일 꾸중 들었다고 해도 과언이 아니다. 엉뚱한 소재들을 억지로 엮지 말라는 주문이다. 혼나면 서도 나는 무언가를 엮어낼 궁리만 했다. 달리 방도가 없었다. 뉴스는 시기와 주인공만 달라질 뿐 큰 줄기가 반복되는 사건들이 많다. 조금이라도 새로우려면 접근방식을 다르게 해야 한다. 서툰 나의 바느질에 앵커는 귀찮고 괴로웠겠지만 도리가 없었다. 연결 가능성이 조금이라도 보이면 일단 꿰고 보았다. 오늘 버린 소재를 저금해두었다가 며칠 뒤 발견한 소재와 다시 접붙이기도 했다. 내가 제안한 엉뚱한 발상을 시작으로 다른 제작진이 새로운 소재를 가져오는 날도 있었다. 다가올 시대는 융합이 트렌드라고 하니 살짝 시대를 앞서갔던 것이라고 스스로 위안해본다.

나중에는 이런 소재 바느질이 이론적으로도 효험이 있다는 걸 알게 됐다. 이연연상(bisociation), 헝가리 출신 소설가이자 저널리스트인 아서 쾨슬러가 만든 개념이다. 서로 관련 없는 듯 보이는 두 개의 요소를 연결해 연상하면 새로운 패턴이 만들어진다는 의미다. 물론 아예 관련이 없는 소재들을 가져다 붙일 수는 없겠지만 세상은 마치 그물망 같아서 비슷한 결을 찾아 엮어내면 반짝하고 떠오르는 순간이 있다. 잘 꿰맨 바느질이 만들어낸 새로운 패턴이다. 〈앵커브리핑〉이나 〈뉴스9〉의 스토리텔링이 타 방송사 뉴스와 조금이라도 다른 냄새를 풍겨왔다면 비결은 이연연상 덕분이 아니었을까.

이런 소재 바느질이 가능한 이유, 세상은 모두 이야기로 이뤄져 있기 때문이다. 시대와 지역과 국가를 막론하고 사람 사는 모양은 다르지 않다. 집안이 원수인 로미오와 줄리엣, 신분이 다른 이몽룡과 성춘향이 첫눈에 반한다. 효녀 심청은 아비를 위해

인당수에 뛰어들고 리어왕의 효녀 코델리아는 아비의 오해를 사 쫓겨나고 만다. 신데렐라는 새엄마 때문에 괴롭고, 장화 홍련도 새엄마가 밉다. 얼핏 안 어울려 보여도 이야기는 동서양과 시대를 넘나든다. 구조나 느낌이 비슷한 이야기들을 한 번씩 엮어보면 생각이 열리기 시작한다. 특히 우리 주변 가까운 사례와 연결하면 남의 경험도 마치 나의 일인 양 공감을 얻게 된다.

2022년 2월 6일 튀르키예에서 두 차례의 강진이 일어났다. 5만 명 이상이 숨지고, 그 두 배가 넘는 사람들이 다친 참사였다. 구조대는 무너진 건물에 파묻힌 실종자를 구하려고 열흘 넘게 사투를 벌이고 있었다. 바다 건너 먼 나라의 상황이지만, 한때 우리 모습이 겹쳐 보였다. 1995년 6월 29일 502명의 목숨을 앗아간 삼풍참사다.

(1995년 7월 15일 KBS 〈뉴스9〉 화면 먼저 봅니다)
사고가 난 지 17일, 시간으로 377시간 만인 오늘 오전 11시 15분께 19살 박승현 양이 기적적으로 구출됐습니다. 또 한 번의 믿기지 않는 생존 드라마가 폐허더미 위에서 펼쳐졌습니다. *1995년 7월 15일 뉴스 리포트

30년 가까이 지났지만, 기억이 생생한 분들 많을 겁니다.

1995년 삼풍백화점 붕괴 참사 당시, 마지막 생존자가 377시간 만에 무사히 구조됐습니다. 상황은 계속 안 좋아지고 있지만, 희망을 놓을 수 없는 건 바로 이런 기적 같은 일 때문일 텐데요.

튀르키예 강진 현장에서도 비슷한 일이 일어나고 있습니다. 매몰된 지 2백 시간을 훌쩍 넘은 상황에서 40대, 또 70대 여성이 잇따라 극적으로 구조됐습니다.

— KBS 〈뉴스9〉, 2023년 2월 15일

리포트 앞머리에 1995년 삼풍참사 17일 만에 기적적으로 구출된 학생의 이야기를 당시 앵커의 멘트와 함께 붙였다. 처음 자료를 찾을 때는 오랜 시간을 견뎌내고 구조된 사람이 있었다는 기억만 희미했을 뿐이었지만, 대형 참사와 관련된 자료는 검색어 몇 개만 넣어도 쉽게 발견할 수 있다. 이후 방송사의 데이터베이스를 뒤져 이 학생이 구출되었다고 기록된 1995년 7월 15일 자 뉴스를 뽑아냈다. 모두가 감동하며 기뻐했던 당시의 기적처럼, 바다 건너의 눈물이 시청자들에게 조금 더 가깝게 느껴지기를 바라는 의도였다.

2016년엔 조금 황당한 시도를 해보았다. 난데없는 손석희 앵커의 주문이 내려왔다. 오늘은 〈앵커브리핑〉을 앉아서 시작해보자는 제안이었다. 나중에 알고 보니 그날 앵커의 몸 상태가 너무나 좋지 않았다. 하지만 당시엔 까닭을 알 턱이 없으니, 아 진짜. 괴롭히는 방법도 다양하시네. 그저 투덜거릴 수밖에…. 잔 뜩 인상을 찌푸린 채 신문을 부스럭대다 발견한 사진은 경남 고 성군의 첫 모내기 장면이었다.

— 조금 뒤엔 피뽑기 하겠네. 대학 때 농활 가서 해봤는데.
— 아, 작가님도 픽미 픽미 해보셨네요. 피 뽑으면서?

누군가 개그랍시고 농담을 던졌다. 엠넷의 아이돌 오디션 프로그램인 〈프로듀스 101〉이 한창 인기여서 '나를 뽑아달라'는 의미의 '픽 미(Pick Me)'라는 노래가 유행이긴 했다. 하지만 눌 러쓴 밀짚모자에 허벅지까지 장화를 올려 신은 논바닥에서 픽 미라니…. 헛웃음이 나왔다. 여기서 그냥 웃기만 했다면 대화는 시시한 아재 개그에서 끝났을지도 모른다. 하지만 마주보고 낄 낄대던 우리 팀의 저력, 이 아재 개그를 소재로 이어붙였다.

— 그 노래 인기 있긴 한가 봐. 이번 선거에서도 쓴다던 데…. 이참에 '픽 미'를 주제로 선거 이야기해보는 건 어때?

모내기에서 시작된 발상은 아이돌 그룹의 노래로 번졌고

각 정당의 선거송, 그러니까 정치 이야기로 흘러갔다. 내친김에 아예 모내기 사진부터 화면에 올릴까? 기왕이면 앵커의 주문대로 앉아서?

(앵커 앉아서 시작)
뉴스룸의 앵커브리핑을 시작하겠습니다.
경남 고성군에선 어제 도내 첫 모내기가 시작됐습니다. 좀 더 따뜻한 전남은 벌써 모내기를 마친 지역도 있다는군요.
농부에게 모내기는 봄을 알리는 신호입니다. 좋은 품종만 골라 정성스레 모를 심고… 알찬 수확을 기대하는 농심이 싹을 틔우기 시작합니다.
그러나 마음 같진 않을 겁니다. 불쑥불쑥 고개를 들이미는 잡초들. 농약이라도 죄다 뿌려버리고 싶지만 성한 작물마저 버릴까. 애타는 농심은 이제 얼마 후면 하나하나 정성스레 피뽑기… 즉 잡초를 솎아내는 작업을 시작하겠지요.
(픽 미 후렴구 흐르며, 앵커 화면으로 걸어감)
요즘 인기몰이 중인 걸그룹 서바이벌 프로그램의 주제곡입니다. Pick me up. 중독성 있는 훅송 때문인지 정당들은 이 노래를 선거용으로 쓰기 위해 쟁탈전을 벌였다고 하지요. '픽 미' '붉은 노을' '붐바' '태권브이'··· 이번 총선 유세전에서 선보일 노래들입니다. (중략) 반복적으로 주입되는 메시지는 이른바 '각인효과'가 있다고 하니 정당들은 선거송에 대한 집착을 버리지 못하는 모양입니다. 그런데··· 노래만으론 결코 덮을 수 없는 철학의 빈곤. 공약의 빈곤은 어찌할 것인가. (중략)

생각해보면 Pick me up···. 이 선거송은 중의적인 의미를 가진 것 같습니다. 누군가에겐 '나를 뽑아달라'라는 의미겠지만 우리 유권자들에게는 필요 없는 잡초는 뽑아내 달라. 즉 골라내고 솎아내 달라는 의미로 들릴 수도 있다는 것. 어느 특정 당의 선거송이 아니라 모든 정당에 대한 경고송일 수도 있다는 얘기입니다.

— 정치는 비뚤어졌어도··· Pick me up
JTBC 뉴스룸 〈앵커브리핑〉, 2016년 3월 30일

먼저 자리에 앉은 앵커가 단신 기사를 소개하듯 흙내음 가득한 모내기 풍경을 소개한다. 곧이어 선거를 앞둔 우리의 마음도 다르지 않다고 덧붙인다. 적합하지 않은 후보를 골라내고 제대로 된 일꾼을 뽑고 싶은 유권자의 소망과, 잡초를 솎아내고 풍작을 기원하는 농부의 마음을 강조하면서 소재와 소재를 조심스레 연결했다.

단신을 마친 앵커가 천천히 일어나 걸어가는 순간, 화면은 모내기에서 아이돌 그룹의 공연 장면으로 바뀌고 익숙한 그 노래 '픽미'가 흐른다. 모내기와 픽 미의 패치워크, 성공! 여기에 더해, 앉아서 시작해보자는 앵커의 주문까지, 나는 오늘 기특하게 막아냈도다.

그러나 앞서 말했듯 모든 바느질이 성공하진 못했다. 흐름상 맥이 닿아있는 것 같아도 막상 엮어보면 구조가 어긋나는 경우가 더 많았다. 뾰족한 방법은 없다. 엉뚱하고 때론 무모하지만 자꾸만 붙여보는 수밖에. 수없이 반복하면 전혀 다른 이야기 사이에서도, 습관처럼 비슷한 결을 제법 찾아내게 된다. 처음부터 흠없는 바느질이 어디 있겠는가. 알고보면 천의무봉이 별거 아니다.

하늘 아래 새로운 글은 없다

세상엔 훔쳐오고 싶은 문장이 널려있다. 책이나 신문을 펼쳐보면 온 세상 사람들은 글을 잘 쓴다. 온 세상 사람들은 눈도 밝다. 내가 발견하지 못한 장면과 생각을 그물 한가득 건져다 펼쳐놓는다. 질투심과 자괴감으로 짓무른 심장을 누르면서 읽던 신문을 한켠으로 밀어놓는다. 글감이 바닥을 보이는 날엔 한쪽 눈 질끈 감고 베끼고 싶은 마음마저 강렬하다. 하지만 참아야 한다. 스스로를 속일 수는 없는 법, 편하게 못 잔다는 이야기다. 설사 용기를 내어 문장을 훔쳐온다 해도 어디선가 누군가는 반드시 알아챈다. 생각보다 세상은 그리 만만치 않다.

온 힘을 다해서 베끼지 않겠다고 다짐하지만, 영향까지 받지 않을 도리는 없다. 수없이 많은 글을 접하고 메모하다 보면 머릿속에 흘러들어와 있는 이 문장이 내 것인지 아니면 어제 읽은 남의 글인지 헷갈릴 지경이다. 마침 그 시점에 읽고 있는 소설 속 작가의 문체가 고스란히 배어, 내가 쓰는 문장과 섞이기도 한다. 글을 쓸 때 가장 조심해야 하는 부분이 바로 여기에 있다. 나도 모르게 베껴 쓸 수도 있다는 사실마저 경계해야 한다.

물론 글쓰기를 연습하는 단계라면 베껴서 써보아도 된다. 필사는 좋은 글쓰기 훈련이다. 단 베껴쓰기는 혼자 쓰고 혼자 읽을 때만 가능하다. 여러 사람이 읽는 글을 쓰게 되었다면 명확히 선을 그어야 한다. 출처를 밝히면 인용, 처음부터 내 것인 양 가져다 쓰면 표절이다. 둘의 경계는 모호한 듯 보이지만 선명한 차이가 있다. 탐스러운 문장과 표현이 욕심난다면 가져다 쓰되 원래 주인을 반드시 밝혀야 한다. 아차, 하는 순간 범죄자가 될 수 있다.

바나나맛 우유 결혼식

— 작가님 부탁이 하나 있어요. 저 좀 살려주십쇼.

〈앵커브리핑〉을 함께 만든 김홍준 피디에게 연락이 왔다.

동생이 결혼하는데 주례 대신 양가 아버님이 함께 축사를 하신 단다. 처음엔 '그까이 거~' 문제없다 여겼던 신랑 아버님. 막상 하객들 앞에서 말할 내용을 궁리하자니 잠을 못 이룰 지경이 되셨다. 결국 방송사 다니는 큰아들이 호출됐다. '니가 축사 좀 써 와 본나….' 아버지처럼 머리를 부여잡고 고민하던 김홍준 피디는 결국 아메리카노 한 잔을 사들고 나를 찾아왔다. 축사는 돌고 돌아 방송사 다니는 그 집 큰아들과 같이 일한 나에게 떨어졌다.

잠자는 남편 숨소리도 얄미운 순간이 허다한데 결혼식 축사라니…. 살다 보니 별의별 원고를 다 쓰게 됐다. 그렇다고 '꼴도 보기 싫은 순간엔 베개를 던지세요' 할 수도 없는 노릇이었다. 뾰족한 수가 없을까 고민하던 차, 며칠 전 발견한 신문 칼럼이 생각났다. 칼럼을 쓴 서울대 오성주 교수 역시 제자에게 결혼식 축사를 부탁받고 무슨 말을 해줘야 할지 고민했다고 한다.

어느 결혼식에서 주례 선생님이 신랑 신부를 달항아리에 비유하시는 것을 들은 적이 있다. 두 사람이 만나 새로운 가족이 탄생하는 게 달항아리와 같다는 것이다. 마침내 나에게도 달항아리 비유를 써먹을 일이 생겼다. 얼마 전 우리 실험실 출신 류 군이 몇 년 만에 찾아왔는데, 곧 결혼을 하게 되었으니 축사를 맡아달라고 했다. (중략) 결혼식이 열

리기 전까지 축사에 대해서 고민해보았다. 달항아리 비유
는 좋지만 그대로 쓰는 것은 일종의 표절처럼 느껴졌고, 아
직 흰머리보다 검은 머리가 훨씬 많은 내가 말하기에는 격
에 맞지 않다는 생각이 들었다. 대신 나는 바나나맛 우유
비유를 들기로 했다. 1974년에 출시된 빙그레사의 '바나나
맛 우유' 말이다. 이 우유의 용기는 달항아리를 닮았다. 실
제로 당시 개발팀은 달항아리 전시에 갔다가 지금의 디자
인을 떠올렸다고 한다.

— 사발 두 개가 하나의 완전체로 변신하는 달항아리 착시
오성주, 〈한국일보〉, 2022년 11월 28일

달항아리를 만들 때 도예가는 사발 두 개를 위아래로 포개
어 항아리 모양을 빚는단다. 흙에 힘이 부족해 한 번에 완전한
모양을 만들기 어렵기 때문이다. 두 개의 사발이 만나 하나가
된 달항아리의 사례는, 서로 다른 사람들이 만나 온전한 하나가
되는 부부를 상징하는 절묘한 비유였다. 칼럼을 쓴 오성주 교수
는 처음 들은 이야기에 하나를 더해 새로운 이야기를 만들었다.
달항아리를 닮은 바나나맛 우유를 들고 "맛있는 바나나맛 우유
를 담은 이 용기처럼 신랑 신부도 행복을 담을 것입니다"라고
제자 부부를 축복했단다.

나는 이걸 왕창 베꼈다. 하지만 오성주 교수와 마찬가지로

고대로 가져다 쓰기엔 찜찜하다. 똑같은 비유를 가져다 썼지만 대신 여기에 방송쟁이다운 대사와 화면구성을 덧붙여보았다.

먼저 결혼식장 정면 스크린에 달항아리 사진을 커다랗게 띄우고, 삽화와 함께 제작과정을 설명한다. 이후 원고 흐름에 맞춰 달항아리가 스르륵 바나나맛 우유로 변신하는 구성이었다. 두 분 아버님께는 바나나맛, 딸기맛 우유를 하나씩 준비하시라 당부했다. 달항아리 모양 용기에 담긴 우유 소품까지 모두 준비했으니, 이제 실전이다. 축사와 함께 두 분 아버님이 자연스럽게 설명을 이어가도록 지시사항을 ( ) 안에 넣어두었다.

신랑 아버님 : 자. 부부가 된 두 사람을 위해 저희 아버지 두 사람이 작은 선물을 하나 준비했습니다.

(양가 아버님 : 동시에 우유 하나씩 꺼내세요~)

바로 이 바나나 우유입니다. 제가 든 건 바나나맛. 사돈이 꺼내신 건 딸기맛…. 색깔도 아주 이쁩니다.

신부 아버님 : 배 부분이 볼록~ 하고 예쁜 이 바나나맛 우유통. 어떻게 만들어졌는지 혹시 아십니까. 아래와 윗부분을 따로따로 만든 다음에 조심스레 두 개를 포개어 붙였습니다. 쉽게 잘 붙지는 않습니다. 열을 가하고 압력을 줘야 맛있는 우유가 새지 않고, 예쁘게 통에 담깁니다.

신랑 아버님 : 이 우유통 디자인은 조선 시대 백자인 '달항아리'에서 나왔습니다. 여기 우리 큰아들 김홍준 피디가 준비해준 달항아리 사진입니다.

(화면 : 달항아리 사진과 제작과정 띄워 주세요.)

이 배 부분이 볼록~한 고운 달항아리도 사발 두 개를 이어붙여서 만듭니다. 흙에 힘이 없어서 한번에는 이런 모양이 안 나온답니다. 사발 두 개를 조심스레 포개고 갈라진 부분을 곱게 메운 뒤에 높은 온도에서 구워내야, 세계인이 감탄하는 달항아리가 되는 겁니다.

신부 아버님 : 두 사람이 만나 새로운 가족이 되는 이치도 바로 이 달항아리, 색깔이 다른 이 우유와 똑같습니다.

(화면 : 바나나맛 우유, 딸기맛 우유처럼 사진 바뀝니다.)

자라온 환경도 다르고. 식성과 잠버릇까지도 다를 겁니다. 하지만 서로 맞춰보고, 양보하고, 때로는 져주기도 하고…. 이 나이까지 살아보니 결혼이란 그런 것 같습니다.

신랑 아버님 : 고운 빛깔의 이 달항아리처럼…. 또 달콤한 바나나 우유, 딸기 우유처럼…. 아름답고, 또 달콤하게 살아가길 바랍니다. 결혼선물로 예쁘고 맛있는 우유를 한 개씩 우리 귀한 자녀들에게 드립니다.

(양가 아버님 : 신랑 신부에게 하나씩 나눠주세요.)

— 결혼식 축사, 2022년 12월 10일

　　우리 딸은 노란색 바나나맛 우유처럼 아직 하고 싶은 일이 너무 많습니다. 아이는 몇 년 더 있다가 낳고 싶답니다. 우리 아들은 분홍색 딸기맛 우유처럼 덩치만 컸지 맘은 여립니다. 실수해도 너그러이 넘겨주이소. 각자 다른 달콤함을 지닌 두 개의 우유가 짠~ 하고 부딪히며 결혼을 축하하는 퍼포먼스를 연출했다.

　　남의 아이디어를 가져다 쓴 결혼식 축사지만 나만의 장점을 덧붙여 새로운 이야기를 만들었다. 아마 결혼식에 다녀간 누군가도 어딘가에서 이 아이디어를 써먹을지 모른다. 내용을 더하여서 말이다. 물론 출처도 밝히지 않은 채 이 정도 베끼는 게 가능했던 건, 가족과 지인들만 참석하는 결혼식이기 때문이다. 오성주 교수께서도 너그러이 용서하셨기를…. 하지만 대중을 향해 쓰는 글이라면 한층 더 조심스러운 접근이 필요하다. 가져다 쓴다면 출처를 명확히 해야 하고, 나만의 이야기를 차별성 있게 드러내야 한다.

낙타는 죄가 없다

'햇볕과 정면으로 맞서는 낙타'. 2015년 6월, 이정모 당시 서대문자연사박물관장이 쓴 칼럼이다. 중동호흡기증후군 메르스가 기승을 부린 시기였다. 보건당국은 낙타를 멀리하고 특히 낙타 젖을 먹지 말라고 당부해 온 국민의 비웃음을 샀다. 낙타 우유가 있다는 사실조차 몰랐던 나라에서 벌어진 황당한 조치였다. 이정모 관장은 칼럼에서 낙타가 기후변화에 맞춰 진화해 왔다고 설명한 뒤 어이없이 격리되어버린 대한민국 낙타의 신세를 이야기했다.

이런 어처구니없는 일이 일어난 까닭이 뭘까? 전염병 그것도 새로운 전염병은 모든 수단을 동원해서 초기에 막아야 한다는 것은 상식이다. 이때 기본은 정보를 투명하게 공개하는 것이다. 투명한 정보가 없으면 괴담이 퍼지는 법이다. 전염병을 통제할 컨트롤타워가 없었다. 지난 8일 청와대는 자기네가 메르스 사태의 컨트롤타워가 아니라고 친절하게 발표했다.

이정모 관장은 이런 어처구니없는 일을 막으려면 정부가 투명한 정보공개를 통해 신뢰를 얻어야 한다고 지적했다. 여기서 주목해야 하는 부분은 마지막 문장이다.

땡볕에 쉴 만한 그늘도 없을 때 낙타는 오히려 얼굴을 햇볕 쪽으로 마주 향한다. 《낙타는 왜 사막으로 갔을까》의 저자 최형선은 그 이유를 햇볕을 피하려 등을 돌리면 몸통의 넓은 부위가 뜨거워져 화끈거리지만 마주 보면 얼굴은 햇볕을 받더라도 몸통 부위에는 그늘이 만들어져서 어려움이 오히려 줄어들기 때문이라고 설명한다. 지도자가 최소한 낙타 정도의 지혜와 책임감을 갖추기를 기대하는 것이 그리 대단한 일일까?

— 햇볕과 정면으로 맞서는 낙타
이정모, 〈한국일보〉, 2015년 6월 9일

햇볕을 정면으로 마주하고 선 낙타의 모습이 눈앞에 보이는 듯하다. 낙타의 습성을 알지 못한다면 사용하기 어려운 비유이다. 그런데 글을 자세히 읽어보면 이 사실은 이정모 관장이 발견한 내용이 아니다. 칼럼에서 언급했듯 《낙타는 왜 사막으로 갔을까》라는 책에 등장한 이야기다. 한참 전에 발견한 내용을 저장해두었다가 오늘의 세상과 엮어, 새롭게 스토리텔링 한 것이다.

나는 며칠 뒤 이 칼럼을 인용하여 〈앵커브리핑〉을 작성했다. 마찬가지로 주제는 메르스였지만 결은 조금 달랐다.

　　뜨거운 태양과 마주했을 때. 작은 그늘조차 찾지 못할 때 낙타는 어떻게 할까요? 낙타는 오히려 얼굴을 태양과 마주한다고 하는군요. 왜일까요? 이유는 나중에 말씀드리겠습니다.

　　메르스 사태가 23일째를 맞았습니다. 시민들의 불신은 마치 사막의 태양처럼 뜨겁습니다. 그리고 그 뜨거운 태양과 정면으로 마주한 의료진들이 있습니다.

　　"우리는 의료인으로서의 책임을 회피하지 않을 것입니다."

　　인천 인하대병원 원장이 내부게시판에 올린 글이 많은 분에게 울림을 줬습니다. (중략) 메르스 1번 환자를 진료하다 감염되었고 치료를 받아 완치된 서울 개인병원 원장은 "내 병원이 타격을 입어도 병원 이름을 공개한 것은 잘한 일이다." 이렇게 말합니다. (중략) 이처럼 정부가, 지자체가 채워주지 못한 무언가를 누군가가 대신 메꿔주고 있는 상황. 덕분에 우리네 세상은 그나마 제대로 돌아가고 있는 것인지도 모릅니다.

　　이제 낙타가 뜨거운 태양을 마주했을 때 왜 얼굴을 태양 쪽으로 향하는지 알려드리지요.

(화면에 이정모 칼럼 노출) 낙타가 얼굴을 태양과 마주하는 이유는 다음과 같다고 전해집니다. 태양을 피하려 등을 돌리면 오히려 몸 전체가 뜨거워지지만, 태양을 마주 보면 비록 얼굴은 화끈거리더라도 몸통 부위엔 그늘이 만들어진다는 것. 그래서 어려움이 오히려 줄어든다는 이야기였습니다.

이글대는 태양에 맞서는 낙타의 지혜. 오늘의 앵커브리핑이었습니다.

— 메르스와 작은 영웅들… '낙타가 태양을 피하는 방법'
JTBC 뉴스룸 〈앵커브리핑〉, 2015년 6월 11일

먼저 태양을 정면으로 바라보며 더위를 견디는 낙타의 이야기를 칼럼에서 가져왔다. 하지만 칼럼의 흐름과는 다른 방식으로 주제를 풀어냈다. 구멍 뚫린 정부 대처에도 불구하고 온몸으로 헌신하는 의료진의 모습을 강조한 것이다. 그러나 인용은 어디까지나 인용이다. 자칫하면 남의 글을 고스란히 훔쳐다 쓴 표절이 된다. 이날 〈앵커브리핑〉에서는 이정모 관장의 칼럼을 제목과 내용이 잘 보이도록 화면에 띄워놓았다. 방송언어는 화면이 매우 중요하다. 따로 언급하지 않아도 다른 글에서 모티브를 가져왔다는 사실을 강조하기 위해서였다.

글을 쓸 때는 다른 사람의 글에서 발견한 소재를 얼마든지

사용해도 좋다. 대신 출처를 명확하게 밝힌다. 논문으로 치면 각주를 정확히 다는 셈이다. 여기에 나만의 생각을 하나만 덧붙여 보자. 그러면 내 것이 된다.

의심하는 도마처럼

2017년 2월은 국정농단 사건의 주범인 최순실과 그의 태블릿 피시를 둘러싼 가짜뉴스가 점입가경인 시기였다. 미국 교포들이 JTBC를 상대로 3천억 원짜리 소송을 걸었다는 가짜뉴스가 퍼졌고, 2월 21일 뉴스룸은 이 뉴스가 거짓임을 증명하는 리포트를 내보낼 예정이었다. 말도 안 되는 소문이 끝도 없이 쏟아지는데 막을 수는 있을까…. 오락거리로 뉴스를 소비하는 세상에서 TV 뉴스는 무슨 의미가 있나…. 회의적인 생각들로 복잡한 가운데 문득 떠오른 인물은 예수의 열두 제자 중 한 명인 도마였다.

예수가 살아 돌아온 뒤에도 도마는 스승의 부활을 믿지 않았다. 자신의 손가락을 예수의 뻥 뚫린 못 자국에 넣어 보고야 눈물 흘리며 기뻐했다는 사람. 부족한 믿음을 상징하는 사례로 쓰이지만, 거꾸로 보면 도마의 합리적인 의심은 진실을 선명하게 드러냈다. 이를 통해 퍼 올린 진실은 그의 믿음을 더욱 단단하게 만들었을 것이다. 가짜뉴스를 대하는 시민 역시, 의심하고 질문해야 잘못된 프레임에서 벗어날 수 있다고 이야기를 풀어가면 어떨까…. 원고 초안은 물 흐르듯 진척되었다. 꽤나 근사한 원고가 완성되었던 찰나, 혹시나 하는 의심이 생겼다. 도마가 갑자기 떠오른 이유는 무엇이었을까? 혹시 누군가 나보다 먼저, 비슷한 생각을 떠올리고 글을 쓰지는 않았을까? 불안한 마음을 누르며 검색어를 몇 번 쳐보니 칼럼 하나가 불쑥 솟아올랐다.

성당 미사에서 들은 어떤 신부님의 강론이 그랬다.
그는 예수께 충실했고 그러면서 탐구심이 강한 사람….
맹신하는 것보다…. 의심하고 질문하는 게 오히려 좋은 믿음으로 이어질 수 있다

— '의심하는 토마'가 필요한 이유
문소영, 〈중앙일보〉, 2017년 2월 6일

차라리 눈을 감아버리고 싶은 순간, 이럴 땐 나도 나를 믿지 못하게 된다. 날짜를 보니 보름 전이다. 얼마 전 읽은 내용을 무의식중에 가져다 썼을 가능성을 배제하기 어렵다. 공교롭게도 비슷한 생각을 하게 되었을지도 모르지만 먼저 쓴 사람이 의심하면 아무 소용 없는 일이다. 생각다 못한 나는 손석희 앵커에게 사정을 설명하고 칼럼을 화면에 띄우겠다고 말했다.

예수의 제자 중 '도마'는 의심이 많았습니다. 사흘 만에 부활한 예수를 만난 다른 제자들이 그 소식을 전했을 때도 그는 의심했던 것이지요.

"내가 그의 손의 못 자국을 보며 내 손가락을 그 못 자국에 넣으며 내 손을 그 옆구리에 넣어 보지 않고는 믿지 아니하겠노라."

16세기 이탈리아 화가 카라바조의 작품 '의심하는 도마'에는 이러한 장면이 생생하게 담겨있습니다. 도마는 두렵고도 떨리는 표정으로 예수의 몸에 손가락을 넣었고 다시 살아난 스승 앞에서 눈물을 흘렸습니다. 그래서인지 도마는 기독교에서 연약한 믿음을 상징하는 사례로 인용되곤 합니다.

(화면에 문소영 기자 칼럼 노출) 그러나 한 신부님은 도마를 사뭇 다르게 읽어내기도 했더군요.

"그는 예수께 충실했고, 그러면서 탐구심이 강한 사람… 맹신하는 것보다… 의심하고 질문하는 게 오히려 좋은 믿음으로 이어질 수 있다."

성서가 아닌 현실로 와보겠습니다.

"JTBC는 3000억 원짜리 소송에 걸렸다."

"주범은 최순실이 아니며 오히려 피해자다."

이제는 국회의원의 입에서조차 국가기관과 언론과 시

민을 부정하는 말들이 쏟아지고 있으니 마지막으로 갈수록 거짓 뉴스들은 기승을 부릴 것입니다. (중략) 범람하는 이 거짓 뉴스의 홍수에서 시민이 살아남는 방법은 '합리적인 의심'을 품는 것이 아닐까. 그렇게 모두가 조금은 괴롭고, 피곤하고, 때론 조금은 매정해야 하는, 도마가 되어야 하는 시대.

"보지 못하고 믿는 자들은 복 되도다"

도마에게 했던 예수의 그 말처럼 보지 않고도 믿을 수 있다면. 얼마나 좋을 것인가.

하지만 그것은 신의 영역인 종교의 세계에서 아름다운 덕목일 뿐, 이 혼돈의 시국에 필요한 덕목은 바로 합리적 의심이 아닐지…. 하물며 도마도 그랬는데 말이지요.

— 합리적 의심… '하물며 도마도 그랬다'
JTBC 뉴스룸 〈앵커브리핑〉, 2017년 2월 21일

한구석으론 억울한 마음이 가득했다. 도마의 일화는 성경을 조금만 알아도 기억하고 있는 소재다. 문장을 훔쳐온 것도 아니고 비슷한 소재를 오늘에 맞게 풀어냈는데 무에 어떠냐는 생각마저 들었다. 그러나 어딘가 뒷골이 당길 때는 억울해도 한발 물러서야 한다. 처음부터 표절을 의도하는 작가는 없을 것이라 믿는다. 상황이, 그리고 믿지 말아야 할 인간의 기억력이 황당한

사고를 불러오는 경우가 허다하다. 간혹 나의 머리가 나를 속이는 경우도 있으므로…. 뒤늦게 정황을 설명한다 해도 이미 벌어진 뒤에는 수습하기 어렵다.

3장

연중궁금,
한 발 더 다가가 씁니다

중국사 교수님은 긴 답안지를 싫어했다. 제대로 공부했다면 요점만 간단히 써내라는 의미였다. 하긴 그랬다. 잘 모를수록 중언부언 쓸데없는 말로 분량만 채우기 일쑤다. 특히 역사학과는 유명했다. 글은 제법 쓰고, 남들보다 썰은 잘 풀어대는데 정작 공부하는 사람은 드물었던 뺀질이들. 시험준비는 한 줄도 안 했지만 '아무 말 대잔치'로 답안지를 채워낼 자신만 넘쳐났던 시절이었다. 급기야 시험 날 교수님은 선언했다.

— 앞 장만 써라. 얘들아, 앞 장만.

여기저기서 한숨이 터져 나왔다. 이번 시험은 망했구나…. 머리칼을 쥐어뜯는 학생들 사이로 한 명이 당당하게 걸어 나가 답안지를 제출했다. 이럴 수가, 제대로 공부한 녀석이 있었다니. 부러움 가득한 시선도 잠시, 답안지를 받아든 교수님이 말을 잇지 못하셨다. '허 이 녀석, 참….'

잠시 뒤 폭소가 터졌다. 구멍은 예상치 못하던 곳에서 발생한 것이다. 이 학생, 교수님 지시대로 앞 장만 쓰긴 했다. 그러나 제출한 답안지는 총 석 장. 뒷장은 비워두고 앞 장만 썼다나? 그의 성적이 어떻게 나왔는지는 상상에 맡기겠다.

— 혹시 한 쪽만 쓰란 말씀이신가요?

간단한 질문 하나만 있었어도 면했을 참사였다. 답안지를 석 장이나 쓰느라 아까운 종이만 버린 셈이다. 팔도 아팠을 거다. 넘겨짚지 말고 물어봐야 한다. 잠깐 망신은 당할지도 모르지만 적어도 틀리지는 않는다.

질문은 시험을 잘 보기 위해서만 필요한 게 아니라 글을 잘 쓰기 위해서도 필요하다. 글쓰기는 곧 관심이다. 잘 물어봐야 상대방의 의도와 기분, 마음의 행간을 읽을 수 있다. 갈고리 모양을 한 물음표를 따라 대화는 꼬리를 물고 이전엔 만나지 못했던 세계가 펼쳐진다. 지금부터는 물음표가 건져 올릴 글쓰기의 세계로 들어가 본다.

물음표가 당겨온 이야기

재춘이 엄마가 이 바닷가에 조개구이집을 낼 때
생각이 모자라서, 그보다 더 멋진 이름이 없어서
그냥 '재춘이네'라는 간판을 단 것은 아니다.
재춘이 엄마뿐이 아니다.
보아라, 저
갑수네, 병섭이네, 상규네, 병호네.
재춘이 엄마가 저 간월암(看月庵) 같은 절에 가서
기왓장에 이름을 쓸 때,
생각나는 이름이 재춘이밖에 없어서
'김재춘'이라고만 써놓고 오는 것은 아니다.

재춘이 엄마만 그러는 게 아니다

가서 보아라, 갑수 엄마가 쓴 최갑수, 병섭이 엄마가 쓴
서병섭,

상규 엄마가 쓴 김상규, 병호 엄마가 쓴 엄병호.

재춘아, 공부 잘해라!

— '재춘이 엄마', 윤제림

밥을 먹던 시인은 생각했다. 이윽고 물어보았을 것이다. 조
개구이집 이름이 왜 '재춘이네'인지. 근사한 가게 이름 다 놔두
고 왜 하필 아들의 이름을 붙였는지. 재춘이는 그래서 지금 몇
살인지….

질문과 질문 사이, 소주잔을 쥔 시인의 모습과 분주히 상
을 차리는 주인의 몸짓이 눈에 선하다. 시인은 질문의 답을 얻
은 뒤엔 썼다. '재춘이네'는 가장 소중한 공간에 가장 소중한 자
녀의 이름을 붙인 어머니의 간절함이었다. 화장기 없는 얼굴에
파마머리를 질끈 묶은 재춘이 엄마는 민망한 듯 소리 내 웃었을
것만 같다. 멀리 파도 소리가 들리고 드물게 바닷새가 날아다니
는 허름한 어촌의 풍경. 어린 재춘이는 식당 한켠에서 숙제를
하곤 했을까. 무심한 듯 주고받은 질문과 대답을 통해 재춘이네
조개구이집은 짠하게 마음을 적시는 공간이 되었다. 질문은 곧
스토리다. 물어보면 이야기가 펼쳐진다.

우리 동네 오래된 치킨집 이야기다. 상호는 미미치킨. 다소 촌스러운 한글 간판이다. 언제부터 그 자리에 있었는지 기억조차 희미하다. 그저 동네 주민들이 사랑하는 단골 맥줏집일 뿐이었다. 질문이 시작된 계기는 2024년 1월, 〈주간경향〉에 쓰게 된 칼럼 때문이다.

맛집이 쏟아지는 시대, 나만의 사연이 담긴 찐 맛집을 소개해달라는 주문이었다. 다양한 직업을 가진 사람들이 저마다의 추억을 담은 장소를 펼쳐놓았는데 감사하게도 방송작가인 나에게 순서가 돌아왔다. 궁리 끝에 생각해낸 장소가 미미치킨이었다. 왠지 폼나고 근사한 식당을 꺼내놓고 싶은 허영도 있었지만, 가장 익숙하고 편안한 공간을 펼쳐놓아야 나다운 글이 될 것 같았다. 하지만 막상 컴퓨터 앞에 앉으니 답이 나오질 않는다. 잘 알고 있다고 생각했는데 벽에 붙은 메뉴판조차 제대로 살펴본 적이 없었다. 결국 생맥주 한 잔을 앞에 두고 질문을 시작했다. 사장님, 가게 이름이 왜 미미인가요? 돌아온 답은 좀 당황스러웠다.

— 나도 몰라요. 그냥 원래부터 미미였어요.

사연인즉슨 이러했다. 사장님은 40년 넘은 미미치킨의 세 번째 주인이었다. 맨 처음 붙여진 이름이 미미였다고 한다. 주인은 바뀌었지만 두 번째 세 번째 사장들은 예전에 쓰던 이름을 그대로 이어받았다. 가장 익숙한 이름이니 바꿀 이유가 없었다. 결국, 지금 주인은 미미가 어떤 의미인지 알 길이 없다는 말이다. 가게 이름에 담긴 의미부터 풀어내며 글을 시작하려 했던 내 의도는 초장부터 어긋났다. 망했구나, 대신 무얼 쓰나…. 하지만 스토리텔링은 역설적으로 이름의 뜻을 모른다는 사연에서 시작됐다.

> 이름은 '미미'. 의미는 알 수 없다. 40년 넘게 이어온 이름이라고 했다. 20년 전 가게를 인수한 지금의 주인 부부 역시 한참 전부터 내려온 가게 이름을 자신들 이름인 양 순순히 받아들였다. 치킨집인 것을 감안하면 미미(味味), 맛을 뜻하는 한자가 두 번 들어간다고 짐작할 뿐이다. 그렇다. 맛있고 또 맛있는 곳. 이것은 동네 치킨집 이야기다.
>
> — 맛있고 아름다운 옛날식 동네치킨집
> 〈주간경향〉, 2024년 1월 22일

먼저, 의미를 짐작하기 어려운 가게의 이름을 소개하며 운을 뗀다. 이어서 15년 넘게 미미치킨을 다니며 경험한 소소하고 다정한 장면들을 담아냈다. 마무리에 다시 그 뜻 모를 이름을 소환하면서 이번엔 나만의 의미를 부여하는 구성이다.

이름은 '미미'. 의미는 알 수 없다. 다만 나는 이렇게 믿는다. 미미(味美), 맛있고 또 아름다운 곳. 다정함으로 마음의 허기를 채우는 장소. 치킨 한 마리, 생맥주 한 잔으로 굳어진 마음이 녹아내리는 나만의 맛집.

— 맛있고 아름다운 옛날식 동네치킨집
〈주간경향〉, 2024년 1월 22일

질문했지만 답을 듣지 못했기에 발견한 스토리텔링이다. 발상을 뒤집으니 질문 자체가 의미 있는 소재로 변신했다.

질문이 구성요소가 된 사례도 있다. 2023년 4월 26일 마이크로소프트 부회장 브래드 스미스가 KBS 〈뉴스9〉에 출연했다. 인공지능(AI) 개발과 투자에 집중하고 있는 마이크로소프트의 행보와 기술혁명에 대한 전망을 묻는 인터뷰였다. 준비하면서 특히 두 가지를 고민했다. 첫째, 사람들은 빌 게이츠는 알아도 브래드 스미스가 누구인지 잘 모른다. 둘째, 전 연령대가 시청하는 뉴스에서 AI를 설명하기란 쉽지 않다. 실은 나도 잘 모른다.

답은 의외로 가까운 곳에 있었다. 질문이었다. AI를 주제로 한 인터뷰인 만큼 질문을 입력하면 대답해주는 챗GPT에게 미리 질문을 넣고 답변을 받아보면 어떨까. 새로운 방식으로 출연자와 문답을 이어가면 그 장면만으로도 흥미로울 것 같았다. 시험삼아 사전에 입력해 본 질문은 크게 세 가지다.

1. 브래드 스미스 부회장을 소개해줘.
2. 기술의 시대는 인류를 도울까? 아니면 위협할까?
3. 챗GPT, 너는 오류나 부작용이 없다고 생각하니?

챗GPT는 1번과 2번 질문에 대해서는 만족스러운 답변을 내놓았다. 그런데 3번 질문에서 다소 기이한 답을 했다. NO. 다시 말해 AI는 오류나 부작용을 걱정할 필요가 없다는 내용이다.

제작진 사이 의견이 엇갈렸다. 누군가는 마지막 질문은 쓰지 말자고 했다. 황당하고 뻔한 답변이니 살릴 의미가 없다는 주장이다. 나는 거꾸로 이 질문을 반드시 살려야 한다고 보았다. 스스로 오류나 부작용이 없다고 대답하는 인공지능, 조금 과장하면 공포영화 소재 같지 않은가. 다소 무시무시한 이 답변을 어떻게 받아들이는지 브래드 스미스에게 질문하고 싶었다.

다른 언어를 쓰는 출연자가 나올 경우, 대부분의 인터뷰는 사전 녹화로 진행한다. 통역과정 때문에 시청자가 불편하지 않도록 편집해서 내보내기 위해서다. 후반작업이 번거롭긴 하지만 생방송보다 스튜디오 사용이 자유롭다. 브래드 스미스와의 인터뷰는 녹화의 장점을 살려 특별히 KBS 디지털 스튜디오에서 진행했다. 바닥에 질문을 띄우면, 출연자 뒤편 화면에 챗GPT

의 대답이 떠오르는 방식이다.

이소정 : 먼저 브래드 스미스 부회장이 누군지 궁금한 분들을 위해서 인공지능에 질문을 해봤습니다.
*질문 1. 브래드 스미스 부회장을 소개해줘 그랬더니
*답변 1. 클라우드 서비스와 인공지능 분야에서 혁신적인 발전에 기여했고, 사람 중심의 기업문화를 중요시하는 지도자입니다. 이렇게 설명합니다. 맞습니까?

브래드 스미스(MS 부회장) : 불평할 수가 없겠네요. 만족합니다. 굉장히 복잡한 프로그램 언어를 쓰지 않는 사람들도 좀 더 광범위하게 사회를 이해할 수 있도록 하는 것도 제 직업의 역할 중 하나입니다. (중략)

이소정 : 여기서 질문을 넣으면 답을 해주는 AI에게 인공지능 기술에 대해서 몇 가지 물어봤습니다. 먼저
* 질문 2. 기술의 시대는 인류를 도울 것인가 아니면 위협할 것인가. 그랬더니 답이
* 답변 2 : 인류에게 미치는 영향은 양날의 검입니다. 1. 신기술이 만드는 경제/사회 위협도 있습니다. 2. 인공지능은 의도치 않게 인류를 파괴할 수 있다는 우려도 있습니

다. 이렇게 답했거든요. 어떻게 생각하십니까.

브래드 스미스 : 오늘날 기술은 도구가 될 수도 있고 무기가 될 수도 있습니다. 사람이 어떻게 사용하느냐에 따라서 달라질 겁니다. 위험요소를 파악하고 안전장치를 마련하는 것이 필요합니다. 저희의 역할 중 하나는 이런 유용한 도구를 사용할 수 있도록 해야 하고 위협적으로 사용되지 않도록 방어할 수 있어야 합니다. 동시에 교육과 의료, 생산성을 개선하도록 AI 기술을 활용할 수 있어야 합니다. 저희가 가진 기술의 강점을 더 활용하는 것이 필요합니다.

이소정 : 긍정적 측면에 맞춰서 이야기해주셨는데
* 질문 3. 인공지능 스스로는 어떤 부작용을 걱정하고 있는지 질문해봤습니다. 그랬더니.
* 답변 3. 저는 부작용을 걱정할 필요가 없습니다. 저는 사용자를 돕기 위해 만들어졌고 사용자 요청에 따라 작동합니다. 이렇게 이야기했거든요. 어떻게 생각하십니까?

브래드 스미스 : AI는 기계입니다. 저희가 계산기를 보고 걱정을 하지는 않습니다. 계산기는 계산을 할 뿐입니다. 이런 걱정은 사람인 우리의 임무가 아닐까 생각을 합니다.

기계를 사용해서 저희가 이제 더 많은 것을 달성해 나아가는 것이죠. 2023년은 저희한테는 굉장히 흥미로운 시점이 아닐까 생각을 합니다. 아직 AI가 현실화되지 않았고 현실의 일부가 되지 않았다고 생각합니다. 기계는 기계일 뿐이고 희망이라든지 꿈이라든지 걱정, 이런 것이 없습니다.

이소정 : 결국, 미래를 책임지는 건 AI가 아니라 이걸 만들고 쓰는 사람이라는 것, 기술의 시대를 다시 한번 돌아보는 인터뷰였습니다. 사람에게 더 이로운 기술로 다시 만나 뵙기를 기대하겠습니다.

— KBS 〈뉴스9〉, 2023년 4월 26일

다소 어렵고 전문적인 인터뷰였다. 하지만 질문을 통해 새로운 질문을 생성했고 아직 또렷한 답변을 내리기 어려운 그 질문들을 통해 시청자에게 고민의 여지를 남겨두었기를 바란다. 마지막엔 앵커 멘트를 이용해 인터뷰의 핵심을 정리하고 시청자에게 새로운 질문을 던져보았다.

우리에겐 더 많은 질문이 필요하다. 당연히 잘 알고 있다고 생각하지만 실은 가족에 대해서도 제대로 모르는 경우가 허다하다. 부모님이 어느 계절에 처음 만났는지, 신혼집은 어디에 차렸는지 물어보지 않으면 부모님의 청춘을 알지 못한다. 반대로 너무나 어렵고 전문적이라 질문 따윈 소용없다고 여겨지는 문제도 있다. 설명 들어봐야 머리만 아프겠지 싶은 거다. 하지만 쓰는 사람이라면 끊임없이 질문해야 한다. 나의 수준 혹은 듣는 사람에게 맞춰가며 수위를 조절해보아야 한다. 질문이 곧 답이다. 질문을 위한 질문도 좋다. 질문이 새로운 세계의 문을 열기도 한다.

그 아가씨가 자꾸 6강이라 하대요

〈시선집중〉 시절, 내가 처음 맡은 코너는 지역 소식을 전하는 '네트워크 통신'과 소소한 이웃의 사연을 찾아내 소개하는 '미니인터뷰'였다. 신문지면 구석의 박스 기사나 지역 뉴스에서 소재를 뽑아내 인터뷰 대상자를 섭외한 뒤, 방송에 내보낼 만한 스토리를 만들어가는 작업이다. 인터넷은 물론 지역신문과 블로그까지 샅샅이 뒤져야 겨우 소재를 찾아낼 수 있었다.

발견한 소재가 통과되고 섭외에 성공하면, 친근하게 대화를 나누며 방송에서 나눌 내용을 구성한다. 쉬울 것 같지만 이 단계 역시 만만치 않다. 정치인이나 연예인처럼 유명한 사람들은 이미 알려진 이야깃거리가 많다. 검색 몇 번만 해봐도 자료가 넘치게 쏟아진다.

하지만 평범한 사람들은 다르다. 기사 몇 줄 혹은 사진 한 장이 전부이니 나머지는 순전히 작가가 발굴해야 한다. 이럴 때 제대로 된 질문이 필요하다. 주고받는 대화를 통해 흥미로운 이야깃거리를 뽑아내고 조금이라도 미심쩍은 부분이 있다면 이해가 될 때까지 물어봐야 한다. 작가가 내용을 제대로 소화해야 짜임새 있는 원고가 나온다. 이 사전 인터뷰야말로 흥미로운 이야기를 뽑아내 구성하는 스토리텔링의 기초 중의 기초다. 후에 깨달은바 나는 월급을 받으면서 스토리텔링의 기초를 배우고 있었다.

2004년 2월의 어느 날이었다. 주인공은 경남 마산의 삼학 여성축구단. 일간지 지역 면에서 발견했다. 한 주지 스님이 여성 신도들을 모아 구성한 축구팀이었다. 처음엔 재미 삼아 시작했는데 실력이 일취월장해서 전국대회 제패까지 노리고 있단다. 수소문 끝에 당시 나이 사십 대 후반, 팀 내 최고참인 정종시 선수를 찾아냈다. 통화해보니 다정하고 정 많은 분이었고 수줍지만 용기를 내 인터뷰해보겠다는 다짐까지 받아냈다. 문제는 축구에 문외한이었던 나였다. 모를수록 제대로 공부한 뒤 질문했어야 했지만, 나는 출연자가 대답할 내용을 대신 읊어대기에만 급급했다.

— 그러니까 경기에서 이겼을 때 얼마나 기뻤는지 표현을 구체적으로 해 주시고요. '6강도 하셨다면서요' 실력도 대단하다고 자랑을 많이 해주셔야 해요. 평소보다는 좀 수다스럽다 싶을 정도로 말을 많이 하셔야 방송에서 어색하지 않아요. 잘 하실 수 있지요?

나중에 알았다. 두 팀씩 겨루어 승자가 올라가는 토너먼트 방식의 대회는 보통 16강 8강 4강 순으로 순위가 좁혀진다. 6강이라니, 대체 나는 무슨 자신감으로 원고를 작성했을까…. 고백하건대 마음 한구석에선 아마추어 축구를 하는 평범한 아주머니라 여기고 얕잡아보았는지도 모르겠다. 엉터리 작가는 제대로 된 질문과 확인 과정을 생략한 채 질문지를 썼고, 그 성의 없는 준비과정은 생방송에서 바로 들통나고 말았다.

손석희 : 작년에 출전한 전국여성 축구대회에선 성적이 아주 좋으셨다면서요?

정종시(삼학여성축구단) : 6강이 아니고요. 저희는 4등 했는데, 그 아가씨가 자꾸 6강이라 하대요.

손석희 : 누가요? 아가씨요?

정종시 : 아까 통화한 아가씨가예. 저희가 몇 등 했는지 도 안 물어보고 자꾸만 6강이라고….

손석희 : 아, 우리 김현정 작가 말씀이시군요. 6강이라 고 하던가요? (웃음) 축구를 잘 몰라서 그럽니다.
— MBC 〈손석희의 시선집중〉, 2004년 2월 3일

앵커는 웃으며 넘겼지만 듣는 '아가씨'는 그 순간 쥐구멍을 찾고 있었다. 출근길 버스에서 라디오를 듣던 나의 지인들도 킥킥대며 웃음을 삼켰다고 한다. '아, 대체 어쩌자고 그랬니….'

서태지와 뉴진스 사이에서

KBS 〈뉴스9〉를 진행한 이소정 앵커는 엿보는 게 취미다. 틈만 나면 스무 살 남짓한 AD들 책상 근처를 기웃대곤 했다. "요즘 MZ들은 무슨 책을 보니?" 표지를 쓰윽 들춰보는가 하면, "어제 스우파(Mnet. 스트리트 우먼 파이터)봤어? 난 ○○팀 응원하는데…." 최근 유행하는 프로그램은 뭔지, 새로 뜨는 핫플은 어디인지 묻고 또 열심히 찾아다닌다. 애들한테 말 거는 게 민망한지 한 손엔 으레 과자 봉지가 들려있다. 한 수 가르침을 받기 위한 뇌물이다.

손석희 앵커도 아이돌 그룹 멤버 이름을 나보다 최소 열 배 이상 알고 있다. 비결은 명절마다 방송하는 아육대(MBC 아이돌

스타 육상 경연대회). 평소 노래도 즐겨 듣지만, 아육대를 보며 공부하듯 얼굴을 익힌다. 당연한 말이지만 공부한 사람은 이길 수가 없다. 아이브, 뉴진스, BTS 멤버 숫자를 모두 합하면? 정신 이 아득해지는 문제도 손석희 앵커는 빛의 속도로 풀어낸다.

그 마음 알 것도 같다. 나이 들기 싫어서다. 몸이 늙는 건 어 쩔 수 없지만, 마음마저 늙기는 싫은 거다. 세상과 공감하며 시 청자와 함께 걸어가는 사람이 앵커다. 나 때는 이랬다며 헛기침 하는 이른바 '라떼 부장'이 되기 싫다면 노력이라도 해야 한다. 그 마음이 앵커멘트에 묻어나고 태도와 표정에 드러난다. 이 공 식은 화면 앞에 나서는 앵커는 물론, 뒤에서 글을 쓰는 사람에 게도 적용된다. 마음이 늙으면 글도 늙는다. 어떻게든 노화를 방 지하기 위해 바른다, 아니 물어본다.

하긴 어린 친구들 따라 하면 적어도 실패는 안 한다. 왠지 작아지는 느낌에 자존심 세울 필요가 없다. 그냥 물어보면 된 다. 너 요즘 올영(올리브영)에서 뭐 사니? 화장품이며 신상품이 며 후배에게 물어보면 답이 딱 나온다. 시키는 대로 사면 가성 비 갑, 손해는 안 본다. 끙끙대며 혼자 뒤져보지 말기를. 나이 든 세대가 종일 검색해도 못 찾는 내용을 요즘 친구들은 검색어 몇 번 툭툭 두드리고 찾아낸다. 며칠 뒤 고맙다는 말이 절로 나온 다. 지난번 추천해준 트리트먼트 진짜 좋더라. 다음엔 뭐 사면 될까?

강의를 나가는 대학에서도 쉬는 시간, 내 귀는 학생들 쪽을 향해 뻗어있다. 쌈? 탈룰라? 캘박? 짐작도 가지 않는 단어들이 대화 사이에 난무한다. 우아하게 신문을 펴고 읽는 척 해보지만 결국 다가가서 주책맞게 물어본다. 쌈이 뭐니? 어떨 때 쓰는 말이니? 여러분도 혹시 모른다면 서둘러 인터넷 검색창이라도 열어보기 바란다. 머지않아 예능프로그램 자막도 이해 못 하는 어르신이 되고야 만다.

요즘 아이들, 왜 이런 말만 쓰느냐고 짜증 낼 게 아니라 겸손한 태도로 질문하면 생각지도 못한 답이 나온다. 용례까지 자세히 설명해준다. 신조어 속에 응축된 오늘의 세상이다. 세대 간소통이 별거인가? 무조건 도움을 청해본다. 이런 협업은 KBS 〈뉴스9〉에서 BTS와 뉴진스를 인터뷰했을 때도 효과를 발휘했다.

BTS, 뉴진스. 물론 나도 안다. 좋아한다. 서태지에서 팬덤이 시작된 나와, 엑소에서 팬덤이 시작된 지금의 20대가 같을 리는 없다. 우리 세대에 찾기 힘든 힙과 감성이 넘쳐난다. 후배들 책상을 기웃거리던 이소정 앵커의 심정도 이랬을까? 나도 일단 과자 몇 봉을 챙긴다. 고심 끝에 작성한 질문지를 들고 AD들이 모여있는 책상으로 다가갔다.

— 저기…. 이거 내가 작성한 뉴진스 인터뷰 질문지인데,
괜찮은지 한번 읽어봐 줄래?

— 이런 단어를 지금 같은 분위기에 써도 후지지 않을까?

— 질문이 혹시 꼰대같이 느껴지진 않니?

후배들이 하던 일을 멈추고 우르르 몰려든다. 평소엔 마냥
해맑고 어리게만 보였는데, 눈을 빛내며 의견을 보탠다.

— 뉴진스는 리더가 없어요. 아시죠? 인사법도 따로 없어요.

— 작가님. 이런 진지한 질문은 민지에게 하는 게 좋을 것
같아요. 가장 말을 잘하거든요.

— 혜인이가 아이유의 찐 팬이거든요. 영상도 있어요.

— 지난달 해외공연 가서 난리 난 거 보셨어요? 외국인들
이 '슈퍼 샤이'를 다 따라 부르더라고요.

미처 생각하지 못했던 질문이 후배들 머리에서 나온다. 벼
락치기로 자료를 뒤진 작가의 머리에서 나오기 어려운 내공이
다. 반짝반짝한 후배들의 조언은 2013년 9월 19일 뉴진스 인터
뷰에 써먹었다.

이소정 : 뉴진스는 없는 게 많은 그룹이라는 말이 있더라고요. 정해진 인사법도 없고, 리더도 없고, 댄스나 보컬 이렇게 정해진 포지션도 없다고…. 이런 건 일부러 안정했어요? 막내 혜인 님, 진짜 대장이 없나요?

혜인 : 네. 저희가 말씀해 주신대로 리더가 없어요. 데뷔 때부터 그리고 연습생 때부터 저희는 뭔가 어떤 상황에서 개개인의 생각이나 의견을 서로 눈치 보지 않고 멤버들한테 다 얘기할 수 있어서 저는 그 점이 참 좋다고 생각해요. (중략) 다 같이 성장해 나가고, 서로 더 가깝게 지낼 수 있는 것 같아서 너무 좋은 것 같아요.

이소정 : 지난달에 미국과 일본의 음악 축제도 참가했잖아요. 한국어 가사를 따라 부르는 해외 관객들 떼창 모습을 제가 봤어요. 어땠어요? 그게 어떤 느낌인지 궁금해요.

민지 : 사실 저희도 시카고 롤라팔루자 같은 그런 큰 페스티벌 무대는 처음이어서 다들 조금씩 떨었던 기억도 있는데, 상상했던 것보다 정말 많이 호응해주시고 같이 따라 불러 주셔서 정말 행복한 기억으로 남은 것 같아요.

이소정 : 다니엘 님. 해외 팬들은 어떤 노래를 할 때 더 호응하신다, 신나 하신다 이런 느낌이 있었을까요?

(미리 '슈퍼 샤이' 준비합니다. 답변에 맞게 틀어주세요)

다니엘 : '슈퍼 샤이'인 것 같아요. 저희 이번 앨범 타이틀곡 '슈퍼 샤이'를 해외에 계신 분들이 많이 많이 좋아하세요. 롤라팔루자 때도 관객분들께서 이렇게 즐기시고. 그리고… 어, 지금 나온다! 즐기시고 재밌게 이렇게 같이 춰 주시는 모습 보면서 많이 감동 받았어요.

이소정 : 혜인 님, 아이유의 엄청난 팬이라고 들었습니다.

(아이유와 혜인이 함께 노래 부르는 영상 화면에 넣습니다)

혹시 아이유 선배처럼 언젠가 직접 곡을 써보고 싶다, 이런 욕심도 있을까요?

혜인 : 맞아요. 제가 데뷔 전에 아이유 선배님께서 부르신 '너의 의미'라는 곡을 듣고 목소리가 뭔가 마음을 되게 따뜻하고 편하게 만들어 주는 것 같아서 되게 좋아하게 됐었는데, 만약 선배님처럼 저도 곡을 잘 쓰고 좋은 음악을 만들 수 있는 사람이 된다면 꼭 해보고 싶습니다.

— KBS 〈뉴스9〉, 2023년 9월 19일

서태지 세대가 작성한 '뉴진스' 인터뷰 원고, 후지지 않았다면 다행이다. 오늘도 무사히 넘겼다. 다른 이에게 도움을 청한 덕분에 제대로 질문할 수 있었다. 시대와 함께 호흡하고 싶다면 가족이어도 좋고 주변의 누군가여도 상관없다. 나의 늙음이 죄가 아니듯 물어보는 건 부끄러운 게 아니다. 반드시 후배들에게만 질문하라는 의미가 아니다. 부족한 스포츠 상식, 종교적인 언어, 덕후가 널린 게임이나 병법용어 등 남이 더 잘 알고 있는 분야가 있다면 묻고 또 살핀다. 나보다 조금이라도 나은 사람을 찾아가 손을 내민다. 민망하다면 과자 한 봉지와 함께.

우리에게는 질문이 필요하다

　　교수님, 아까 수업 때 해 주셨던 말씀 중에 너무 인상적이었던 부분이 있어서 말씀드려요.

　　저는 어렸을 때 질문과 호기심이 더 많았는데요, 주변 사람들의 반응 때문에 어느 순간부터 그 특성을 많이 감추고 살게 된 것 같아요. 질문이 주는 이점은 정말 많고, 질문하는 사람은 잘못하지 않았다는 걸 알고 있지만 제가 만난 사람 중에는 그렇게 말해주는 사람이 거의 없었거든요.

　　그런데 오늘 수업 시간에 교수님이 '질문하는 사람은 안 틀린다고, 그런 질문이 창의력을 만든다'라고 말해주신 것이 저한테는 정말 큰 힘으로 와닿았어요. 여태 제가 해왔던 행동들이 잘못되지 않았다고 응원해주시는 것 같아서 감동이었습니다. 역시 조금 귀찮다는 반응이 돌아오더라도 묻고 싶은 건 물어보고 사는 게 맞는 것 같아요.

저는 세상에 궁금한 게 너무 많아요. 그래서 교수님께도 종종 질문하는 편인데, 항상 반짝이는 눈빛으로 친절하게 대답해주셔서 감사해요. 꼭 한 번쯤은 말씀드리고 싶었습니다. 물어봐야 틀리지 않는 것처럼 표현해야 알게 되는 마음이 있으니까요. 다음 수업 때 봬요!

— 극작과 학생 오○○의 문자 메시지

2023년에 학생에게서 받은 메시지다. 그렇다. 자랑 맞다. 하지만 이건 자랑이 아닌 실제이기도 하다. 내가 글쓰기 수업을 시작할 때 학생들에게 당부하는 첫 요소는 딱 하나다. 질문하자.

이해하기 어려운 내용을 물어도 되고. 수업과 관련 없는 엉뚱한 질문도 대환영이다. 질문에 답하느라 새로운 사례를 찾아내기도 하고, 두 번 세 번 강조해가며 설명하기 때문에 이해가 더 깊어진다. 혹여 주변 친구들에게 피해 주지는 않을까, 눈치 볼 필요 없다. 내가 모르는 건 대부분 남도 잘 모른다. 다들 알아듣는 척 고개만 끄덕이며 앉아있을 뿐이다. 질문하는 친구 덕분에 강의실엔 생기가 돌고, 설명하는 선생 얼굴에는 화색이 돈다.

수차례 말했지만 질문을 강조하는 이유는, 제대로 물어봐야 틀리지 않기 때문이다. 하지만 감춰둔 속마음은 따로 있다. 강의하는 나에게 관심을 가져달라는 의미다. 수업에 집중하고 흥미롭게 들어야 궁금한 점이 생긴다. 질문 없습니까? 라는 말을 바꿔말하면, 나에게 관심 없습니까? 정도가 된다.

소개팅에 나갔다고 가정해보자. 마음에 쏙 드는 상대방이 나왔다. 노래 가사처럼 머리부터 발끝까지 이상형이다. 당연히 질문은 꼬리에 꼬리를 문다. 음식은 마음에 드는지. 어디 사는지. 집엔 몇 시까지 들어가야 하는지. 그리고 어떤 스타일을 좋아하는지…. 질문과 함께 관심이 건너간다. 질문 공세가 이어지면 상대방도 곧 눈치챈다. 내가 마음에 든 모양이군….

반대의 경우는 보통 침묵이 흐른다. 오늘은 예의상 커피라도 마시고 헤어지겠지만 다시 볼 생각이 없으니 궁금한 내용도 없다. 의례적인 질문이 뜨문뜨문 오가는 사이, 누군가는 애꿎은 전화기만 들었다 놨다 하겠지.

몇 년 전 선풍적으로 인기를 끌었던 강연 영상이 있다. 김지윤 좋은연애연구소 소장이 청년들을 상대로 강연한 내용이다. 제목은 〈여자와 대화하는 법〉. 공식은 간단했다.

— 오빠, 나 신도림역에서 영숙이 만났어.

난데없는 여자친구의 말에 어떻게 답해야 할지, 오빠는 고민할 필요가 전혀 없다. 답변은 아래 네 개 중 하나면 충분하다.

— 진짜? / 정말이야? / 웬일이니? / 헐?

물음표가 달린 이 단어만 써도 대화는 계속 이어진다는 신묘한 법칙. 실제로 적용해보면 알게 된다. 대화란 별 게 아니다. 반응이다. 심오한 답변, 절대 필요 없다. 꾹- 하고 누르면 아-하는 반응이 나와야 한다. 위에 제시한 네 가지 정답을 두고도 헷갈리는 남성들을 위해 김지윤 소장이 내놓은 더 명쾌한 답변도 있다.

— 오빠, 나 신도림역에서 <u>영숙이 만났어.</u>
— <u>영숙이 만났어?</u>

끝 문장에 물음표만 달아서 되돌려주라는 것. 이 간단한 물음표 하나로 대화는 기적같이 이어진다. 웃음이 삐져나올 것만 같지만 이유를 듣고 보면 역시 그럴듯하다. 여자친구가 오빠에게 바라는 건 관심과 경청 그리고 공감…. 너무나 단순하기 때문이다.

끝말을 되풀이하는 건 상대의 말을 흘려듣지 않았다는 의미이고, 물음표는 조금 더 듣고 싶다는 의지의 표현이다. 영숙이가 뉘신지는 관심 없지만, 영숙이와의 만남을 신기해하는 여자친구에게 자신이 온 마음을 쏟고 있다는 의미를 담은 물음표 하나. 대화가 이어지면 영숙이에 관한 이야기가 꼬리를 물고 이어질 것이다. 미처 알지 못했던 소녀들의 추억담, 오빠가 알지 못했던 학창시절의 이야기가 펼쳐질지도 모른다. 오빠의 세계관은 넓어지고 여자친구에 대한 이해도는 그만큼 상승한다. 만약 오빠가 글을 쓰는 사람이라면 보다 깊이 있는 공감과 이해를 토대로 글을 쓰게 된다.

내가 학생들에게 자주 내는 과제 중에 '짝꿍에게 질문하기'가 있다. 제비뽑기로 짝꿍을 정하고 서로에게 질문을 던지도록 시킨다. 처음엔 서로 눈만 멀뚱하게 쳐다보기 일쑤다. 가끔 강의실에서 마주치긴 하지만 데면데면한 사이가 더 많기 때문이다. 하지만 학기말 발표 시간이 되면 둘 사이 온도는 확연히 달라져 있다.

— 너는 머리를 왜 노란색으로 물들였어?
— 누나만 세 명인지 몰랐어. 그래서 글씨를 예쁘게 쓰나?
— 고춧가루를 아예 못먹어? 몇 살 때부터?

비록 과제 때문이지만 질문을 통해 발견한 친구의 세상이다. 노란색을 보면 장난기 많은 친구의 얼굴이 떠오르고, 고춧가루가 들어가지 않은 음식이 뭔지 생각하게 된다.

질문은 관심이다. 상대방을 더 알고 싶다는 마음의 표현이
다. 갈고리 모양을 한 물음표를 끊임없이 던지면 뜻밖의 수확물
을 차지하게 된다. 눈빛만 봐도 알 수 있는 사이? 단언하지만 세
상에 없다. 하다못해 상대방이 뭐가 먹고 싶은지, 지금 배가 부
른지 아니면 고픈지도 물어봐야 제대로 알 수 있다. 간혹 표정
과 몸짓만으로 상대의 마음을 알아차리는 경우도 있다지만 매
번 용하게 맞춰낸다면 그 사람은 직업을 바꿔야 한다.

4장

연중도전,
처음이지만 씁니다

— 하, 태준이 걔가 말이죠….

　　이영현 KBS 기자가 한숨을 푹 내쉬었다. 여기서 태준이란 '가재미'라는 작품으로 이름난 문태준 시인을 말한다. 그는 내가 대학 시절 아르바이트를 했던 〈불교방송〉의 프로듀서였다. 이영현 기자는 내가 문 시인과 아는 사이라고 하자 소주 한 잔을 주욱 들이키더니 스무 살 무렵의 추억담을 풀어놓았다.

　　이영현 기자는 문 시인과 학과 동기였다. 글 좀 쓰는 학생들이 모인 국문과다. 저마다 문학에 대한 열정으로 가득했던 시기, 학생 이영현의 불만은 이러했다. 꼬박꼬박 출석하고 성실하게 과제를 써내는 학생들을 제치고, 정작 교수의 총애를 받는 학생이 따로 있었다는 것이다. 늘 A^+ 학점을 독차지하던 얄미운 친구의 이름은 문태준. 술 마시고 노느라 강의도 종종 빼먹었지만, 재능 넘치는 학생을 향해 날아가는 교수님의 하트는 감출 수가 없었던 모양이다.

물론 당시의 이영현 학생이 정말 수업에 충실했는지는 이제 와서 확인하기 어렵다. 강의를 자주 빼먹었다는 동기 문태준에 대한 기억도 살짝 왜곡되어 있을지 모른다. 하지만 일방적인 주장임을 감안하더라도 이유는 뻔했다. 교수님은 제자 문태준이 써내는 글에 홀딱 반했을 것이다. 타고난 재능은 감출 수가 없어서 어디선가 흘러넘치고 만다. 스승은 이렇게 남다른 제자를 예뻐하지 않을 도리가 없다. 무조건 A⁺. 그리고 이런 상황을 수없이 겪어온 나 같은 평범한 사람들은 좌절한다. 아무래도 난, 글은 아닌가 봐….

맞다. 타고난 사람은 따로 있다. 온 세상의 미움과 시기를 한 몸에 받아도 어쩔 수 없다. 한 문장을 써도 온몸을 휘감은 재능이 배어나는 사람들을 볼 때면 한없이 부럽고, 심지어 재수 없다. 문태준을 질투한 친구 이영현, 그리고 타고난 작가들을 부러워하는 나도 다르지 않다. 하지만 모든 학생이 문태준이 될 수 없듯, 잘 파보면 내가 더 잘하는 부분도 하나쯤 나오기 마련이다. 시인이 될 수 없었던 이영현 학생은 대신 다른 글쓰기를 연마해 기자로 성장했다. 친구가 따라올 수 없는 영역에서 일궈낸 자신만의 분야다.

좌절할 필요도 그만둘 필요도 없다. 나만의 쓰기 법을 찾아가면 된다. 당장은 문태준 학생처럼 좋은 학점은 받지 못해도 긴 시간 다르게 나아간다면 언젠가 인생의 근사한 학점을 받게 될 것이다. 이 '조금'이란 단어, 처음엔 보잘것없어 보이지만 쌓이고 쌓이면 다른 사람이 따라오기 어려운 차이를 만들어낸다.

용기 내어 한 번만 더

— 작가님, 요즘 사는 거 재미있어요?

KBS 그래픽디자인실 디자이너가 대뜸 물었다. 커피나 한잔 하자는 카톡을 받고 마주 앉은 자리였다. 사는 게 재미있냐니, 뜬금없이 무슨?

한참 뜸을 들이던 그가 입을 열었다. 요즘 들어 사는 게 재미없다고 했다. 아침이면 출근해 습관처럼 일하고, 퇴근하면 맥주 마시며 OTT나 보다가 잠드는 일상. 그 잔잔한 반복이 어느 순간 지겨워졌다는 것이다.

— 그래서 말인데요. 제가 웹툰을 그리고 싶거든요.

뭐라도 그리고 싶은데 신통한 스토리가 떠오르질 않아 진도가 영 나가질 않더란다. 한 사람은 스토리를 짜고, 다른 사람은 그리고…. 서로 마감을 정해서 지키면 명작이든 망작이든 꾸준히 쓸 수 있지 않겠냐는 제안이다. 그런데 좀 이상했다. 그날 우리는 처음 마주 앉아 커피를 마셔봤다. 다시 말해 친분이 1도 없는 사이다. 궁금하지 않을 도리가 없다. 왜 하필 저를…?

내가 간택 당한 이유는 간단했다. 수없이 거절당하면서도 끊임없이 들이대더란다. 왜 저러지? 싶을 정도로 필요 없는 일을 계속 시도하더란다. KBS 보도국 회의시간 내 모습이 실제로 그랬다. 〈뉴스9〉에서 나는 앵커의 오프닝과 클로징, 그리고 부서별로 들어오는 기사들이 자연스레 이어지도록 다리를 놓거나 꿰매는 역할을 했다.

앞서 2장에서도 강조했지만 잘 꿰매려면 자꾸만 엮어봐야 한다. 앵커가 걷거나 움직이는 미세한 화면구성 하나까지 가능한 식상하지 않게 만들고 싶었다. 설익은 아이디어라 해도 끊임없이 들이밀었고, 뒤늦게 빠진 내용을 발견하면 방송시간이 임박해서도 추가로 제안하기 일쑤였다. 물론 통과한 아이템보다 버려진 아이템이 더 많다. 때론 비웃음을 참는 상대방의 표정을 발견하곤 남몰래 주먹을 부르르 떨었다. 자존심은 수도 없이 구겨졌다. 하지만 20년 넘게 글을 써오면서 배우고 익힌 진리가 하나 있다. 일하러 나온 회사 아닌가. 지금 좀 비웃음당하더라도 결과물이 좋으면 결국 내가 이긴다는 사실. 그래서 나는 때론 씩씩대며, 때론 낮게 수그리며 들이민다. 통과될 때까지.

자연히 따라오는 단점도 있다. 일부 동료들의 미움이다. 반 드시 필요하지 않은 업무인데 욕심을 잔뜩 부리는 직장 동료, 대체로 골 아프거나 귀찮기 마련이다. 난데없이 뉴스 클로징에 음악을 넣겠다고 호들갑을 떨고, 몇십 년 전 영상을 화면에 띄 워달라고 주문하면 제작진 업무가 두 배 세 배로 늘어난다. 고 생해서 찾아낸 뒤 제대로 써먹으면 그나마 다행이지만 헛수고 만 하다가 끝나는 경우도 허다하다.

— 안될 거 알면서 왜 이 시간에 다른 사람 힘들게 만드세요?

— 충분히 알아보고, 실현 가능한 내용만 제안해주세요.

— 카메라를 이렇게 움직인 적은 한 번도 없는데, 사고 나 면 김 작가가 책임질 거요?

나도 답답하다. 시도해보지 않으면 성공할지 실패일지 예측 하기 어려운 일이 많다. 성공하면 다행이지만 머릿속 구상이 생 각처럼 구현되지 않는 경우가 왕왕 생긴다. 원망은 고스란히 제 안자에게 돌아온다. 욕먹을 줄 알면서도 일을 벌이는 내가 짜증나고 미워진다. 내일은 욕먹지 않을 만큼만 일해야지…. 다신 쓸데없이 열심히 살지 않겠다고 마음먹지만, 타고난 천성은 다음 날 다시 원래의 나를 되돌려놓는다.

— 화면 전환을 한 번만 더 시도해봐 주시면 안 될까요?
— 자막 글씨체가 화면이랑 덜 어울리는데, 다른 서체를 넣을 방법은 없을까요?
— 죄송해요. 제가 잘 몰라서 그러는데. 그래도 한 번만 더….

그냥 넘어가도 대세에 지장 없는 부분까지 끝까지 욕심낸다. 다른 사람이 나를 싫어하는 건 잠깐이다. 예의를 다해 부탁하고, 최선을 다해 시도하면 된다. 처음엔 귀찮아하던 사람들도 어느 순간부터 함께 머리를 짜내주는 경지에 이르게 된다.

2023년 6월 30일, 〈뉴스9〉 제작 회의에 들어가 보니 의미 있는 기획이 잡혀있었다. 1983년 KBS가 453시간 넘게 생방송으로 진행한 〈이산가족을 찾습니다〉 40주년을 맞아, 과거의 기록과 오늘 우리의 모습을 짚어보는 내용이었다. 당시 방송화면을 편집한 영상구성 뒤에 관련 리포트가 세 개 붙어있었다. 이산가족 찾기는 우리 현대사의 아픈 상처이자, KBS가 이뤄낸 뜻깊은 성과물이기도 했다. 의미가 더욱 빛나도록 기획을 풍성하게 구성하고 싶었다.

— 본관 1층 로비가 83년에 생방송을 진행했던 장소였다고 들었어요. 그때 방송이 유네스코 세계기록유산으로 지정됐다는 기록물과 사진도 가득 있던데요. 앵커가 잠깐 내려가서 화면을 찍어오는 건 어떨까요?

이미 오후가 지나 방송준비 시간이 촉박했지만 일단 제안부터 내놓았다. 어떻게든 속도를 내서, 인파가 물결처럼 밀려왔다는 40년 전 KBS 본관 앞 풍경을 뉴스에 되살리고 싶었다. 처음엔 당연히 시간 없다는 답변이 돌아왔다. 작가야 글 몇 줄 쓰면 그만이지만 촬영팀, 분장팀, 조명팀 등 움직여야 할 사람들이 산더미처럼 많긴 했다.

— 그래도 어떻게 한 번만 시도해보면 안 될까요? 이건 KBS만 담을 수 있는 내용이잖아요.

말끝을 흐리며 다시 한번 들이댄다. 다행히 작가의 제안을 무조건 신뢰해주는 이소정 앵커가 호응해주어 간신히 성사. 분장을 서두르고, 촬영팀을 급하게 섭외했다. 끊임없이 제안하고, 때론 이뤄낸 전력이 있었기에 가능했던 일이었다. '바쁘신데 죄송해요. 정말 감사해요' 자동인형처럼 머리를 수차례 조아리며 촬영에 들어갔다.

     (KBS 본관 로비, 〈이산가족을 찾습니다〉 전시 기록물을 넓게 비추며 앵커 스탠딩)

     여기, KBS 본관 앞은 40년 전 구름처럼 모여든 이산가족들의 눈물로 가득했습니다.

     "KBS 특별생방송 이산가족을 찾습니다."

     138일 동안 시대의 아픔과 간절한 염원을 담은 이 프로그램의 기록은 유네스코 세계기록유산으로 지정돼 기억되고 있습니다. 그때 그 시간으로 돌아가 봅니다.

                      — KBS 〈뉴스9〉, 2023년 6월 30일

이미 만들어진 리포트에만 의존하지 않고 추가로 기획하여 써낸 앵커 멘트였다. KBS 본관 로비를 화면에 담으며 지금 서 있는 장소가 1983년의 그 현장이라는 사실을 다시 한번 강조했다. 남들 눈엔 고작 몇 초일 수도 있겠지만 나에겐 뉴스를 빛낸 황금 같은 시간이었다. 무모한 작가를 믿고 함께 시도해준 앵커와 시간을 쪼개 움직인 촬영팀이 없었다면 불가능했을 순간이기도 하다.

방송뿐 아니라 단체 작업을 할 때, 가장 힘든 말 역시 '한 번만 더'가 아닐까 싶다. 남을 귀찮게 하기 싫어서, 이 정도면 됐지 싶어서 자주 삼키는 말이다. 하지만 '한 번만 더' 시도하지 않아서 놓치는 일이 더 많다. 글에 대한 책임은 나에게 있고, 나에 대한 신뢰는 내가 만든다. 어딘가 한구석이 찜찜한 글을 내놓지 않으려면 남을 귀찮게 하는 수밖에 없다. 귀찮을수록 더욱 근사한 완성작이 나온다. 미움은 잠깐이지만, 해냈다는 자신감은 오래간다.

국회수첩, 골든디스크 그리고 〈1997〉

　세상이 그렇다. 하고 싶은 일만 하면서 살 수 없다. 좋아하는 사람을 만나려면 그 옆에 찰싹 달라붙은 친구도 함께 만나야 하고, 고기를 양껏 먹으려면 건강한 혈관을 위해 입안에 풀떼기라도 욱여넣어야 한다.

　글쓰기도 그렇다. 좋아하는 분야, 자신 있는 내용만 쓰고 싶지만, 세상사 맘대로 되는 건 하나도 없다. 글을 잘 쓰려면 리베로가 되어야 한다. 언제 어떤 글을 써야할지 모르니 적어도 기본은 알고 있어야 다음 걸음이 쉽다.

　사정이 이러니 다른 수가 없다. 수험생처럼 다시 책상 앞에 앉는다. 대신 오늘의 공부는 억지로 하는 공부가 아니라 잘 써먹기 위해 하는 공부다. 수학이 싫어서 수능시험도 다 찍은 내가 경제학자의 질문을 뽑아내야 한다. 우리 과학자들이 쏘아 올린 우주 발사체의 원리를 쉽게 풀어내려 공부한다. 아는 야구 선수라곤 선동열, 이종범이 전부인 문외한이 야구 국가대표팀 감독 인터뷰 질문지를 쓰기도 한다. '죄송하지만 못하겠어요' 라는 핑계가 목구멍까지 올라오지만 꿀꺽 삼킨다. 못 하겠다고 하는 순간 기회는 사라진다. 특히 글을 써서 돈을 받는 사람이라면 더욱 그렇다. 못하겠어요, 대신 바꿔 말한다. 해볼게요. 먼저 말로 저지르면 어떻게든 수습이 된다.

새카만 국회수첩

초보 작가 시절, 가장 힘들었던 분야는 정치였다. 사회 분야는 그나마 단편적인 사건 사고가 많아서 자료를 찾아 감을 잡아갔지만, 정치 원고는 도무지 답이 안 나왔다. 선배들을 보니 해당 정치인이 초선 시절엔 어땠는지, 이후에 어떻게 달라졌는지 굴비 엮듯 모조리 꿰고 있었다. 하지만 나에게 정치인은 이름과 얼굴부터 낯선 사람들이었고, 정치 기사는 대체 무슨 말인지 알아먹기조차 힘들었다.

눈치로 모양을 잡아가는 수밖에 없었다. 회의시간에 오가는 이야기는 빠짐없이 메모했다. 낯선 이름, 처음 듣는 위원회가 나오면 따로 찾아보고 작은 에피소드라도 놓치지 않고 기억했다가 저장했다. 2년마다 새로 찍어내는 국회수첩을 마르고 닳도록 들춰보았다.

수학의 정석이나 성문종합영어로 공부해본 세대는 이해할 것이다. 공부를 열심히 할수록 책의 가장자리는 손때가 묻어 거뭇해진다. 특히 더 많이 펴본 부분은 새카맣게 변한다. 나의 국회수첩도 그랬다. 수첩에는 각 정당 소속 의원의 사진과 간단한 이력, 보좌진의 전화번호가 가나다순으로 들어가 있다. 국회 조직이 상임위원회별로 정리되어있고 출입 기자들의 연락처도 적혀있다.

어른 손바닥만 한 이 수첩이 나에겐 보물창고였다. 하루에도 수십 번 펴보고 뒤지느라 시커먼 손때는 물론 찢어진 비닐 커버를 보수한 자국까지 덕지덕지하다. 페이지마다 깨알 같은 메모가 붙어있다. 주로 통화하는 보좌진의 이름에는 형광펜이 그어져 있고 잊지 말아야 할 특징도 적혀있다.

겉장이 너덜거리는 그 수첩들은 지금도 버리지 못하는 그 시절 귀한 유물이다. 신기하게도 손으로 직접 기록하고 수차례 들여다본 내용은 좀처럼 잊지 않는다. 써놓은 글씨만 봐도 자주 통화했던 보좌진의 말투와 목소리까지 기억난다. 이름이 '아기공룡 둘리'에 나오는 등장인물과 똑같았던 한 보좌진의 휴대

전화 통화연결음은 같은 만화의 주제곡이었다. 정신없이 섭외 전화를 돌리다가도 '요리보고~ 저리봐도~ 알 수 없는~ 둘리' 노래가 나오면 킥킥대며 즐거워했다. 한참 뒤 그가 모 부처 장관실로 자리를 옮겨 섭외전화를 걸었을 때, "어? 지금은 아기공룡 둘리, 안 쓰시네요?" 친근하게 말을 걸면, 잔뜩 폼을 잡던 상대방도 킥킥 웃으며 경계를 푼다.

지역구를 바꿔 출마한 국회의원이 있다면 '원래 지역구가 충청 아니었나?' 나도 모르게 저장해둔 기억을 퍼올린다. 보좌관들이 의원실을 옮겨도 금방 알아차리고 인사를 건넨다. 기억과 기록이 주는 힘이다. 이렇게 몇 년을 공부하니 스스로 깨닫지 못하는 사이 정치 원고가 익숙해지기 시작했다. 부럽고 신기했던 선배들처럼 의원들 얼굴을 보면 과거가 떠오르고, 궁금한 점들은 꼬리를 물고 이어졌다.

평생 시사원고만 쓸 거야?

'해볼게요'라는 마법의 단어는 방송원고에만 국한되지 않는다. 낯선 분야를 만났을 때도 일단 움켜쥐는 용기가 필요하다. 겸손은 혼자만 해도 충분하다. 해보고 안 되면 그때 다시 도움을 청하면 된다.

― 골든디스크 예고 영상을 만들려고 하는데요.

2019년, JTBC 브랜드디자인실 디자이너가 나를 찾아왔다. JTBC가 주관하는 〈골든디스크 어워즈〉 예고 영상을 만들어야 하는데 마땅한 작가를 구하지 못했다고 한다. 짐작건대 보도국 작가를 활용해 어떻게든 예산을 줄이고 싶었을 것이다.

시사 프로그램 작가를 오래 해왔지만, 광고에 얹는 글을 써 보았을 리가 없다. 광고 카피 한번 뽑아본 적 없는 무경험자다. 전문가처럼 엣지있게 써낼 수 있을까? 명색이 방송작가인데 제 대로 못 쓴다면 문자 그대로 개망신 아닌가….

책상 위에 놓인 기획안을 수도 없이 들여다보며 고민했다. 크게 돈이 아쉬운 형편도 아니었고, 무엇보다 당시는 매일 〈앵 커브리핑〉을 막아내느라 숨이 턱턱 막혔던 처지였다. 맡은 원고 도 제대로 못 쓰는 주제에 무슨 광고영상…. 이런 망설임도 잠 시, 주책없는 욕심이 머리를 들었다. 평생 시사 원고만 쓸 거야? 기회가 왔을 때 얼른 잡아. 바보야.

― 해보겠습니다. 대신 처음이니 많이 도와주세요.

무작정 하겠다고 큰소리는 쳤지만 막상 컴퓨터 앞에 앉으 니 머리속엔 커서만 깜박였다. 어떻게 쓰는지 배울 곳도 물어볼

곳도 마땅치 않았다. 족집게 과외라도 받고 싶은 심정이었다. 결국 평소에 내가 찾아가는 방식대로 부딪혀보는 수밖에 없었다.

답이 나오지 않을 때는 서점이 제일이다. 이름난 카피라이터가 쓴 책들을 찾아 틈나는 대로 읽어내려갔다. 하나를 쓰기 위해서는 그 백배를 읽어야 한다지 않나. 방송원고보다 더욱 함축적인 작법을 흉내라도 내려면 읽고, 또 연습해야 했다.

당시 브랜드디자인실에서 나에게 요구한 사안은 크게 세 가지다. 첫째, 새로운 트랜드를 반영한 음악상은 많지만 가장 먼저 시작한 시상식은 〈골든디스크 어워즈〉라는 역사성. 둘째, 다른 음악상보다 심사기준이 엄격하게 짜여있다는 공정성. 셋째, 무대의 품격과 권위다. TV용 광고 1분, 온라인용 1분 30초 안에 이 세 가지 요소를 빠짐없이 넣어 매혹적인 문장을 창조해야 했다.

근사한 카피라이터들의 책을 잔뜩 읽었지만 막막하기만 했다. 한 분야에서 일가를 이룬 고수들의 결과물을 보니 더욱 엄두가 나지 않았다. 울고 싶은 마음으로 가득한 순간, 책상 한가득 펼쳐둔 책들 가운데 발견한 문장은 '단정의 힘 : 딱 잘라 말하기'. 방송 글쓰기에선 잘 쓰지 않는 방식이다. 시청자가 생각할 여지를 열어둬야 하기 때문이다. 예를 들어 열악한 노동현장의 사례를 지적할 때도, 방송원고는 상황을 구체적으로 묘사한 뒤 독자의 공간을 남겨둔다.

열아홉 생일을 하루 앞둔 그는, 아직 어린 소년이었습니다. 그의 가방에서 나온 건 스테인리스 숟가락과 나무젓가락. 그리고 컵라면 한 개.

세상은 그저 짐작할 수밖에 없었습니다. 밥 먹을 시간조차 없이 분주했을 노동의 현장과 라면 국물이라도 떠먹으려 수저를 챙겼던 배고픈 마음.

— '숟가락과 컵라면'… 한 젊은 청년을 위한 진혼곡
JTBC 뉴스룸 〈앵커브리핑〉, 2016년 5월 31일

방송은 '이래서야 되겠습니까. 바꿔야 하지 않습니까' 외치지 않는다. 가르치고 주입하는 대신 시청자의 영역을 남긴다.

이에 비해 광고는 선명하게 집착하고 선점하고 사로잡아야 했다. '이겁니다'라고 상품을 치켜들고 외쳐야 한다는 의미다. 골든디스크로 치환하면 권위와 역사, 공정성을 도드라지게 강조하는 방식을 찾아야 했다.

자료를 뒤져보니 골든디스크 1회 첫 수상자는 조용필. 한국 대중음악의 상징이자, 지금 세대도 이름 한 번쯤은 들어보았을 가수다. 그의 첫 수상 장면부터 스토리를 상상해보았다. 시대가 흘러도 여전히 한국 대중음악을 상징하는 조용필처럼, 다양한 음악상이 등장했지만 골든디스크야말로 움직일 수 없는 권위를 가진 음악상이라고 단정해보면 어떨까. 내레이션은 본 행사 진

행자인 가수 이승기 씨가 맡았다. 그에게 낮게 누른 격조 있는 목소리를 주문했다.

1986년 골든디스크어워즈의 첫 수상자, 조용필.
시대를 담은 노래는 골든디스크 어워즈와 함께 전설로 기록됩니다.

30년을 훌쩍 뛰어넘은 축적의 기록.
골든디스크어워즈는 대한민국 대중음악과 함께 성장하며 호흡했습니다.

무대는 따라 할 수 있지만, 시간은 따라올 수 없습니다.
음반 및 음원 판매량을 기준으로 한 공정한 심사기준과 격이 다른 무대.
우리 고유의 관악기인 생황 부는 여인을 형상화한 트로피는 비교할 수 없는 권위를 상징합니다.

대중음악은 시대에 따라 숨 가쁘게 변화합니다.
골든디스크 어워즈는 시대를 비추는 거울처럼 그 흐름에 발맞추어 진화하는 중입니다.

가장 오래. 가장 가까이.

대한민국 음악상의 시작 골든디스크어워즈.

2019년을 빛낸 주인공이 당신을 찾아갑니다.

— 제34회 골든디스크 어워즈 광고

광고 전문가의 눈에는 어설퍼 보였겠지만, 고심 끝에 광고의 모양을 흉내 낸 첫 글이 완성되었다. 방송 원고였다면 스스로 '격이 다르다'라는 낯간지러운 표현은 엄두도 내지 못했을 일이다. 광고였기에 가능했다. 다른 냄새와 모양을 가진 글쓰기에 도전하여 얻은 첫 성과물이었다.

이후부터 나는 〈백상예술대상〉 홍보영상과 JTBC 주요 캠페인의 구성과 스토리를 담당했다. JTBC를 그만두고 KBS로 이동한 뒤에도 한동안 원고 의뢰는 이어졌다.

이렇게 쓰는 것 맞아요?

— 영화 주제가 좀 어렵거든요. 말하듯 친근하게 내용을 풀어 써주시면 어떨까요?

'해볼게요'라는 자세는 2022년 다큐멘터리 영화를 만드는 태준식 감독이 찾아왔을 때도 마찬가지였다. IMF를 다룬 작품을 준비하던 태준식 감독은 어렵고 복잡한 영화의 줄거리를 쉽게 다듬어줄 작가를 찾고 있었다. 마침 뉴스를 이야기하듯 전하는 〈앵커브리핑〉이 눈에 들어왔고, 수소문 끝에 나를 찾아왔다고 한다. 시나리오를 써달라는 제안이다.

신작 영화를 모조리 섭렵하던 시절도 있었지만, 피로와 업무를 핑계로 영화와 멀어진 지 이미 오래, 더구나 한 번도 써본 적 없는 시나리오라니…. 다큐멘터리 영화는 제작비가 빠듯해 원고료가 적다는 사실도 이미 알고 있었다. 보나마나 제작 기간도 길어질 것이 뻔했다. 하지만 안 될 건 또 뭐있나. 수업료를 내가며 배우는 사람도 있을 텐데, 원고료까지 받아가며 공부할 수 있는 기회가 아닐까? 도전하고 싶었다. '해볼게요.'

좋아하는 감독의 영화 대본집을 톺아보고, OTT에 올라온 다큐멘터리 영화들을 공부하듯 시청했다. 찾아보면 참고할 자료들은 널리고 널려있다. 이렇게 쓰는 것 맞아요? 감독에게 원고를 보내며 수없이 조언을 구했고 주먹구구식으로 다큐멘터리 시나리오의 문법을 익혀갔다. 앵커가 주인공이 되어, 화면을 이끌어가는 방식이 방송의 문법이라면, 다큐영화의 시나리오란 긴 호흡을 가진 화면의 흐름을 보다 선명하게 전달하는 조연의 역할이라는 것도 차차 깨닫게 되었다.

(IMF 시절을 회상하는 출연자들의 회고담에 이어)
임재성 /프레젠터 (고등학교 시절 사진을 배경으로)

대한민국 국민 모두가
조금씩 다른 듯 하지만
실은 비슷한 빛깔로 기억할 그 시절.
당시 고등학생이었던 저 역시
그 시절을 불안이 넘실거렸던 때로 기억합니다.
집안 어른들끼리 주고받은 걱정어린 대화들.
꿈보다는 안정된 직장이 최고라며
지원학과를 바꾸던 친구들.

— 다큐멘터리 영화 〈1997〉, 태준식, 2004

2년의 시간이 흐른 2024년, 완성된 영화 〈1997〉 엔딩 크레디트에 '작가 김현정'이라는 글자가 올라갔다. 다시 봐도 신기한 순간이다. 영화는 같은 해 9월 DMZ국제다큐멘터리영화제에 초청되어 관객의 박수를 받았다. '해볼게요'라는 무모함 덕분이었다. 시사작가라는 타이틀 아래 시나리오 작가라는 경력이 한 줄 더 추가되었다.

내 머릿속에는 앵커가 산다

글은 읽는 사람을 생각하면서 써야 한다. 독자가 남성인지 여성인지, 나이는 몇 살이고 관심사는 무엇인지, 어디에 사는 지…. 손에 잡힐 듯 구체적일수록 더 적확한 글이 나온다.

Santa 訪問[방문]에 관한 안내문

인터넷에서 화제가 되었던 한 유치원 가정통신문 제목이다. 선생님들이 쉬운 말 놔두고 굳이 영어와 한자를 섞어 쓴 이유는 이 안내문이 비밀편지이기 때문이었다.

이 안내문을 英語[영어]와 漢字[한자]를 섞어서 쓰고 봉해 보내는 이유는 우리 어린이들이 Santa[산타]에 대한 神秘感[신비감]을 지니게 하여 동심의 즐거운 追憶[추억]을 주기 위해서입니다.

호기심 많은 어린이가 뜯어봐도 내용을 이해하지 못하도록 문장 사이 고난도의 장치를 심어두었다. 읽는 사람을 오롯이 학부모로만 정했기에 가능한 표현이다.

방송원고나 발표문, 연설문을 쓸 때는 한 가지 조건이 더 붙는다. 낭독자를 머릿속에 그려가며 써야 한다. 글을 읽어주는 사람의 나이와 성별, 목소리의 색깔. 말투는 물론 생김새와 옷차림, 손짓과 걸음걸이까지 모두 고려해야 한다.

방송사 작가실에 가보면 흥미로운 풍경이 펼쳐진다. 전투하듯 힘주어 자판 두드리는 소리와 프린터기 작동음, 섭외전화를 돌리는 목소리가 요란한 가운데, 누군가는 화면을 째려보며 중얼중얼 무언가를 읊어대고 있다. 모든 작가가 그렇지는 않다. 마치 연기하듯 자신이 쓰고 있는 원고를 중얼중얼 읽어대는 작가 몇 명이 보일 것이다. 그를 주목해야 한다. 잘 쓰는 작가다.

작가의 머릿속에는 화자 즉, 앵커가 산다. 20년 가까이 손석희 앵커의 멘트를 썼던 내 머릿속도 마찬가지다. "안녕하세요"

라는 간단한 인사말을 쓸 때도 나의 머릿속에선 손석희 앵커가 원고를 읽는다. 오늘은 살짝 미소를 지으면서? 아니면 큐 카드나 태블릿 피시를 들고? 단정한 정장을 입었나 아니면 소매를 걷어붙인 셔츠 차림일까. 그날 방송의 분위기와 설정에 따라 간단한 인사말도 톤이 달라진다.

뒤에 따라붙는 글도 마찬가지다. 아무리 유려한 문장을 쓰더라도 읽는 사람이 씹으면 그만이다. 앵커가 발음하기 쉽도록, 말하는 사람의 가치관이 담기도록 쓴다. 되도록 그가 평소에 즐겨 쓰는 단어와 표현을 넣는다. 습관처럼 머리를 쓸어올리는 손짓, 한숨은 언제 쉬는지, 고개는 어느 방향으로 돌리는지. 손짓과 발짓까지 빙의하듯 연기하며 글을 써 내려간다. 남들이 보면 짝사랑도 이런 짝사랑이 없다.

그래서였을 것이다. KBS로 일터를 옮겨 이소정 앵커의 멘트를 쓰게 되었을 때도 한동안 머릿속엔 이른바 손석희식 문장 표현이 가득했다.

― 그럼에도 불구하고 야당은, 과연 그런 위기감을 느끼고는 있는가 하는 것이지요.
― 그래서 누군가는 그때를 칭해 '안개 정국'이라 했던가.

관록과 자신감이 실린 손석희식 어투가 습관처럼 몸에 배어 한동안 머릿속에선 손석희, 이소정 앵커 두 명이 번갈아 원고를 읽어댔다. '어서 방을 빼 주옵소서' 읍소라도 하고 싶은 심정이었다. 혼란의 시기를 지나 손발을 맞춘 지 2주 가까이 지나서야 나의 뇌는 온전히 이소정 앵커에게 방을 내주게 되었던 것 같다.

바이러스는 빈틈을 놓치지 않았습니다.
의자를 살짝 뒤로만 빼도 사람이 지나가기 어려운 빽빽한 공간. 누군가 감기에 걸리면 사나흘 뒤엔 절반 이상이 함께 기침하는 곳.
콜센터를 통한 감염 소식이 전해지면서 거대도시 수도권 방역에 경고등이 켜진 거죠.
이번 콜센터 집단 감염 사례는 감염과 생계의 위협 사이에서 제대로 보호받지 못한 노동 환경을 보여줬고 아직도 사각지대가 수없이 존재한다는 사실 또한 알려줍니다.
우리 사회가 품고 있던 상처가 재난을 통해 고스란히 드러나고 있는 셈입니다.

— KBS〈뉴스9〉, 2020년 3월 11일

일단 어미부터 60대 남성에서 40대 여성으로 바꿔놓아야 했다. 단어는 조금 더 쉽고 편안한 우리말 표현을 찾아보았고 단정적인 느낌을 품은 문장은 되도록 피하려 노력했다. 기존에 방송된 이소정 앵커의 리드 멘트를 참고해가며 어디에서 쉬고 호흡을 가다듬는지, 자주 쓰는 단어는 무엇인지 외우듯 머릿속에 입력했다.

물론 지금도 내가 쓴 글을 읽으면 손석희 앵커의 말투가 저절로 떠오른다는 독자가 여럿이다. 오랜 시간 섞였기 때문이다. 내가 자주 쓰는 표현을 앵커가 읽고, 때론 앵커가 자주 사용하는 표현을 내가 쓴다. 누가 원저자인지 헷갈리는 지경이 된다. 앵커가 잠시 고개를 돌릴 때의 표정, 손 모양까지 생생하게 떠오른다. 머릿속 버튼을 누르면 앵커가 말을 하고, 급기야 꿈에도 출연하는 지경이 되어야 그가 읽는 나의 글이 마치 몸에서 나오는 말처럼 자연스레 흘러나온다.

대통령의 연설문을 써온 비서관들도 마찬가지였을 것이라 짐작한다. 꿈에서도 대통령이 연설을 하고 있었겠지. 그래서 그들은 대통령과 한 호흡으로 기록에 남을 문장을 남겼다. 읽는 사람을 최우선으로 두고, 쓰는 사람의 욕심을 덜어낸 결과다. 내가 쓴 글을 누군가 읽어야 한다면, 회사 대표이든, 교수님이든, 어린 학생이든 그 사람이 최우선이다. 머릿속에 그 사람을 위한 윤기 나는 방을 만들어야 한다.

반대로 쓰는 사람과 글을 읽어주는 사람은 보이지 않는 줄다리기를 이어가는 치열한 경쟁자다. 애석하게도 손석희, 이소정 앵커는 작가가 써준 대로 읽는 법이 없었다. 정도의 차이는 있지만 매번 수정에 수정을 더하여 자신에게 체화된 멘트를 방송에 내보냈다. 작가 입장에서 보면 앵커가 얼마나 글을 고쳤느냐가 스스로만 아는 성적표가 된다. 때론 야속했고 자존심도 상했지만 바로 그 부분이 나를 성장시켰다. 그대로 읽을까? 아니면 오늘도 왕창 고쳤을까? 결과를 보며 혼자 기뻐하고 낙담한다. 내일은 한 문장도 고치지 않게 써내고야 말겠어! 다짐한다.

그 보이지 않는 줄다리기 끝에 쓴 사람과 읽는 사람의 문장과 말맛이 경계 없이 섞이는 진짜 원고가 탄생한다. 잊지 말자. 내가 쓴 글을 읽어주는 사람은 나의 왕이자 경쟁자다.

L의 운동화는
집으로 가는 중입니다

— 저런 그림, 나는 발로도 그리겠네….

장난기 많은 어르신이 농담처럼 중얼거린다. 미술작품을 감상하다 보면 한없이 부러운 순간이 온다. 어떤 작품은 종이 위에 점 하나 찍었을 뿐인데 수천만 원을 호가한다. 흐늘대는 선 몇 개 그어둔 피카소의 그림이 미술사조를 흔든 작품으로 평가받는다. 캔버스에 물감을 흩뿌려놓은 잭슨 폴록의 작품이 위대하단다. 평범한 눈으로 보면 저럴 일인가 싶지만, 화가의 시작은 점 하나가 아니었다. 거장의 초기작품들을 보면 절로 고개가 끄덕여진다. 못 그려서 점을 찍은 게 아니다. 유려한 화법을 연구하고 연구한 끝에 발견한 지극한 아름다움을 간단한 선 몇 개, 혹은 점 하나로 표현했을 뿐이다.

잘 쓴 글이란 무엇일까. 문학의 영역에서는 다르겠지만, 방송이나 일상에서 잘 쓴 글은 남들이 이해하기 쉬운 글이다. 아무리 유려하고 아름다운 문장이라도 읽는 사람이 알아듣지 못하면 제대로 된 글쓰기가 아니다.

작가로 일한 지 채 한 달도 되지 않은 시점의 이야기다. 그날 〈시선집중〉 '미니 인터뷰'의 주인공은 1987년 6월 이한열 열사의 중환자실 사진을 16년 만에 공개한 연세대 홍보실 관계자였다. 엄중한 사안을 담은 인터뷰라는 생각에, 쓰는 어깨엔 힘이 잔뜩 들어갔다. 막내 작가 잘 뽑았구먼~ 이라는 말이 절로 나오도록, 감춰둔 내공을 보여주고 싶었다. 방송 전에 원고를 검토하던 앵커가 나를 호출했다.

― 너 지금 문학하냐? 내가 이 원고 생방에서 고대로 읽을테니 잘 들어봐라.

눈치도 없이 글을 잘 쓴다는 칭찬이라고 착각했었다. 수줍은 척 말끝을 흐렸지만, 입꼬리가 올라가는 걸 감추기 어려웠다. 하긴, 제가 문학 좀 하지요…. 하지만 생방송에 들어가자마자 깨달았다. 내가 쓴 글은 방송원고가 아니었다.

87년 6월은 사진 한 장으로 시작됐습니다.

— 이한열 열사 추모 사진 공개 뒷이야기
MBC〈손석희의 시선집중〉, 2003년 6월 12일

인터뷰의 리드 멘트는 너무나 비장했다. 화면이 없는 라디오 원고인데 사진 설명은 한 줄도 없다. 문장에만 힘을 주었을 뿐, 무슨 이야기를 하려는지 의도조차 제대로 드러나지 않았다. 스스로 문학 좀 한다고 으스대던 막내 작가는 뽐내듯 글을 쓰면 안 된다는 사실에 홀로 민망함을 삼켜야 했다.

이날 무엇을 잘못했는지 구체적으로 깨닫기까지는 이후로도 20년 넘는 시간이 걸린 듯하다. 잘 쓴 글이란 겉멋을 잔뜩 부린 글이 아니라 쉽고 편안하게 독자에게 말을 거는 글이라는 사실 말이다. 다시 쓸 기회가 주어진다면 아둔했던 스스로를 쥐어박으며 사진을 찍듯, 그림을 그리듯 라디오 멘트를 수정하고 싶다.

1987년 6월은 대학생 이한열이 경찰 최루탄에 목숨을 잃은 계절입니다.

청년이 쓰러지는 순간을 포착한 사진 한 장을 기억하

실 겁니다. 이마에 피를 흘리는 이한열 군을 동료가 부축하고 있는 장면이지요.

내가 쓰는 건 글이지만 이 까만 활자체는 마치 그림같이 보여야 한다. 글을 못 읽는 이들을 위해 성서의 장면을 조각한 유럽의 스테인드글라스처럼 이해하기 쉽도록 표현해야 한다. 보지 않아도 본 것처럼, 그곳에 가지 않아도 가 있는 것처럼.

사이즈 270mm. 삼화고무가 생산한 흰색 타이거 운동화. 한 짝만 남은 그 하얀 운동화는 밑창이 산산이 부서져 있었습니다.
운동화는 정확히 29년 전인 1987년 오늘, 전투경찰이 쏜 직격 최루탄을 맞아 사망한 청년 이한열이 거리에서 신고 있었던 유품이었습니다.

— 'L의 운동화'는 집으로 가는 중입니다
JTBC 뉴스룸 〈앵커브리핑〉, 2016년 6월 9일

소녀는 외롭지 않았습니다.
제주시 조천읍, 바다가 내려다보이는 작은 북까페 입구에는 자그마한 소녀상이 놓여 있습니다.
철썩이는 파도 소리를 들으며 오도카니 앉아있는 소녀는

오가는 손님들을 반갑게 맞이합니다.

— 끝나지 않을 이야기 '나는 살아 있다'
JTBC 뉴스룸 〈앵커브리핑〉, 2016년 12월 28일

밑창이 바스러진 이한열의 운동화를 들여다보듯이…. 제주 조천 바다가 눈앞에서 출렁이듯이…. 온전히 글로만 소리와 냄새, 질감을 표현해본다.

그리듯 써야 하는 것은 낯선 공간을 묘사할 때도 마찬가지다. 2023년 팔레스타인 가자지구가 이스라엘 공습으로 잿더미가 되었을 때였다. 가자지구가 어디인지 피상적으로는 알고 있지만 지금은 어떤 모습인지, 또 얼마나 많은 삶이 모여 사는지 그리듯 구체적인 설명이 필요했다.

땅 넓이는 세종시보다 좁은데 여기에 2백만 명 넘게 다닥다닥 모여 삽니다. 이스라엘의 봉쇄로 물과 의약품, 전기도 모두 끊긴 가자지구 얘기입니다.

팔레스타인에서 무장세력 하마스가 2006년 정권을 잡은 뒤 이스라엘은 이 가자지구를 에워쌌고, 높이 6m, 길이 65km의 장벽을 세웠습니다.

들고 나는 것도 자유롭지 않은, 말 그대로 '지붕 없는 감

옥'이 된 건데 이 장벽 근처로 이스라엘군의 탱크와 헬기가
줄지어 모였고, 이젠 '명령만 남았다'라는 관측도 나옵니다.

— KBS 〈뉴스9〉, 2023년 10월 12일

우리나라 각 지역의 면적을 일일이 검색해보니 가자지구와
땅 넓이가 비슷한 곳은 세종시였다. 가자지구가 세종시만 하다
고 설명하면 시청자의 이해가 쉬울 터였다. 기사에서 흔히 쓰는
'축구장 ○○배 넓이입니다' 식의 표현을 떠올리면 된다.

이런 비유를 사용할 때 거듭 주의해야 할 점은 팩트, 즉 사
실 확인이다. 다른 언론사가 먼저 내놓은 자료라 해도 그대로
가져다 쓰면 종종 실수가 생긴다.

가자지구의 면적은 360여km^{2}로 세종시보다 조금 넓은
곳에 200만 명이 넘게 거주하고 있습니다.

— 〈△△△뉴스〉, 2023년 10월 9일

위 기사에서 쓴 대로 가자지구의 면적은 360여km^{2}가 맞다.
하지만 세종시의 면적은 460여km^2 다. 가자지구가 세종시보다
더 '좁다.' 팩트가 틀린 것이다. 남이 찾아둔 자료를 확인 없이
그대로 썼다면 나 역시 틀린 내용을 방송에 내보냈을지도 모를
일이다. 망신당하지 않으려면 꺼진 불도 다시 봐야 한다.

산불의 원인 중 1위는 '실화'입니다.

몇 년 전 후배가 써온 첫 줄이다. 바로 물어봤다.

— 실화가 무슨 뜻이니?
— 그게요…. 보도자료에 있길래….

대답을 못 하고 우물쭈물한다. 산림청 보도자료에 '실화'라
고 쓰여 있었다고 한다. 무슨 의미인지 제대로 이해하지 못하고
썼으니 대답을 못 하는 건 당연했다. 농담처럼 이게 실화(논픽
션)냐? 묻고 싶은 상황이었다. 실화는 사람이 실수로 낸 불을 뜻
한다. 인터넷 어학 사전에 검색만 해봤어도 알 수 있는 내용이
지만 자료를 그대로 가져다 썼기 때문에 구멍이 생겼다. 다음과
같이 고쳐야 이해가 쉽다.

산불의 원인을 살펴보니 '사람이 실수로 낸 불'이 가장
많았습니다.

전문용어라고 해서 무심히 넘어가면 안 된다. 쓰는 사람이
먼저 이해하고 풀어써야 읽는 사람도 알아듣는다. 이미 완성한
문장이라도 한 번 더 들여다보고, 나만의 표현으로 다시 써야

한다. 그래야 도화지에 점 하나만 찍어도 보는 이의 탄성을 자아내는 내공 있는 글이 완성된다.

상처 받는 순간보다
용기 얻는 순간을

— 아예 대파 한 단을 화면에 올릴까요? 혹시 너무 '먹이는' 건 아니겠죠?

〈앵커브리핑〉의 김홍준 피디는 방송 직전까지 고민이 컸다. 그날 원고의 주인공은 안철수 당시 국민의당 대선 후보였다. 시작 화면에 대파 사진을 넣을 것이냐 말 것이냐. 김 피디의 고민은 대파처럼 맵고도 길었다.

2017년 6월 27일, 대선을 딱 나흘 앞둔 시점이었다. 국민의 당이 아주 난처한 처지가 됐다. 당에서 주장해온 유력 후보 아들의 취업 특혜 증거물이 모두 조작된 사실이 드러났기 때문이다. 측근들이 꾸민 일이라고는 하지만 대표인 안 후보가 책임에서 자유롭기는 어려웠다.

한참 전 JTBC 정치부의 이승필 기자가 해준 이야기가 생각났다. 5년 전 안 후보가 정치에 갓 입문했던 시기의 일화였다. 대선 출마 선언 며칠 뒤 그 역시 시장에 갔다. 사실 다음 장면은 뻔하다. 시장에 가면 정치인은 어묵을 크게 베물고, 수조에 담긴 바닷물을 떠먹거나, 꿈틀대는 문어를 호탕하게 들어 올린다.

하지만 정치 신인 안철수는 달랐다. 파 한 단을 번쩍 들어달라 누군가 요구했는데 대뜸 거절했다는 것이다. 이게 현장 기자들 눈에는 새로워 보였다고 한다. 겉보기만 그럴듯한 정치는 하지 않겠다는 의지가 읽혔고, 정치의 새로운 바람을 불러올 수도 있겠다는 기대도 품게 되었단다. "안철수 후보, 참 신기한 사람이에요. 문법이 좀 달랐거든요." 곁에서 그 장면을 지켜봤던 기자의 말이었다.

하지만 5년이 지난 그의 모습은 과거와 너무나 달라졌다는 생각이 들었다. 당시 일화를 소환하는 것만으로도 오늘의 안철수를 묵직하게 비판하는 내용이 되리라 생각하며 원고를 구성하였다.

— 괜찮겠냐? 안 후보 지지자들이 혹시 기분 나빠할까 봐 걱정이다.

손석희 앵커도 방송 직전까지 걱정이 컸다. 국정농단 사태를 전후해 〈앵커브리핑〉의 주목도는 더욱 커졌고, 자칫 한 마디라도 잘못 나가면 진영을 막론하고 맹렬한 비난이 쏟아졌다. 새 정치에 대한 기대를 품게 해준 첫 마음으로 돌아가달라는 의미를 담았지만, 자칫하면 특정 후보를 깎아내리는 내용으로 비칠까봐 두렵고 또 조심스러웠다. 방송에 들어가는 순간까지도.

정치 초보는 모든 것이 낯설었습니다. 사람들의 마음을 얻으려면 시장에 가야 한다는데… 그에겐 이 상황이 마치 연극처럼 느껴졌을지도 모를 일이지요. 5년 전인 지난 2012년 10월 대선 출마 선언을 한 지 이제 겨우 보름을 넘긴 정치 신인 안철수 후보의 이야기였습니다.

파 한 단을 번쩍 들어달라는 기자들의 요구가 있었고 상인이 건네주는 호두과자를 한입에 베어 물라 권했지만, 그는 이렇게 반문했습니다.

"파를 드는 게 무슨 의미가 있을까요?"

"판매하는 건데 뜯어도 될까요?"

포장을 뜯으면 상추는 팔지 못하게 되기에… 폼 나는 사진 한 컷 보다 상인의 처지를 더 우려했던, 사뭇 참신했던 정치 신인의 시장방문기는 이러했습니다. (중략) 그리고 그 참신했던 정치인은 몇 번의 우여곡절을 거쳐 지금 다시 시련기를 맞고 있습니다.

'증언과 육성 녹음과 카톡 메시지는 모두 가짜.'

대선을 단 나흘 앞두고 국민의당이 내놓았던 유력 후보 아들의 취업 특혜 증거물은 모두 조작된 것으로 드러났습니다. (중략) 후보를 위한 참모들의 빗나간 충성이라고만 보기에는 사람들의 마음이 이토록 무거운 것은 왜인가…

'파를 드는 게 무슨 의미가 있을까요?'

기사를 위한 연출 사진 한 장 보다 상인이 장사하지 못할까 우려했던 정치 신인의 머뭇거림.

사람들의 마음을 얻는 방법은 치밀한 공모나 조작이 아닌 이러한 작은 마음 한 조각, 한 조각. 그 소박하게 전해지던 진정성이 아니었을까. 그가 내세웠던 것이 바로 새 정치였으니 말입니다.

— '파를 드는 게 무슨 의미가 있을까요?'
JTBC 뉴스룸 〈앵커브리핑〉, 2017년 6월 27일

방송 직후 인터넷에 댓글이 달리기 시작했다. 역시 안 후보 지지자들이 화가 났구나. 그럴 수도 있을 테지…. 하지만 나를 비롯한 제작진 모두는 눈을 의심했다.

— 아예 대놓고 감싸는군요. 실망했습니다.

— 손석희 씨, 이렇게 편들면 안 됩니다.

— 뉴스룸은 국민의당에 줄 선 겁니까.

줄줄이 달리는 댓글인즉슨, 손석희 앵커가 안철수 후보를 대놓고 감쌌다는 비판이었다. '파석희'라는 당황스러운 단어를 조합해낸 네티즌도 있었다. 안 후보 지지자들에게 불편한 내용일 것이라고는 짐작했지만 거꾸로 안 후보를 감싼다고 여겨지리라곤 꿈에도 생각지 못했던 초현실적인 상황. 다음날 얼굴을 마주한 동료들은 피식피식 웃으며 '김 작가 국민의당 지지자였다며? 전혀 몰랐네~' 농을 섞은 인사를 건넸다. 마음속에 차곡차곡 쌓이는 고구마 백 개…. 네티즌 한 명 한 명에게 답글을 달아가며 반박하고 싶었지만 나는 말 한마디, SNS에 올리는 글 한 줄까지 조심해야 하는 뉴스 제작진이었다.

시청자가 원망스럽고, 억울한 상황은 잊을 만하면 되풀이됐다. 2020년 여름의 일이었다.

— 이소정 앵커를 뉴스에서 하차시키라는 국민청원이 올라왔다는데요?

너무들 심한 거 아닌가, 참았던 짜증이 한꺼번에 몰려왔다. 요 며칠 새벽마다 모르는 번호로 전화가 걸려온다는 앵커의 말도 계속 마음에 걸렸다. 발단은 며칠 전 나간 〈뉴스9〉 앵커멘트 때문이었다.

최근 작가 정세랑의 소설 속 문장 한 줄이 화제가 됐습니다. "어떤 자살은 가해였다. 아주 최종적인 형태의 가해였다."

누군가의 죽음이 살아남은 이에겐 돌이킬 수 없는 가해가 된다는 의미…. 이 문장이 수없이 공유됐다는 건 그만큼 공감하는 마음이 많았다는 뜻이겠죠.

가해자로 지목된 당사자가 사라진 상황. 진실의 무게는 피해자가 짊어지게 됐고, 피해자 중심주의란 말이 무색할 정도로 우려하던 2차 가해도 범람하고 있습니다.

4년간 뭐하다 이제 와 그러냐는, 한 방송인의 발언이 논란이 됐고, 한 현직 검사는 팔짱 끼면 다 성추행이냐는 비아냥을 보내기도 했습니다. 결국, 여성변호사협회는 이 검사에 대한 징계를 검찰에 요청하기도 했죠.

경찰은 2차 가해에 엄정 대처하겠다고 했는데 피해자의 고통을 염두에 두고 진실을 찾아가는 것.우리 사회가 지켜야 할 최소한의 '품격'이 아닐까 싶습니다.

— KBS 〈뉴스9〉, 2020년 7월 16일

박원순 당시 서울시장의 사망 이후 논란이 분분한 시기였다. 처음 듣는 '피해호소인'이라는 용어가 등장했고, 2차 가해를 의심할 만한 발언이 넘쳐났다. 믿기지 않는 죽음 앞에서 혼란은 남겨진 이들이 감당해야 했다. 사실관계를 떠나 가해자로 지목된 사람은 이미 세상에 없었기 때문이다.

'어떤 자살은 가해였다'라는 문구는 정세랑 작가의 《시선으로부터》라는 장편 소설에 나온다. 이미 SNS 상에서 널리 공유되는 중이었다. 작품 속 화자는 유명 화가인 전 남편의 죽음과 살아남은 사람이 감내해야 했던 고통을 이렇게 표현했다. 죽음이라는 압도적인 무게 앞에서 변명도 해명도 하기 어렵게 된 남겨진 사람에 대한 묘사였다. 뉴스에서는 사람들이 왜 이 문구에 주목하는지 깊이 들여다보고 우리 사회의 품격을 되찾자는 의미를 강조하고 싶었다.

하지만 젠더 갈등이 점점 커지는 사회 분위기와 박 시장에 대한 지지층의 신뢰 등이 겹쳐 〈뉴스9〉는 갈등의 한복판에 놓였다. 앵커의 하차를 요구한 청원자는 '경찰에서 확인 중인 사안을 소설의 한 문구로 시청자를 확증편향에 이르도록 하여 방송의 중립성을 심각하게 훼손했다'라고 주장했다.

이 또한 억울했다. 이날 뉴스에서는 한쪽의 주장만 내세우지 않았다. 해당 의혹을 둘러싼 서울시 측과 피해자, 정부·여당 등의 입장을 보도한 후 정세랑 작가의 소설 속 문구를 언급했다. 또다시 원망이 올라오는 순간이다. 툭 불거진 한 두 줄에만 주목하여 논평하는 시청자가 짜증스러웠다. 공영방송 KBS는 긁어 부스럼을 만든 작가의 원고를 곤란해 했다.

사실, 아직도 억울하다. 생각할수록 원망스럽고 짜증난다. 술만 마시면 중얼댄다. 에잇, 이따위 방송 때려치우고 싶네. 하지만 다음날 아침, 생각을 고쳐먹는다. 거꾸로 말하면 이런 시청자들 덕분에 뉴스의 긴장감이 유지된다. 시청자 때문에 매일 울고 웃는다. 무턱대고 한두 줄만 콕 집어내 비판하는 시청자도 있지만, 뉴스의 결을 정성스레 읽어내고, 미처 생각지 못했던 부분까지 끄집어내 응원해주는 시청자가 더 많다. 상처받은 순간보다 용기를 얻은 순간이 더 의미로웠던 것이다. 다소 억울한 항의가 빗발칠 때마다 손석희 앵커가 보인 반응도 태연했다.

— 어쩌겠나. 시청자가 그렇다는데. 이 또한 우리 잘못이다.

그랬다. 인정하기 싫어도 인정해야 한다. 독자가 답이다. 오해가 없도록 제대로 썼다면 듣지 않았을 비판이다. 가끔 들어오는 시청자의 경고는 단 한 줄을 쓰더라도 긴장의 끈을 놓지 말라는 빨간색의 신호가 아닐까… 그래서 오늘도 때려치우지 못하고 계속 쓴다. 대신 머리털을 곤두세우며 쓴다. 누군가 나의 글을 읽고 오해하지 않도록. 나의 글로 인해 누군가 다치지 않도록.

5장

연중취재,
내성적이어도 씁니다

나는 낯을 가린다. 그것도 조금 많이. 새로운 사람을 만나기 위해서는 사전에 심호흡을 백번은 해야 한다. 만나고 나서도 어떤 말을 건네야 할지 막막하고 두렵다.

학교에 다닐 때는 증상이 더 심했다. 학년이 올라갈 때마다 마음이 갑갑해졌다. 또다시 새로운 친구를 사귀어야 하는데 먼저 누구에게 말을 거나⋯. 교실 구석에 웅크리고 있거나 용케도 나처럼 혼자 앉은 외톨이를 발견하면 그 아이와 간신히 단짝이 되었다. 그만큼 서툴고 미숙했다. 종일 집에만 있으라고 해도 답답하지 않은 성격, 그게 바로 나다.

이런 속마음을 고백하면 대개 폭소가 터진다. 어이없어하는 사람도 많다. "작가님이 낯을 가린다고요? 지금 장난하세요? 에이 설마⋯." 비웃음을 사기 일쑤지만 진짜다. 나는 낯을 가린다. 그것도 아주 많이. 단지 이제는 티를 덜 내게 되었을 뿐이다. 글을 쓰는 사람 중 낯을 가리지 않는 사람은 얼마나 될까? 아마 대부분 비슷비슷한 공식을 밟아왔는지도 모른다.

1. 타고난 성격이 내성적이어서 혼자 놀기 좋아한다.

2. 혼자 놀다 심심하니 책이라도 읽는다.

3. 읽다 보니 쓰는 욕심을 제법 부리게 된다.

4. 이참에 글 쓰는 작가 비슷한 류의 직업을 꿈꾸게 된다.

어차피 남들과 섞이기 어려우니 혼자서 글이나 쓰겠다는 심산이다. 마음처럼 될까? 단언하지만 불가능하다. 글을 쓰려면 외향적이어야 한다. 나처럼 낯을 가린다면 외향적인 척이라도 해야 한다. 글은 혼자 쓰는 것처럼 보이지만 혼자서는 못 쓴다. 지금부터는 낯가리는 작가의 고백담, 혹은 눈물겨운 생존기를 펼쳐본다.

웅크리고 있으면
누구도 읽어 주지 않는다

— 저는 극 I입니다. 내향적이고 낯을 많이 가려서 다른 사
람과 어울리기 힘들어요.

글쓰기 강의 첫 시간, 학생들 자기소개서에는 이런 내용이
자주 보인다. 성격 유형을 테스트하는 MBTI로 구분하면 I, 즉
내향적이라는 의미다. 그중에서도 극 I라니 이쯤 되면 누가 말
을 거는 것조차 싫은 수준이다. 보통 얼굴 한복판에 조용히 쓰
여 있다. 나를 제발 그냥 놔두시오…. 조용히 혼자 앉아 글만 쓰
겠다는 표정이다. 이 좁은 강의실 안에 나 같은 I형 인간이 우글
우글하다니 이럴 수가.

미안하지만…. 이라는 말로 설명을 시작한다. I형 작가는 살아남지 못한단다…. 글을 혼자 쓰기란 불가능하다고. 물론 일기장처럼 혼자 읽어도 그만이라면 상관없다. 하지만 읽어줄 대상을 한 명이라도 염두에 두고 있다면 글은 함께 써야 한다.

글쓰기는 자신의 생각을 밖으로 표현하여 공감을 얻는 작업이다. 마음을 자세히 표현하고 가장 수다스러운 사람이 글을 잘 쓴다. 한때 조선엔 '구라'라는 별명을 가진 세 사람이 있었다고 한다. 이름하여 백구라, 방구라, 황구라. 차례로 재야운동가 고 백기완 선생, 사업가 방동규 선생, 작가 황석영 선생이다.

속임수나 거짓말쟁이를 뜻하는 점잖지 못한 별명이 붙었지만, 이 조선 3대 구라는 입담부터 다르다. 한 번 이야기를 시작하면 누구나 빠져들게 만드는 그럴듯한 말솜씨. 그대로 옮겨서 쓰면 이야기, 곧 글이 된다. 고 백기완 선생이 전설처럼 구불구불하게 풀어내는 현대사, 황석영 선생의 유려하고도 때로는 몽환적인 서사는 강력한 흡입력을 갖고 있다. 조금 저렴하게 표현하면 구라 잘 푸는 사람이 글도 잘 풀어낸다. 타인의 혼을 쏙 빼놓는 매혹의 이야기를 고대로 받아적으면 그만이다. 선수급 구라는 아니더라도 적어도 나의 이야기를 흡입력 있게 타인에게 전달하는 기술은 글 쓰는 이들에게 필수다.

글을 쓰기 위해서는 먼저 어떤 주제와 소재를 사용할지 탐색하고 충분히 자료를 모아야 한다. 책을 보고 인터넷만 뒤진다 해서 능사가 아니다. 물어보고, 가보고, 의견을 들어야 한다. 자료수집의 다른 이름은 취재다.

넷플릭스 드라마 〈중증외상센터〉처럼 특별한 공간을 배경으로 글을 쓴다고 가정해보자. 병동에서 일해보지 않은 이상 내부의 세밀한 사정을 알 수 없다. 만약 근무해보았다고 해도 개인의 경험이 절대적이라고 단정하기는 어렵다. 제대로 쓰기 위해서는 주변을 수소문하거나 직접 병원을 섭외해 취재해야 한다. 낯선 사람에게 다가가 질문할 수 있어야 필요한 내용을 얻는다는 의미다. 만약 방송작가라면 여기에 더해 프로그램에 맞는 대상을 섭외하고, 그 사람의 마음을 말랑말랑하게 요리한 뒤에 카메라 앞에 세우는 일까지 모두 해내야 한다. 글 쓰는 이들이 가져야 할 덕목 중 글솜씨란 절대적이 아니라 매우 부차적인 요소일지도 모른다.

취재를 통해 글의 얼개를 짜본 다음엔 그 얼개가 괜찮은지, 설득력 있게 읽힐 수 있을지, 다른 사람들의 의견을 듣고 설득시켜야 한다. 보고서라면 상사에게 어떤 내용을 넣을지 알리고 오케이 사인을 받아야 일이 진행된다. 작가라면 전체 구성안을 보내고 출판사를 잡아야 책을 낸다. 방송작가라면 회의를 통해 아이템을 통과시켜야 원고를 쓸 수 있다. 모두 타인과의 협업 없이는 불가능한 작업이다.

글을 쓰는 과정에서도 최대한 많은 이들에게 읽혀보고 논의하고 수정하는 작업을 거쳐야 한다. 쓰는 사람은 글의 약점이 무엇인지, 중언부언한 부분은 없는지 스스로 깨닫기 어렵다. 다른 이의 냉정한 눈을 통해 여러 번 퇴고의 과정을 거쳐야 글이 제 모양을 갖춘다. 쓰는 사람이 자기 논리에 빠져 간과했던 부분을 타인은 귀신같이 잡아낸다. 좋은 책의 저자 뒤에 더 좋은 편집자가 숨어있는 것과 같은 이치다.

글이 모두 완성되었다고 해도 끝이 아니다. 한 명이라도 더 많은 사람이 읽도록 홍보한다. 스티븐 킹 같은 대 작가도 학창시절 자신이 쓴 글을 인쇄해서 친구들에게 판매했다고 회고한다. 아마도 처음에는 말로 꼬드겼겠지. "내가 근사한 소설 하나 썼는데. 너 한번 읽어볼래? 단돈 몇 페니면 되는데…." 또래 집단의 호응과 피드백이 작품의 원동력이 되었을 것이다.

멀리 미국의 예를 들 필요도 없다. 요즘은 작가도 북토크와 강연, 매체 출연 등의 방법으로 저변을 넓혀야 하는 세상이다. 아예 개인 채널을 따로 열어 독자와 소통하는 작가도 여럿이다. 김영하, 김중혁 작가는 팟캐스트를 통해 책을 읽어줬고, 윤고은 작가는 라디오를 진행한다. 한강 작가는 TV에 출연해 직접 작사 작곡한 노래를 부르기도 했다.

이런 과정들을 설명하면 학생들 얼굴엔 낙심이 가득하다. 나는 I이고, 사람이 힘들어서 글을 쓰는데 이번 생은 망했네…. 그럴 때 꺼낸다. 극I 방송작가의 이야기를.

내 주머니엔 마스크가 하나 있다. 남의 눈에는 보이지 않는
다. 내 눈에만 보이는 E형 투명 마스크다. 섭외할 때나 회의에
들어갈 때, 강의를 시작하기 직전에 꺼내어 얼굴에 덮는다. 타고
난 성격은 내향형인 I지만 일할 때만큼은 주눅 들지 않은 척, 원
래 사람을 좋아하는 척, 외향형인 E의 탈을 뒤집어쓰고 연기를
시작한다. 물론 처음부터 제대로 되진 않는다. 애써 시동을 건
대화가 중간에 뚝 끊겨버리거나, 한순간에 본색이 드러나기도
한다. 덜덜 떨리는 손가락이 내 눈에도 보여 안쓰러울 지경이다.
하지만 저장해둔 에너지를 모두 쓸지언정 밖에서는 노력한다.
제대로 쓰기 위해서다.

나는 글을 써서 돈을 벌어야 하는 사람이다. 누구나 모셔가
고 싶어하는 유명 작가도 아니다. 마냥 웅크리고만 있다면 아무
도 나의 글을 읽어주지 않는다. 그나마 잘하는 글을 쓰기 위해
이 정도 괴로움은 감내하겠다고 마음먹으면, 낯선 자리도 생각
보다 고통스럽지 않다. 오히려 상대방과의 대화를 통해 얻는 수
확이 훨씬 더 많다. 그만큼 풍성한 글을 쓰게 되고, 보다 많은 사
람이 나의 작품에 눈길을 준다. 견디자. 글쓰기에 필요한 자세의
8할은 모두 여기에 있다.

이동진 기자님 좀 바꿔주세요

    글쓰기를 위한 취재를 시작할 때 넘어야 할 첫 번째 관문은 섭외다. 방송작가만 섭외를 하는 것이 아니다. 타인에게 구하는 모든 도움 요청이 섭외다. 조언을 구하거나 때론 한 번만 만나 달라고 조르는 작업, 전부를 뜻한다.

    직업이 작가이고 유명한 프로그램에서 일했으니 섭외 따윈 쉬울 것이라 생각할지 모른다. 반은 맞고 반은 틀렸다. 세상 사람들이 모두 출연하고 싶어 할 것 같은 tvN의 〈유퀴즈〉 작가여도 섭외는 어렵다. 모르는 사람의 연락처를 알아내야 하고, 친근하게 접근해서 마침내 출연하고 싶도록 설득해야 한다. "유재석 씨~ 당연하죠. 나갈게요." 선뜻 응하는 사람도 많겠지만 반대로 방송의 영향력과 무게 때문에 꺼리는 사람도 그만큼 많을 것이다. 〈시선집중〉도 마찬가지였다. 손석희 앵커가 좋아서 무조건 나오겠다는 사람이 절반, 앵커가 부담스럽고 무서우니 죽어도 싫다는 사람이 절반이었다. 결국 괴로움은 총량이다. 일단 들이대 보는 수밖에.

로또도 구입해야 당첨된다

쉬는 시간, 2학년 학생이 쭈뼛대며 교탁 앞으로 나왔다.

— 저…. 섭외는 어떻게 하나요?
— 유명한 사람들이 저 같은 대학생도 만나주나요?

마음 맞는 친구들이 모여 웹진을 만드는데 처음부터 난관에 부딪혔다고 한다. 문화기획자를 인터뷰하고 싶지만 방법을 찾지 못했다. 과연 평범한 대학생을 만나줄까? 연락은 어떻게 해야 하나…. 한숨부터 푹푹 나왔단다. 너 혹시 아는 사람 없어? 애꿎은 주변을 탓하며 얼굴만 마주볼 뿐이었다.

아마 궁리 끝에 누군가가 제안했겠지, 방송작가인 교수에게 물어보자고. 내심 아는 문화기획자라도 소개해주지 않을까 기대했는지도 모르겠다. 하지만 교수라 해도 뾰족한 답은 없다. 인맥을 동원해 소개해준다 해도 그 다음번에는 어찌할 건가.

　미안하지만 돌려줄 답변은 딱 하나다. 방법을 알려주고 일단 시도해보라고 권한다. 섭외의 왕도는 없다. 먼저 대상을 정한 뒤에 그 사람과 연결될 만한 모든 수단을 찾아낸다. 수소문하든 인터넷이나 책을 뒤지든 상관없다. 이름이 알려진 사람과 접촉할 방법은 희미한 실마리라도 한 줄은 나오기 마련이다. 소속된 단체, 책을 펴낸 출판사, 참여하는 동호회까지 샅샅이 뒤진다.

　— 저를 모르는 사람이잖아요. 그냥 연락해봐도 되나요?
　— 제가 작가나 기자가 아닌데도 연락처를 알려줄까요?

　꼬리를 물고 이어지는 질문. 그러나 섭외가 일상인 방송작가들도 똑같은 과정을 거친다. 어떻게든 연락할 실마리를 찾아낸 뒤에 정중하게 요청한다. 프로그램 이름이 또렷하게 박힌 직업작가라면 훨씬 수월하겠지만 대학생이라 해도 신분을 정확하게 밝히고 더 간절하게 시도해보자. 끈질기게 두드리면 열 개의 문, 아니 백 개의 문 중 한두 곳은 열린다. 연락처를 구하지 못했다면 이메일이나 인스타그램 쪽지라도 상관없다. 심지어 인터넷 커뮤니티 게시판에 글을 올려 연락처를 수소문하는 직업작가도 있다. 그만큼 간절하다는 의미다. 그리고 온 마음을 담아서 요청한다. 내가 누구인지. 왜 당신에게 관심을 갖게 되었는지. 무엇이 궁금한지를.

대학 시절 학보사 문화면 담당이었던 나는, 매년 고정 필진을 정해 대학생이 좋아할 만한 영화칼럼을 실었다. 고민거리는 당연히 필진 선정이었다. 누구에게 글을 받을지 후보를 꼽아 그 사람을 섭외해야 했다. 잡지와 신문을 뒤적이다 눈에 들어온 건 이동진 기자가 연재하는 '시네마 레터'. 이동진이라는 이름을 세상에 알린 출발점이라 할 만큼 인기가 대단했다. 욕심은 났지만 선뜻 용기가 나지 않았다. 이런 스타 기자에게 대학생이 전화를 걸면 받아줄까? 더구나 그는 구독자가 가장 많다는 신문사의 기자가 아닌가. 겁이 더럭 났지만, 겁보다는 욕심이 더 컸다. 마른침을 꿀꺽 삼키고 〈조선일보〉 편집국에 전화를 걸었다.

— 안녕하세요. 저는 상명대학보사 기자 김현정인데요. 문화부 이동진 기자님과 통화할 수 있을까요?

수화기를 쥔 손이 덜덜덜 떨렸지만 애써 당당하게 목소리를 높였다. 내가 나쁜 짓 하는 것도 아닌데, 안 되면 창피 한번 당하고 말지 뭐…. 까닭 모를 배짱이 불쑥 돋아났다.

— 네. 전화 바꿨습니다. 제가 이동진인데요.

이럴 수가. 말로만 듣던 그 이동진이었다. 수화기를 다시 힘주어 잡았다. 얼마나 두서없이 설명했는지 제대로 기억조차 나지 않지만, 용감하고 다소 무모했던 대학생 기자는 진짜 기자를 상대로 설득의 말을 늘어놓기 시작했다. 격주에 한 번, 대학신문에 영화칼럼을 써달라고. 대학생들이 기자님의 젊은 감각을 좋아한다는 아부 섞인 말과, 다양한 매체에서 글을 써보면 재미있을 것이라는 꼬드김. '시네마 레터'가 실리는 요일을 손꼽아 기다렸다가 문화면부터 펼쳐본다는 팬심 고백에다 대학신문이라 원고료는 많이 못 드린다는 당돌한 이야기까지….

성공했을까? 예스! 난데없는 대학생 전화에 성의껏 응답해준 이동진 기자 덕분이었지만, 두려움을 꿀꺽 삼킨 나의 용기가 가져온 성과물이기도 하다. 이후 우리 학보의 필진이 된 이동진 기자는 마감 시간 한번 어기지 않고, 팩스로 원고를 보내왔다.

여담이지만 이미 우리 학보 선배들이 섭외해둔 또 한 명의 필진은 주성철 씨였다. 당시 그는 대학생이자 영화평론잡지 〈키노〉의 모니터 기자였다. 선배들 역시 무작정 그의 대학 학과 사무실에 전화해, 또래 학생이지만 재능이 남달라 보인 그를 마음을 다해 섭외했다. 그 귀한 필진을 이어받은 나는 학기가 마무리될 때마다 감사의 손편지를 책 한 권에 넣어 보내곤 했다. 대학생 주성철씨 역시 온 마음을 다해 우리 학보의 칼럼란을 채워주었다.

눈치챈 분들도 있을 것이다. 그 대학생은 이후 〈필름2.0〉 기자와 〈씨네21〉 편집장을 거쳐 지금은 〈씨네플레이〉 편집장이자 이름난 영화 칼럼니스트가 되었다. 덕분에 그 시절 학교신문을 펴보면 스스로 대견하다. 이동진, 주성철. 영화계에서 우와- 소리를 듣는 이름들이 내가 만든 문화면에 떡 하니 박혀있다.

앞서 나에게 질문했던 학생들의 섭외 결과는 어땠을까? 학생들은 자신들이 만나고 싶은 네 명의 문화기획자에게 인스타그램 디엠을 보냈다. 거절당할 가능성이 클 터이니 가급적 여러 명에게 시도했다. 먼저 자신이 누구인지 소개하고, 만들고 있는 웹진의 성격을 설명했다. 당신의 어떤 점을 좋아한다는 점을 밝힌 뒤에 꼭 만나 뵙고 싶다고, 도와달라는 간절한 부탁을 덧붙였다. 글이 길면 읽지 않을지도 모르니 되도록 간결하게…. 나도 결과가 궁금했다. 수업 시간마다 학생들 표정을 살피기 시작했다. 답이 왔니? 뭐라고 하디?

처음엔 잔뜩 실망한 표정이 돌아왔다. 읽고도 답을 안 하는 '읽씹'이 두 명, 나머지 두 명은 아예 열어보지도 않더란다. 내심 초조했지만 포기하지 말고 다시 성의 있는 메시지를 보내라고 부추겼다. 그래도 거절당하면 어쩔 수 없는 거다. 최선을 다해보고 안 되면 미련 없이 툭 털어낸 뒤, 다음 후보를 찾으면 된다.

다음 주 수업에 들어온 녀석의 표정이 유난히 좋아 보였다. 쉬는 시간이 되자마자 쪼르르 앞으로 달려 나온다. "어젯밤에 답이 왔어요! 너무 신나요!" 네 명 중 쪽지를 뒤늦게 열어본 한 명이 서면 인터뷰라면 해주겠다는 답변을 보내왔다. 인터뷰는 성사되었다. 가능성 4분의 1, 이 정도면 시도해볼 만하지 않나?

물론 운이 좋은 경우다. 기적처럼 전화 한 통에 성공할 수도 있지만 열 번 두드려도 실패하는 경우가 더 많다. 그래도 괜찮다. 다시, 또다시…. 두드려야 문은 열리고, 로또는 구입해야 당첨된다.

누가 이 사람을 모르시나요~

앞서 언급한 학생들은 이메일이나 SNS 메시지를 보내 섭외에 성공했다. 가장 접근하기 쉬운 방법이다. 시간이 넉넉하다면 시도해 볼 만하다. 그러나 치명적인 단점이 있다. 상대방이 언제 읽을지 모르고, 아예 읽지 않을 가능성도 크다. 모르는 사람이 보낸 쪽지 한 장 무시한다고 죄가 되지는 않으니까.

가장 확실한 방법은 전화다. 답을 즉시 얻을 수 있고, 상대편 반응에 따라 다르게 대처할 수 있기 때문이다. 단 여기엔 조건이 있다. 전화번호를 알아내야 한다.

　　연락처를 얻기 위해 방송작가들이 가장 많이 쓰는 방법은 뭘까? 뭔가 신묘한 비법이 있다고 말해주고 싶지만, 없다. 작가 역시 맨땅에 헤딩, 바닥부터 훑는다. 가장 기본은 찾는 사람이 소속되어 있는 단체나 기관에 전화해서 문의한다. 의외로 쉽게 찾아내는가 하면 손에 잡힐 것도 같은데 온종일 전화를 돌려도 찾지 못하는 경우가 허다하다.

　　그럴 땐 검색기능을 이용한다. 이름과 직함, 단서가 될 만한 단어는 모조리 끌어모은 뒤 인터넷 검색창에 일일이 넣어 뒤진다. 전화번호 앞자리인 010을 검색어로 함께 넣기도 한다. 지인의 지인의 지인까지 동원해 연락처를 수소문하고, 가느다란 연관이 있는 단체라도 찾아내면 전화해서 생떼를 부리기 일쑤다. 몇 년 전 이 모임에 참석했던 ○○○ 씨, 혹시라도 연락할 방법이 있느냐고. 알 만한 사람이라도 좀 알려달라고. 나 오늘 이 사람과 연락 못 하면 큰일 난다고…. 가수 패티김이 부른 불후의 명곡 '누가 이 사람을 모르시나요'를 곡조만 빼고 사방에 외치고 다닌다.

　　각 방송사의 막내급 작가들은 아예 몇천 명이 한꺼번에 모인 카카오톡 단체방을 만들었다. 연락처를 공유하는 방이다. 얼마나 괴로웠으면 이런 생각을 다 해냈을까. 선배는 빨리 섭외해

오라고 들들들 볶아대는데 뾰족한 방법이 없으니, 같은 처지인 동료 작가들에게 SOS 신호를 보낸다.

　── ○○○ 교수님. 연락처 혹시 알고 계실까요?
　── △△분야 전문가 중에 방송 잘하시는 분은 누구일까요?

　처음엔 이 단체방의 존재가 너무나 신기했다. 연락처 목록은 작가의 일급 재산인데 이걸 공유하다니…. 하지만 세상은 달라졌다. 깊이 숨겨두고 혼자만 꺼내보는 필살기가 아니라면, 다들 선선히 공유해준다. 쫄리고 쫄려서 수명이 단축될 것만 같은 마음을 누구보다 잘 아는 거다.

　신기하게도 세상은 생각보다 거미줄처럼 촘촘히 얽혀있어서 한 다리 또 한 다리 건너다보면 연결되는 경우가 생긴다. 개인정보 문제로 연락처를 알려주지 않는다면 자신의 연락처를 전하며 간곡하게 부탁한다. 통화라도 한번 하고 싶으니 꼭 연락 부탁드린다고. 얼굴에 장착한 투명 마스크가 마르고 닳도록 웃는다. 미안하고 고맙다는 말을 수십 번 되풀이한다. 그렇게 반복을 거듭하다 보면 기적처럼 이런 사람을 만난다.

　── 3년쯤 전에 모임에서 그분 연락처를 받았던 기억이 나요. 잠시만요.

할렐루야~ 탄성이 저절로 나오는 순간…. 나는 이뤄냈도다. 참고로 신을 찬양하는 이 외침은 우여곡절 끝에 첫 섭외에 성공한 후배작가 입에서 터져나왔던 말이다.

연락처를 알아냈다고 끝은 아니다. 다음이 더 중요하다. 중간에서 애써준 사람에게 넘치도록 감사 인사를 전한다. 비록 성사되지 못했더라도 도와줘서 고마웠다고 인사한다. 섭외에 성공한 뒤에 중간에서 다리 놓아준 사람을 까맣게 잊는 경우를 여럿 보았다. 악의가 있어서는 아니다. 바쁘고 정신없어서일 테지. 하지만 상대방은 잊지 않는다. 서운하고 괘씸한 마음에 다시는 도와주지 않을 수도 있다.

잊지 말자. 한번 맺은 인연은 무조건 소중하게 이어가야 한다. 그 모든 과정이 아름다워야 상대방이 나를 아름답게 기억한다. 앞으로 다신 안 만날 것 같은 그 사람, 어느 순간 또 나와 정면으로 마주하게 된다. 조금씩 내 사람을 저금해가야 한다. 그렇게 하나둘 모은 소중한 연락처를 나만의 저장 공간에 차곡차곡 정리하는 후 작업은 필수다.

상처받지 않을 용기

— 정치인 보좌진이 너무 얄미웠어요.

22대 국회의원 선거철에 한 언론사 선거방송팀에서 일한 대학 제자 예린이의 하소연이다. 뭐가 가장 힘들었냐고 물어보니 1초도 망설이지 않고 말했다. "섭외가 가장 힘들었어요." 여기서 말하는 섭외란 단순히 연락처 얻어내는 작업이 아니다. 연애로 비유하면 연락처 받아냈다고 바로 사귀는 게 아니듯, 만나서 데이트할 약속까지 잡는 단계가 섭외다.

국회의원 후보자의 전화번호, 보좌진 연락처는 알아내기 어렵지 않다. 공개된 사무실 번호로 전화하면 바로 통화할 수 있다. 어려운 건 그다음이다. 원하는 대로 설득해야 한다. 내 제자의 경우, 선거 방송을 위해 후보자를 세워두고 다양한 포즈의 화면을 찍어야 하는데 촬영을 허락받고 일정을 조율하는 데 애를 먹었단다.

사정은 짐작한다. 바쁜 유세 일정 중 보좌진은 초 단위로 짜둔 후보자의 시간과 동선을 체크해야 한다. 한껏 예민해진 후보자의 건강과 심기도 관리해야 한다. 까칠해지는 것은 당연한 수순이다. 다만 그 까칠함이 작가에게 건너오면, 섭외과정에서 '을'이 될 수밖에 없는 작가의 멘탈은 무너지고야 만다.

나 역시 시사 프로그램을 오래 하면서 정치인 섭외를 많이 해왔다. 직접 전화를 받아 시원하게 응하는 천사님이 계신가 하면, 특정 비서관을 통하지 않으면 벼락같이 역정을 내는 의원도 있다. 어차피 거절할 거면서 작가를 말로 푹푹 찔러대는 보좌진도 한둘이 아니다. 내가 전생에 무슨 죄를 지었길래 이런 취급을 당하나 싶어 원통하고 억울하다.

무엇보다 분한 건 반복해서 당하는 경우다. 하루에도 몇십 번 섭외 전화를 돌리고 거절당하는 일상을 반복하다 보니, 지난번 나에게 싸늘하게 대한 그 보좌관에게 다시 전화를 걸어 똑같은 수모를 당하는 경우가 생긴다. 상대방이 전화를 받는 순간 깨닫는다. 아차, 그때 그놈이구나…. 어쩌겠는가. 나쁜 기억력을 탓하며 혼자 분을 삭일 수밖에.

뾰족한 수는 아니지만 내가 세운 방책은 이게 고작이다. 똑같은 실수를 방지하고 최대한 상처받지 않도록 전화번호부에 기록을 남긴다.

ㅇㅇㅇ 의원/ 보좌관 왕재수

◇◇◇ 의원/ 직접 전화해도 됨

△△△ 최고위원/ 반드시 ㅁㅁㅁ 비서에게 먼저

×××의원/ 보좌관 킹왕짱 재수 없음

어떤 단어를 써도 좋다. 알아만 볼 수 있으면 된다. 나를 보호하기 위한 최소한의 갑옷이다. 소위 '킹왕짱 재수'에게 어쩔 수 없이 다시 전화해야 한다면 두 배로 단단한 갑옷을 껴입는다. 상처받지 말자. 저놈은 원래 킹왕짱 재수가 아닌가. 결연하게 마음먹고 전화하면 상처가 덜하다. 의외로 섭외에 성공할 가능성마저 커진다.

— 보좌관님. 제가 백번 망설이다 다시 전화했는데. 이번에도 저한테 그러실 거예요?

— 제가 의원님을 저희 방송에 꼭 모시고 말 거라고 마음먹었거든요. 오늘 거절하셔도 저 또 전화합니다. 한 번만 좀 도와주세요. 제가 준비 잘하겠습니다.

— 그 사이에 휴대전화 연결음 바꾸셨네요? 저도 이 노래 참 좋아하는데 저랑 취향이 비슷하신가 봐요….

전화기를 든 손과 허리가 절로 굽신거리는 게 보인다. 비굴하다. 이렇게까지 해서 글을 써야 하나 싶을 때도 있다. 하지만 역시 또 거절이구나… 싶은 순간, 기적은 일어난다.

— 허허 그것참…. 잠깐만 있어 보세요. 제가 의원께 여쭤보고 전화 드릴게요.

극단적인 사례를 들었지만, 섭외는 곧 거절에 익숙해지는 일이기도 하다. 도와달라고 간곡하게 부탁한들 상대방이 거절하면 그만이니, 간절한 쪽이 패자가 될 수밖에 없는 구조다. 그러나 글을 쓰기 위해서라면 하루에 열 명, 아니 스무 명에게 까여도 상처받지 않을 용기가 필요하다. 성공률을 좀 더 높이고 싶다면 좀 더 뻔뻔하게 질척거려도 좋다. 거절하는 상대방이 미안하도록 읍소하면서 옆구리를 쿡쿡 찌른다.

— 그럼 대신 누가 하시면 좋을까요? 추천이라도….
— 그분 연락처는 있으시지요? 살짝 알려주시면 안 될까요?
— 다음번엔 꼭 도와주실 거죠? 저 기억력 되게 좋거든요. 저 잊으시면 안 됩니다.

그러고 보면 섭외는 연애와 같다. 짝사랑만 이어가면 모태솔로를 못 면한다. 마음에 든다면 용기 있게 고백하는 거다. 자고로 열 번 찍어 안 넘어가는 나무는 없다. 용기 있는 자 미인을 얻는다, 아니 섭외에 성공한다.

한 곳이 가져오는 차이

천신만고 끝에 섭외에 성공했다면 절반 이상 온 것이다. 이
제 한 곳이 다른 질문을 만들 차례다. '사람의 머리를 흔드는 질
문'이 바로 이 단계에서 나와줘야 한다.

질문을 듣는 순간, 사람의 뇌는 흔들린다. 때론 답변을 준비
하면서 스스로를 되돌아본다. '니가 진짜로 원하는게 뭐야?'라
는 질문이 무한 반복되는 신해철 노래 가사처럼 누군가 나에게
훅 하고 질문을 던진다면 흔들리는 나의 뇌는 어떤 스토리를 만
들어낼까?

하지만 모든 질문이 상대의 뇌를 흔드는 것은 아니다. 제대
로 입력하지 않으면 제대로 된 답이 나오지 않는다. 뻔한 질문

에는 뻔한 답변이, 황당한 질문에는 황당한 답변이, 기발한 질문
에는 기발한 답변이 나온다. 내가 가장 싫어하는 질문은 다음과
같다.

　— 취미가 어떻게 되시나요?
　— 어디 사세요?
　— 오늘 날씨 정말 좋죠?
　— 요즘 어떻게 지내세요?

　살면서 수없이 받아보았을 역사와 전통을 자랑하는 질문들
이다. 답변도 죄다 비슷하게 나온다. 대체 왜 이게 궁금할까. 새
로운 답이 나오기는 할까 싶다. 물론 평소에는 이런 질문, 죄가
되지는 않는다. 하지만 글을 쓴다면 죄가 된다. 남이 보지 못한
사소한 구석을 끄집어내 이야기 소재로 만드는 사람이 작가다.
답변이 뻔한 질문은 백 개를 던진다 해도 의미가 없다.
　다르게 물어보려면 어떻게 해야 할까? 가장 기본은 공부,
즉 자료조사다. 인터뷰 대상자 또는 주제와 연결된 모든 내용
을 뒤진다. 책이 있다면 목차와 서문이라도 반드시 읽는다. SNS
가 공개되어 있다면 구석구석 들여다본다. 평범한 사람이라면
카카오톡 프로필 사진이나 문구라도 눈여겨보고, 즐겨입는 옷
차림과 습관까지 살핀다. 그 모든 자료조사를 마친 이후 궁금한

내용을 추려 사전 질문지를 작성한다. 질문지를 보낸 뒤에도 불편한 내용은 없는지, 꼭 하고 싶은 말이 따로 있는지 거듭 통화하고 조율하며 인터뷰의 모양을 잡는다.

2022년 월드컵이 끝난 뒤 KBS 〈뉴스9〉에 황희찬 선수가 나오기로 했다. 영국으로 출국하기 전에 잠시 짬을 내 지상파 3사 뉴스에 각각 출연하는 일정이다. 같은 날, 같은 선수를 인터뷰하는 만큼 이런 날은 방송 3사가 질문지로 승부를 보게 된다. 요리로 치면 똑같은 재료로 셰프의 실력을 견주는 셈이다. 이럴 때일수록 가장 피해야 하는 건 남들도 다하는 식상한 질문이다.

— 축하드립니다. 소감이 어떠세요?
— 앞으로 계획은 무엇인가요?
— 방송 지켜보고 있는 시청자분들께 한 말씀 해주세요.

황희찬 선수를 몰라도 던질 수 있는 뻔한 질문들이다. 대부분의 방송은 이런 질문을 빠트리지 않고 넣는 편이다. 짐작건대 선수도 대답을 외우고 있을 것이다. 귀국 날 공항 기자회견부터 수없이 되풀이했을 테니까. 이미 전 국민이 보고 들은 질문과 답변을 방송에서 되풀이할 필요가 있을까? 단언컨대 전파 낭비다. 작가의 성의 부족이기도 하다.

자, 이제 덕질을 시작한다. 유명인 덕질이 별건가. 샅샅이 뒤져본다. 선수와 관련된 신문기사부터 모조리 찾아읽던 중, 한 스포츠 신문에서 황 선수 누나의 인터뷰를 발견했다. 함께 자란 어린 시절, 식성, 취미 등 가족만이 알 수 있는 고급정보가 가득했다. 유레카! 실마리를 얻었으니 누나의 SNS까지 검색 범위를 넓혀본다.

이윽고 발견한 사진 한 장. 2002년 월드컵 당시 일곱 살 황희찬 선수의 모습이었다. 붉은악마 티셔츠를 입고 응원봉을 손에 쥔 꼬마 아이. 당장 소속사로 전화를 걸어 사용을 허락받았고 〈뉴스9〉 인터뷰 첫머리에 사진을 화면 가득 펼쳤다.

이소정 : 지난 2002년 월드컵 때 이렇게 빨간 옷 입고 응원하던 일곱 살 꼬마, 누군지 짐작하십니까? 2022년 월드컵의 주인공이 돼서, 오늘 KBS 스튜디오에 나와 있습니다. 포르투갈전에서 모두를 가슴 뛰게 해준 황희찬 선수입니다.

황희찬 선수가 사진을 보고 기분 좋게 웃는다. 딱딱한 느낌의 뉴스 스튜디오에서 선수가 환하게 웃는 것은 좋은 신호이다.

— 가장 먼저, MVP 수상을 축하드려요. 소감이 어떠세요?

대체로 이런 내용으로 시작한 다른 뉴스에 비해 신선한 도입이었다고 생각한다. 사진으로 시작한 리드멘트는 자연스레 첫 질문으로 이어졌다.

이소정 : 저게 일곱 살 때인가요? 초등학교 1학년? 축구선수가 꿈이었던 겁니까?

황희찬 : 네, 딱 2002년 한일월드컵 보고 축구선수가 되어야겠다고 생각해서 딱 저 시기에 축구선수의 꿈을 시작했던 것 같아요.

이소정 : 그 어린이가 이렇게 20년이 지나 트로피까지 받아서 왔습니다. MVP 트로피 받으셨을 때 어떠셨어요?

황희찬 : 경기장에 들어갈 때 어떻게든 도움이 되자고 했는데 정말 감사하게도 제가 골을 넣고 팀이 승리하는 데 도움이 될 수 있어 너무 기뻤고 제가 정말 20년 전에 2002년 월드컵을 보고 꿈을 키웠는데 정확히 20년 뒤에 그 무대에서 MVP라는 엄청난 상을 받게 돼서 너무 감사하고 행복하고 기쁜 하루였던 것 같아요.

— KBS 〈뉴스9〉, 2022년 12월 8일

사진이 없었다면, 일곱 살 소년의 꿈이 정확히 20년 뒤에 이뤄졌다는 스토리텔링은 나오지 않았다. 풍성한 자료조사가 있었기에 끌어낸 이야기다. 선수의 감춰진 사생활과 취향이 드러나고, 웃음 섞인 질문에 분위기는 자연스럽게 풀어진다.

그보다 몇 달 전, 수학계 노벨상인 필즈상을 받은 허준이 프린스턴대학 교수가 출연했을 때도 마찬가지였다. 의미 있는 단독 인터뷰였지만 막막했다. 수학 공식만 봐도 머리가 멍한 나 같은 사람도 알아듣기 쉽게 만들어야 했다. 무언가 방법이 없을까…. 허 교수에 대한 자료를 뒤지고, 수학자들은 무엇을 좋아하는지 닥치는 대로 검색을 넓혀가다 찾은 실마리는 수학자의 자녀 교육법 그리고 분필이었다.

먼저 대한민국 사람들의 최대 관심사인 자녀 교육. 허준이 교수 귀국 영상을 보니 초등학생으로 보이는 아들이 꽃을 들고 아빠에게 달려갔다. 환하게 웃으며 기뻐하는 가족의 모습이었다. 그렇지, 아들 이야기를 꺼내면 방송에서도 참 행복해하겠구나…. 여기에 더해 학부모들의 질문을 덧붙이자고 마음먹었다.

(허 교수 아들이 입국장에서 마중하는 화면 나갑니다.)
이소정 : 금요일 공항에 마중 나간 게 여덟 살 아드님이죠? 초등학교에 들어갔을 텐데…. 이거 좀 궁금합니다. 아

빠 허준이의 '수학교육법' 따로 있나요?

허준이 : 하루에 수학 한 문제를 같이 하는데요. 단이가 수학 문제를 만들어 오면 제가 풀고 단이가 채점을 해서 돌려주는 식으로 진행을 해요. 대단한 문제는 아니고요. 보통 동그라미를 몇 개 그려놓고 '동그라미가 몇 개인지 맞춰봐라' 이런 식의 문제들인데 제가 하도 재까닥 재까닥 잘 맞추니까 단이가 약이 올라서 그런지 이제는 정말 감당할 수 없을 만큼 동그라미를 많이 그려서 맞춰보라 하더라고요.

단이는 아직 곱셈을 모르는데 예컨대 동그라미 130개를 정확하게 세야 하는 문제를 낼 때 130개를 13개씩 10줄로 또박또박 그려서 주면 제가 재까닥 130개라는 걸 맞추고, 아무런 규칙 없이 무작위로 130개를 찍어 놓으면 제가 한동안 굉장히 고통스러워하다가 결국 실수하는 거를 알아채더라고요. 부모로서 굉장히 뿌듯했어요.

— KBS 〈뉴스9〉, 2022년 7월 11일

나를 비롯한 전국의 학부모들이 귀를 쫑긋 세우고 들었을 질문과 답변 아니었을까? 허준이 교수는 아들 이야기에 가장 환한 웃음을 지었고, 그의 표정은 바라보는 이들 역시 행복하게 만들었다. 〈뉴스9〉에서 가장 먼저 던진 이 질문은 이후 허준이 교수가 인터뷰할 때마다 단골 질문으로 등장했다.

또 하나의 실마리, 분필이다. 영화나 드라마를 보면 수학자들이 칠판 한가득 수학 공식을 분필로 적는 장면이 나온다. 실제로 수학자들은 판서를 좋아하고 선호하는 분필이 따로 있다던데 허준이 교수도 마찬가지 아닐까? 칠판을 가득 채운 수학 공식 앞에서 활짝 웃고 있는 허 교수의 사진에 심증은 더욱 굳어졌다. 해보지 뭐~. 수학자들이 아끼는 분필을 찾아내 인터뷰 당일, 작은 칠판과 함께 소품으로 준비했다.

이소정 : 마지막으로, 9시 뉴스 시청자들을 위해서 부탁 하나 드리려고 합니다. 저희가 칠판과 교수님 즐겨 쓰신다는 분필을 준비해놨는데요. 방송 보시는 시청자들을 위해 간단한 인사말 한 문장 부탁드려도 될까요?

허준이 교수는 또박또박 단정한 글씨체로 시청자를 위한 응원의 글을 남겼다.

건강한 마음으로 꾸준히 즐겁게 공부하시길 바랍니다.
허준이 드림.

수학은 즐겁게 탐구해야 하고, 그러기 위해서는 무엇보다 건강해야 한다는 인사. 단정함과 왠지 모를 천진함이 묻어나는 글씨체였다. 수학자답게 비율을 계산하여 칠판 한가운데 보기 좋게 글씨를 올린 점도 돋보였다. 단순히 질문과 답을 주고받는 기존의 공식에서 벗어나니 새로운 인터뷰가 펼쳐졌다.

사전에 질문을 준비해놓았는데 써먹지 못하는 경우도 있다. 경기장의 잔디가 상할까봐 축구화를 신고 공연했다는 가수 임영웅 씨의 일화는 2023년 6월 〈뉴스9〉 인터뷰에서는 사용하지 못했다. 음악 관련 질문에만 집중하기를 원했던 기획사에서 난색을 보였기 때문이다. 임영웅 씨의 축구 사랑이 워낙 유명했던 만큼 내내 아까운 에피소드였지만, 사전 조율이 되지 않았다면 방송에선 사용할 수 없다. 속된 말로 장사 오늘만 하는 것이 아닌 만큼 다음도 생각해야 한다.

임영웅 씨에게 저지른 민망한 실수도 있다. 방송 전 대기실에서 생긴 일이다. 미리 시청자들을 위한 사인을 부탁했는데, 펜을 잡은 그의 왼손이 눈에 들어왔다.

― 어, 왼손이 더 편하신가 봐요. 글씨 잘 쓰시네요….

인터뷰 전에 분위기를 편안하게 녹이려는 의도였다. 한편으론 '제가 출연자님께 관심이 아주 많아요. 눈썰미도 제법이죠?' 정도의 의미를 담은 표현이기도 했다. 사인하던 임영웅 씨 역시 나를 한번 올려다보더니 슬며시 웃어주는 게 아닌가. 왼손 사용을 알아보다니, 역시 나는 센스있는 작가야…. 스스로 흐뭇해하던 차였다.

실례를 범했다는 사실은 한참 뒤에 알게 됐다. 임영웅 씨가 왼손으로 밥을 먹고 글을 쓴다는 건 그의 팬이라면 누구나 알고 있는 상식이었다. 사전조사를 하고 질문지까지 작성한 작가가 마치 대단한 발견이라도 한 듯 '왼손이 더 편하신가 봐요?' 멍청한 말을 건넨 셈이다. 나는 대체 무얼 조사한 건가…. 대기실에서 본 임영웅 씨의 미소는 흐뭇함이 아니라, 나의 실수를 감춰주기 위한 배려였다. 전국에 계신 어머님들께 야단맞아도 드릴 말씀이 없는 대역죄인이다.

미리 질문하지 않았으나 방송 직전, 질문을 추가하기도 한다. 2016년 소설가 조정래 선생이 JTBC 뉴스룸에 출연했을 때다. 대부분 출연자는 간단한 분장을 받는데, 선생은 받지 않겠다고 말했다. 이미 집에서 받고 오셨다나…. 알고 보니 선생은 낯선 스타일리스트에게 얼굴을 맡기는 상황이 내내 어색하셨고 궁리 끝에 부인 김초혜 시인이 미리 분을 발라주신단다. 정다운 부부 사이를 보여주는 한 장면 같다는 생각에 서둘러 손석희 앵커에게 사정을 전했고, 현장에서 포착한 질문은 그날 인터뷰 첫머리에 등장했다.

손석희 : 오늘 나오실 때 분장을 사모님께서 해 주셨다고.

조정래 : 그 전에 방송에 나갔는데 너무 하얗다고 마음에 안 든다고 그래서 그때부터 손수 해 줍니다.

손석희 : 그런가요? 저희 분장팀보다 나으신 것 같습니다.

— JTBC 뉴스룸, 2016년 8월 11일

방송의 예를 주로 들었지만, 질문의 공식은 같다. 샅샅이 뒤지고 치열하게 고민한 뒤 조금이라도 다르게 묻는다. 말로 하는 질문이 아니어도 좋다. 분위기를 끌어올릴 수 있는 소품을 쓰거나, 때론 음악과 자료화면으로 색다른 느낌을 시도해본다.

모든 질문을 다르게 던질 수는 없다. 때론 지겹더라도 중요한 질문은 반복해야 하는 경우가 있다. 예컨대 작가 한강처럼 국제적인 큰 상을 받은 인물을 인터뷰하게 된다면 어쩔 도리가 없다. '복붙'해도 될 만큼 똑같은 질문이 간다. 그렇다 해도 한 곳이라도 다른 질문을 고민해본다.

— 축하드려요. 상 받을 때 소감이 어떠셨어요?

이 질문을 살짝만 흔들어보면 어떨까. 사진으로나마 트로피의 모양과 크기를 어림해보고 수상 당시 그의 표정을 살펴본다. 그리고 비틀어 묻는다.

— 트로피가 꽤나 크던데, 무겁던가요? 어디에 두셨어요?
— 상 받으시는 순간에 시상자와 이야기를 나누시던데, 혹시 기억나세요?
— 수상소감이 진짜 근사했어요. 미리 준비하셨나요? 그렇다면 수상을 예감하신 걸까요?

사람의 뇌는 오묘한 것이어서 골똘히 생각할수록 반짝이는 무언가가 나온다. 어지럽고 멀미나고 때론 골치도 아프지만 상대가 예상치 못한 질문을 던져서 그 사람이 고민하도록 만들어야 한다. 자신도 모르던 새로운 이야기가 나오도록 길을 터주는 작업이다. 한 끗이 다른 질문이 차이를 만든다.

6장

연중마감,
오래 달리듯 씁니다

달리기를 시작했다. 적어도 한주에 세 번, 삼십 분 이상 쉬지 않고 뛰는 게 목표다. 봄에는 10km 마라톤을 뛸 거다.

2023년 9월의 첫날, 작정하고 SNS 계정에 글을 올렸다. 이름하여 달리기 선언. 뜀박질 좀 하는 게 뭐 그리 자랑인가 싶겠지만 나로서는 엄청난 일이다. 삶의 혁명이다.

지금까지 나는 하루에 100m도 걷지 않는 저질 체력의 대명사였다. 생활신조는 3보 이상 승차. 글 써서 번 돈은 모두 택시 회사에 바쳤다. 트레드밀에서는 단 3분도 뛰지 못하고 나가떨어졌다. 그 어떠한 '갑'이 밥을 먹자고 해도 식당이 멀면 걸어서는 안 가겠다 뭉개는 배짱 좋은 작가가 나였다.

하지만 저질 체력으로 버티기엔 견뎌야 할 날들이 너무나 아득했다. 정치 환경이 바뀔 때마다 흔들리는 방송 여건은 5년 주기로 나를 넘어뜨렸다. 소화불량과 두통을 달고 살았고 배 둘레엔 중부지방이 두터워갔다. 지치지 않으려면 몸뚱이라도 날

카롭게 벼려놓아야 했다. 결국, 정권이 또 한 번 바뀐 뒤 새 학기 강의를 시작하는 2023년 가을 아침, 나는 트레드밀에 올라 숨을 고르고 있었다. 결연했고 절실했다.

예상대로 시작은 참담했다. 온몸을 불사를 각오로 시작했지만 달리기는 채 5분을 넘기지 못했다. 후들거리는 몸뚱이를 부여잡고 타고난 체력을 원망했다. 그러나 일단 주변에 선포했으니 어떻게든 수습해야 했다. 그동안 마음속으로 결심했다가 지키지 못한 언약들은 얼마나 많았나. 다짐은 슬그머니 사라지거나, 화장실 거울 앞에서 자책 한번 하고 나면 그만이었다. 이번엔 달라져야 했다. 나는 이를 악물고 아침저녁으로 달렸고 이듬해 봄, 뱉어놓은 말 그대로 10km 마라톤을 완주했다.

갑작스레 시작한 달리기로 내가 얻어낸 교훈은 생각보다 깊고 거대했다. 달리기는 인생과도 같다. 무엇보다 달리기는 글쓰기와도 같다. 조급하지 않게 길게 보고 오래 달리는 법을 몸으로 익히며 오늘도 나는 달린다. 나는 쓴다.

글쓰기란, 오래 달리기

달리지 않을 재간이 없었다. 달린 지 고작 닷새 지났는데 학생들 앞에서 자랑을 시작했다. 쓰는 사람이라면 모름지기 체력을 제대로 관리해야 한다고. 김훈, 김연수, 무라카미 하루키처럼 달리고 있다고. 달리면서 마음을 가다듬는다고 세상을 구하듯 떠들어댔다. 수업이 끝난 뒤 단정한 표정이 인상적이었던 한 학생이 문자 메시지를 보내왔다.

저도 달리기를 좋아합니다. 군대에서 발목을 다치고 1년 전부터 재활 겸 달리기를 시작했는데 이제는 달리지 않으면 쥐가 나는 몸이 되었습니다. 그래서 교수님이 뛰신다고 하셨을 때 반가웠습니다. 매 순간 불꽃이 튀는 것처럼 살려고 노력합니다. 조금씩 조금씩 앞으로 나아갑니다.

— 극작과 학생 유○○의 문자 메시지

제자도 달린다는데, 선생이 안 뛸 수는 없지. 수업 전날은 무슨 일이 있어도 뛰었다. 출석을 부를 때마다 녀석과 눈을 한 번 마주친다. 뛰었느냐? 나도 뛰었다. 무언의 대화를 나누며 한 학기를 이어갔다.

주변에도 자랑을 늘어놓았다. 제가 이제 쉬지 않고 20분은 뛴다고요…. 숨이 턱에 닿도록 견디고 견뎌 20분을 돌파한 직후였다. 당장 일본에 잠시 머물고 있는 손석희 앵커가 놀라서 문자를 보냈다.

50m도 안 걷던 애가 웬일이냐. 돌아오는 계절엔 오사카 중지도를 같이 뛰자.

사방에 널어놓은 허풍을 입증하려면 매일 쉬지 않고 20분쯤은 가뿐히 뛸 수 있어야 했다. 사람들은 자꾸 물어봤다. 요즘도 뛰니? 이젠 얼마나 뛰니?

당연하지! 큰소리는 쳤지만 실력이 도통 늘지 않아 머릿속은 달리는 생각뿐이다. 곧게 뻗은 도로만 발견하면 달리고 싶었다. 입으로 저지른 것을 몸으로 증명해야 했으므로. 오롯이 내

몸으로. 내 실력으로.

쓰는 사람 역시 마찬가지다. 글로 증명해야 한다. 특히 프리랜서 작가는 실력 이외에는 자신을 증명할 수 있는 도구가 없다. 작가라는 직업을 달고 있는 이상 글을 잘 써야 하는 의무가 있다. 다행히 글쓰기에는 마감이라는 끝 선이 있다. 공모전에 작품을 내거나, 기획안과 보고서를 작성하더라도 기한에 맞춰 마무리해야 한다. 목표지점을 정한 뒤 기를 쓰고 꾸역꾸역 채우다 보면 투자한 시간과 노력만큼 실력도 꾸역꾸역 늘어간다.

물론 가끔은, 아니 종종 억울하다. 실력이 아닌 사회생활로 모자란 노력을 메꾸는 사람도 참 많다. 설렁설렁 일하는 데다 글솜씨도 별로인데 타고난 친화력으로 성공한 작가들이 방송계에만도 수두룩하다. "왜 너만 곰처럼 일하느냐? 네가 일하면서 욕먹는 사이에 ○○○는 여행 사이트 뒤지면서 놀고 있더라." 골방에 처박혀 글만 써대는 나 대신 한숨 쉬어주는 선배도 여럿이었다.

묵묵히 열심히 일하면 그만큼 아껴주는 게 당연하다 싶지만 현실은 그렇지도 못하다. 시키면 어떻게든 해올 사람이라는 인식 탓인지 가장 무겁고 어려운 과제가 나에게 떨어진다. 살살 꾀부리며 도망가는 동료가 어찌나 얄미운지, 그 아이가 꿈에도 나온다. 세상에서 가장 부러운 동물, 여우. 누군가를 맹렬하게 미워하면 결국 내가 더 괴롭다는 사실을 알고는 있지만 곰팅이인 나는 평온하게 마음을 내려놓는 것이 너무나 어렵다.

그러나 결국 숨길 수 없는 것은 실력이라고 믿는다. 견디며 달리다 보면 여우 같아 보이던 동료를 추월해 저만치 앞서고 있는 나를 발견하게 된다. 예쁨은 네가 받아라, 실력은 내가 나을 터이니…. 스스로를 향해 한 줌의 위안을 던진다. 동시에 동료와 선후배에게만큼은 제법 인정을 받게 된다.

'제 주변에는 자꾸 이상한 사람만 모이나 봐요….' 투정하는 후배들 가끔 있다. 처음엔 위로했지만, 이제는 냉정하게 조언한다. 주변에 이상한 사람만 모이는 것이 아니라 자신이 그런 사람이 아닌지 돌아보라고. 조금 더 살아보니 알겠다. 내 주변의 이상한 사람은 내가 만든다. 운도 내가 만든다. 정반대의 사례를 들어볼까? "저는 운이 참 좋았어요." 살면서 일이 물 흐르듯 잘 풀린 사람들이 공통으로 하는 말이다. 좋은 사람들 덕분에 좋은 기회를 얻어 지금까지 왔다고 입을 모은다.

생각해보니 나도 비슷한 말을 자주 하는 편이다. 분에 넘치는 프로그램에서 작가를 시작했고, 행운 같은 기회가 계속 이어졌다. 그 결과 내가 가진 능력보다 과분한 평가를 받는 작가가 되었다. 하지만 어느 순간 깨달았다. 나는 주어진 자리의 무게를 몸으로 때워내느라 열심히 버텨왔기에 이만큼 올 수 있었다.

곰처럼 무식하지만 느릿느릿 달리며 운을 주워온 셈이다. 〈앵커 브리핑〉을 그만두자마자 손을 내밀어준 KBS 보도국이 그랬고, "작가님 요즘 사는 거 재미있어요?" 하며 웹툰을 제안한 KBS 동료와의 만남이 그랬다. 광고영상 기획안을 들고 찾아온 JTBC 디자이너, 난생처음 보는 작가에게 다큐멘터리 시나리오를 맡긴 태준식 감독과의 만남이 그랬다. 선배를 통해 제안받은 예술대학 강의도 마찬가지. 일단 저질렀고, 잘 해보겠다고 소문을 냈다. 마지막엔 결과물로 증명했다.

　남들처럼 친화력이 없어서, 윗사람에게 살갑게 굴지 못해서 피해보고 있다는 생각은 착각이었다. 돌아보면 수많은 사람이 나에게 기회와 운이 되어주었다. 20년 넘게 곰처럼 앞만 보고 꾸준히 달려온 결과물이다. 앞으로도 기를 쓰고 달려야지. 이제는 책에도 써두었으니 빼도 박도 못하는 상황이 됐다.

타인의 세계를
우습게 보지 말자

꼴찌에게 박수치지 말기를. 제발 부탁이다. 달리기 만년 꼴찌였던 나는 맨 마지막에 홀로 결승선을 통과하는 순간이 가장 수치스러웠다. 박수고 뭐고 부디 모른 척해주면 좋겠다. 세상에 꼴찌를 하고 싶은 사람은 아무도 없다. 출발선 앞에서는 살살 뛰겠다고 약속한 친구들은 물론, 나 역시 출발 신호와 함께 죽을 둥 살 둥 발을 구른다. 배신의 레이스다. 다만 문제는 내 몸이 좀처럼 앞으로 나가지 않는다는 사실이었다. 운동회는 대체 누가 만들었나. 이름 모를 그 작자를 한없이 원망하며 끝이 안 보이는 운동장을 뛰고 또 뛰었다.

억지로 운동하지 않아도 되는 대학 시절부터가 천국이었다.

야구장 축구장 따윈 발길도 하지 않았고, 경기 규칙을 몰라도 부끄럽지 않았다. 기능성 운동복을 돈 주고 사는 사람들을 이해하지 못했다. 땀 흘리며 운동하는 이들을 은근히 낮춰보기까지 했다. 머리 대신 몸을 쓰다니, 문명사회에서 이 무슨….

뒤늦게 달리기를 시작한 이후엔 세상이 달라 보였다. 문밖을 나서면 온통 운동하는 사람만 눈에 들어온다. 이미 너무나 많은 이들이 걷거나 뛰고 있었다. 퍼엉 젖어버린 티셔츠와 얼굴에 흐르는 땀이 너무나 자랑스럽고 근사하다. 날씨에 민감해지고 계절의 흐름이 보인다. 제대로 알아듣지도 못하는 일본방송에서 중계하는 남의 나라 마라톤 경기를 목이 쉬게 응원한 적도 있다.

흐르는 땀을 닦으며 이제야 깨닫는다. 내가 아는 세상이 전부가 아니었음을…. 소녀시대를 한참 넘어 뒤늦게 발견한 '다시 만난 세계'다.

2011년 12월, 4개 종합편성채널이 동시에 방송을 시작했을 때였다. 나를 비롯한 지상파 방송사 제작진들은 짬이 날 때마다 쪼르륵 모여앉아 종편을 시청했다. 내용이 궁금해서가 아니었다. 오늘은 무슨 방송사고를 낼지 구경하고 싶어서였다.

초기의 종편은 기대를 저버리지 않았다. 개국 첫날부터 뉴스 화면이 화면이 둘로 갈라져 앵커 몸이 위, 아래로 쪼개진 방송사가 있었을 정도다. 당시 종편의 방송사고는 세상의 조롱거리였다. 자막과 화면, 음향이 자주 엇박자를 냈고, 시간을 채우기 위해 철 지난 영화와 다큐멘터리를 내보냈다. 기존 방송에선 하지 않았던 과감한 시도가 이어졌지만 감탄보다는 실소를 부르는 경우가 더 많았다. 예를 들어 개국초기 JTBC 메인 뉴스에는 가수 싸이의 강남스타일을 개사한 기자의 랩이 등장하기도 했다.

앵커 : 김정은 북한 국방위원회 제1위원장이 최측근들을 중국, 동남아, 중동 등지에 보내며 전방위 외교에 박차를 가하고 있는데요. 김정은 제1위원장의 파격 행보를 ○○○ 기자가 직접 노래를 불러가며 짚어드립니다.

'강남스타일' 뮤직비디오가 패러디 가사와 함께 등장한 리포트였다. 싸이의 얼굴 부분에는 김정은 당시 북한 국방위원회 제1위원장 얼굴이 얹어졌다. 뉴스에서는 한번도 보지 못했던 기발한 시도였지만 JTBC의 초기 흑역사 중 한 장면으로 불린다. 아이돌 출신 연예인이 기상캐스터가 되어 날씨를 소개한 적도 있다. 기존 날씨 정보와 다르게 발랄함을 얹어 생활정보를 전하겠다는 의도였을 것이다.

때론 시청자의 실소를 자아내기도 했지만, 반대로 보면 도

전자의 위치에 있었기에 가능했던 시도였다. 하지만 이미 몇십 년 넘게 경험을 축적해온 지상파 방송에서 일하고 있던 나는 은근히 종편을 낮추어보았던 것 같다. 대체 얼마나 실력이 없길래 저런 방송을 만드나… 나는 바로 몇 달 뒤에 벌어질 상황은 꿈에도 모른채 한껏 종편을 비웃어댔다.

비웃을 일이 아니었다. 역시 사람 일은 한 치 앞을 모른다. 2013년 5월, 〈손석희의 시선집중〉이 문을 닫은 뒤 자리를 옮긴 방송사는 내가 그토록 얕보아온 JTBC였다. 종편 원고 따윈 껌을 씹듯 쉬울 거라 상상했지만 내가 그곳에서 마주한 건 정글과도 같은 현실이었다. '누워서 크는 콩나물'이란 비유, 들어봤을 것이다. 내가 바로 그 콩나물이었다.

지상파의 안정된 시스템과 보장된 시청률 안에서 안락하게 글을 써온 지난 10년과 달리 종편은 하루하루가 피 말리는 싸움이었다. 모든 것이 낯설었고 모든 시도가 처음이었다. 만난 지고작 몇 달도 되지 않은 제작진이 한데 모여 밤새도록 궁리를 해댔고, 시청률 단 0.1%가 오르내려도 울고 웃으며 술잔을 기울였다. 방송사의 인지도가 낮은 만큼 섭외는 몇 배로 힘들었고, 부족한 제작비까지 걱정해야 했다. 한없이 우습게만 보았던 종편의 그 시도들이 얼마나 수없이 고민하고 궁리한 끝에 나온 결과물이었는지를 되돌아보게 되었다. 돌이켜보면 노래를 패러디

한 뉴스, 연예인을 섭외한 날씨예보 모두 새로운 도전이었다. 그 결과 개국한지 15년이 지난 오늘의 종편은 지상파를 위협하거나 때론 뛰어넘는 존재로 자리매김했다. 이러한 저력은 실패를 거듭하며 축적해온 도전에서 비롯되었다고 생각한다.

영화 프로그램을 쓰는 후배가 이런 말을 한 적이 있다. 소위 '망작'이라고 평가받는 영화를 주제로 글을 써야 할 때가 제일 난감하다고. 한 장면 한 장면이 어설퍼 뵈고, 대체 왜 이렇게 찍었나 싶어 화가 나지만 무조건 글은 써야 하니 괴롭고 부대긴다고 했다.

고민 끝에 찾아낸 방법은 감독의 마음이 되어보는 것이었다. 시선은 당연히 사랑하는 마음으로 가득 찰 수밖에 없다. 영화의 몰입을 방해하는 이 꽃무늬 벽지, 욕먹고 싶어서 붙여놓진 않았을 터, 뭔가 깊은 생각이 따로 있었겠지? 연기력 논란으로 시끄러운 저 배우, 일부러 저 장면에 데려다 놓은 의도가 따로 있을 거야. 어설픈 CG는 혹시 키치적인 느낌을 위해서인가…? 넘치는 애정을 품고 작품을 다시 보면 감독의 고충이 살짝 이해되기 시작한단다. 촌티나는 벽지는 미장센이구나. 원작에서 강조한 이방인의 공허한 눈빛이 살아 있네. 과연 CG는 아방가르드 하구만. 감독님 의도가 제대로 전달됐다면 좋았을 텐데 진짜로 안타깝네…. 속상한 장면들을 되짚어보고, 의미 있는 조각을 찾다 보면 어느새 실패한 영화도 사랑하게 된다는 이야기다.

단언컨대 망하기 위해 만든 작품은 없다. 다들 피와 살을 태워가며 글을 쓰고 작품을 만든다. 고민과 고민을 거듭했지만, 타인의 마음을 사로잡지 못했을 뿐이다. 망작을 발견했다면, 비웃음으로만 끝나면 곤란하다. 용감하게 시도해보고 망했다면 그역시 아름다운 도전이다. 실패를 차곡차곡 모으고 벼리면 언젠가 명작이 되어 세상과 마주할 것이다.

자만하면 넘어진다

2023년 가을, 한창 바쁜 저녁 시간에 급한 전화가 걸려왔다. 남편이다. "뭐? 얼굴이 찢어졌다고?"

체육관 트레드밀에서 달리다 넘어졌다고 한다. 뭔가 좀 이상했다. 당시 우리는 달리기 초보여서 속도가 거의 걸음마 수준이었다. 다칠 이유가 없을 터인데…. 하지만 사정을 듣고 보니 그럴 만도 했다. 코로나19 탓에 쓰고 있던 마스크가 어느 순간 벗겨져 떨어지더란다. 바로 정지 버튼을 누르고 주웠어야 했는데 방심이 화를 불렀다. 느린 속도를 무시하다 발을 헛디딘 남편은, 보름 가까이 왼쪽 뺨에 굵은 흉터를 달고 다녔다.

아찔했던 순간은 나도 여러 차례 겪었다. 고작 뜀박질이라고 생각할지 모르지만 온몸의 체중을 실어 앞으로 저어가는 것이 달리기다. 자칫하면 넘어지거나 발목을 다친다. 트레드밀에서 달리며 수건으로 땀을 닦다가도 몸의 균형이 틀어져 넘어질 뻔한 순간이 한두 번이 아니다. 앗! 하는 순간 다치지 않으려면 반드시 지지대를 잡아야 한다. 밖에서 뛸 때는 앞뒤에 자전거나 사람이 없는지 주의 깊게 살피고, 자동차 경적을 놓치지 않도록 이어폰 볼륨을 조절해야 한다. 밤에 뛸 때는 남의 눈에 잘 띄는 옷을 입는다.

방심하지 말아야 하는 건 경기에 임할 때도 마찬가지다. 지난봄 10km 마라톤에 나가보니 그랬다. 초반에 앞섰다 해도 결과까지 이어지지 않는다. 뒤에서 꾸준히 따라오는 이들을 신경 써야 한다. 조금 앞서고 있다고 마음 놓는 순간 추월당한다.

남보다 느리다 해서 좌절할 필요는 없다. 어린 시절 누군가 나에게 느리게 뛰어도 괜찮다고 알려줬다면 나는 지금보다 나은 사람이 되었을지도 모르겠다. 내 앞에 놓인 트랙은 길다. 빠르면 더 좋겠지만 속도만이 정답은 아니다. 나만의 페이스로 호흡을 조절해가며 가장 길게, 가장 멀리 달리면 된다.

— 지금 이 자리에서 강의하셔야 할 분이, 왜 자꾸 저에게 질문하십니까.

JTBC의 왕 고참 선배인 석은정 작가에게 들은 이야기다. 선배는 2022년도 여름, 방송작가를 대상으로 한 수업에 참여했다가 흥미로운 장면을 보았다고 한다. 〈복면가왕〉, 〈히든싱어〉, 드라마 〈굿닥터〉처럼 방송 콘텐츠의 뼈대를 만들어서 수출하는 '포맷비즈니스'를 주제로 한 강연이었다. 맨 앞줄에 앉아 눈을 빛내며 열심히 받아적는 작가가 있더란다. 질문도 계속 꼬리를 물었다. 대체 누구길래 저렇게 열심히 하나, 궁금했는데 불쑥 강사가 그의 정체를 공개했다. "작가님이 저보다 더 전문가 아닙니까?"

알고 보니 맨 앞에서 가장 열심히 질문하던 수강생은 〈히든싱어〉, 〈미스트롯〉 등으로 유명한 노윤 작가였다. 사방에서 러브콜이 쏟아지는 바쁘고도 '비싼' 작가였을 터, 지켜보던 석은정 선배는 새삼 놀랐다고 말했다. 저만큼 성공한 작가도 끊임없이 배우고 노력하는구나…. 감탄하는 마음도 잠시, 선배 역시 눈에서 불꽃이 나오도록 더 집중해서 수업을 듣게 되었다고 한다.

노윤 작가의 일화에 한 번 놀랐고, 그 이야길 전해주는 석은정 선배에게 또 한 번 놀랐다. 선배는 작가경력 30년이 넘은 왕선배님이다. 노윤 작가보다도 어림잡아 십 년쯤은 경력이 더 많다. 그런데도 선배는 시간을 쪼개 강의를 들으며 새로운 분야를 탐색하고 있었다. 그곳에서 발견한 작가 후배를 대단하다 여기고 배울 점이 많다고 평가했다. 질투나 무시가 아닌 겸손한 인정의 태도였다. 하긴 선배는 나와 처음 만났을 때도 그랬다. JTBC에 처음 출근한 2013년 10월의 일이다.

— 아침 프로그램 쓰는 석은정 작가가 김 작가와 잠깐 만나고 싶다는데요? 석 작가는 보도국에서 가장 경력이 오래된 작가예요.

온몸에 힘이 꽉 들어갔다. 대체 나를 왜? 초장부터 군기를 잡으려나? 지면 안 된다는 생각에 머리와 옷매무새를 가다듬었다. 쫄지말자, 쫄지말자…. 하지만 곤두선 마음은 첫인사부터 어이없이 풀려버렸다.

— 작가님, 갑자기 만나자고 해서 놀라셨죠? 제가 방송일은 오래 했지만 시사 분야는 잘 몰라서요. 좋은 프로그램 쓰던 작가가 오셨다길래 뭐라도 좀 배우고 싶어서, 만나게 해달라고 졸랐어요.

선배는 새파랗게 어린 후배, 더구나 처음 보는 작가에게 배움을 청했다. 방송 소재는 어디에서 찾는지, 주로 어떤 매체를 뒤져보는지, 한밤중에 뉴스가 뒤집히면 다음날 아침에는 어떻게 대처하는지, 꼼꼼하게 메모하며 되물었다. 준비했던 전투복을 슬그머니 감추고 홀린듯 공손하게 답할 수밖에…. 다음 일은 충분히 짐작이 가능할 것이다. 석은정 작가는 JTBC 아침 프로그램을 10년 넘게 탄탄하게 구성했고 나를 비롯한 수많은 후배가 줄줄이 따르는 다정한 선배다.

고백하자면 나는 처음부터 '대단한' 작가였다. 내가 대단했다는 의미가 아니라 내 자리가 그러했다. 작가가 된 지 채 한 달도 지나지 않은 2003년 5월, 〈시선집중〉 게시판에 청취자 의견이 올라왔다. 한 공단에 민원 넣는 절차가 너무 불편해서 이용하기 어렵다는 지적이었다. 실제로 문제가 있는지 확인하기 위해 해당 부서에 전화를 걸었다. 담당자의 설명을 들은 뒤, 열심히 원고를 쓰고 있는데 30분쯤 뒤에 전화가 다시 걸려왔다. 작가님. 저희가 문제를 바로 시정했습니다. 햇병아리 작가가 처음 느낀 방송의 위력이었다.

그럴수록 더욱 숙여야 했다. 하지만 당시의 나는 기고만장했다. 글 좀 쓴다는 칭찬을 받으며 자라온 탓에 방송 원고가 우스웠다. 간단한 앵커 멘트와 질문 따위, 아침에 몇 글자 툭툭 치면 될 터인데 뭐하러 온종일 고민을 하나…. 웃자란 자신감만 충만했던 시절이었으니 당연히 실수가 이어졌다.

— 현정 씨, 통계를 잘못 썼잖아. 0이 하나 더 붙었어.
— 그 교수님 학과명, 제대로 확인한 거 맞아요?

― 경상북도인데 경상남도라고 쓰면 어떡해요.

고작 몇 줄 툭툭 치면 그만이라고 여긴 원고 곳곳에 구멍이 숭숭 뚫렸다. 날짜를 틀리거나 사람 이름을 잘못 쓴 경우도 부지기수였다. 하지만 별 문제 아니라고 여겼다. 작가는 문장으로 승부하면 되지 않나. 사소한 실수쯤 대세에 지장 없는데 뭐…. 방송의 무서움을 미처 깨닫지 못했던 하룻강아지의 무모함이었다. 풀어진 마음 탓이었을까, 어이없는 실수는 계속 이어졌고 기어이 손석희 앵커의 경고가 날아왔다.

― 진행자가 작가의 원고를 못 믿는 상황을 만들지 말아라.

물론 이 말을 듣고도 나태하고 자만한 습성이 단번에 고쳐지진 않았다. 수차례 경고가 거듭됐고 때론 벼락같은 꾸중이 떨어졌다. 감출 수 없는 방송사고와 사과방송이 거듭되었다. 나는 제대로 쓰기 위한 수업료를 아주 길게, 여러 차례 지불한 셈이다. 청취자와 제작진에게 민폐를 끼쳐가면서.

그때부터 서서히 시간은 거꾸로 가기 시작했다. 예전엔 5분도 안 돼 다 써버리던 한 줄을, 이제는 한 시간 넘게 끙끙대며 쓴다. 경험과 경력이 쌓일수록 글쓰기를 점점 더 두려워하게 되었다. 잘못된 표현은 없는지, 예민한 단어를 사용하지는 않았는지, 앵커가 발음하기 편한지를 살피고 또 살핀다. 그래도 실수가 생기는 게 글이라는 것을 알게 됐다. 자만하고 방심하는 순간 넘어진다. 나도 모르는 사이 느슨해졌다면 다시 마음을 조인다. 녹슨 부위를 기름칠하고 겸손하게 책상 앞에 앉는다.

오늘 실수했다고
하늘이 무너지지 않는다

— 달리기 말고 산책은 어때? 천천히 걷다 보면 또 다른 나
와 대화할 수 있어.

선배들의 권유다. 무작정 뛰다가는 무릎 나가기 딱 좋단다.
산책하듯 천천히 걸으며 명상을 해보라는 제안이다.

저는 아닌 것 같아요…. 단호하게 고개를 저었다. 또 다른
나? 절대로 만나고 싶지 않다. 이미 정신없이 바쁜 시간에도, 출
퇴근길이나 밥을 먹는 짬 시간은 물론 잠을 청하는 순간에도,
내 머릿속엔 수많은 내가 등장해 속삭인다. 지금 이렇게 딴 짓
해도 되는 거야? 원고 제대로 안 쓸 거야? 이러면 무시당해. 저

사람은 대체 나에게 왜 이러는 거야? 방금 표정은 무슨 뜻이지? 밥은 왜 이렇게 많이 먹어? 몸매는 아예 포기하려고? 매 순간 수많은 내가 등장해 끊임없이 말을 거는 통에 머릿속이 드글댄다. 부디 싹 다 사라져주면 좋겠다.

이럴 땐 달리기가 특효약이다. 뛰다 보면 머릿속에서 끊임없이 속삭이던 또 다른 내가 싹 다 사라진다. 그저 단순한 몇 가지 생각만 오갈 뿐이다.

— 아 힘들어. 오늘 왜 이러지? 날이 더워 그런가?
— 그만 뛸까? 노래 한 곡 더 들을 때까지만?
— 오른쪽으로 뛸까? 아니면 아래쪽 길로 가볼까?
— 오르막이라 힘드네. 오~ 내리막, 세상 행복하다….

일상의 내 머리를 지배하던 생각이 만 가지쯤 된다면 달릴 때는 지극히 단순한 본능만 남는다. 조금 전까지 나를 괴롭히던 생각들은 지금 느끼는 몸의 괴로움에 비하면 하찮기 그지없다. 태초의 사람들도 달렸을 것이다. 먹이를 찾아 달리고, 배가 부를 때까지만 먹고, 졸리면 잠을 청했겠지. 그들에게도 괴로움은 있었겠지만 멀리서 바라보면 이만큼 단순하고 아름다운 삶이 없다. 나도 태초의 사람들처럼 몸을 정직하게 움직이며 오늘의 고민을 몽땅 비운다. 그래야 내일 또 달릴 수 있다.

물론 오늘 힘들게 뛴다고 내일이 쉬운 건 아니다. 쉬운 날은 하루도 없다. 하지만 삶이란 몸을 저어가는 달리기처럼 어떻게든 앞으로 나아간다. 아무리 느리게 달려도 걷는 사람보다는 빨리 간다. 사는 건 한없이 단순하다. 힘들지만 힘들지 않다는 이치를 깨달았기에 내일도 모레도 달릴 거다. 온몸을 기울이고, 두 발을 탁탁탁 구르면서.

《감정의 물성》이라는 김초엽 작가의 단편이 있다. 우울, 기쁨, 고독 같은 감정을 담은 가상의 물체를 구입하는 사람들 이야기다. 작품 속 인물은 여러 감정 중 '우울체'를 잔뜩 사들이는데, 그의 친구는 우울함에 집착하는 연인을 이해할 수 없어 한다.

글쓰기 수업을 듣는 학생들에게 물었다. 너희라면 어떤 물성을 사고 싶니?

'자존감이요. 기쁨이요. 공감이요' 답변이 쏟아지는 가운데 누군가 심드렁한 표정으로 말했다.

— 저는 안 살래요. 지금 있는 감정도 버리고 싶은데요….

이미 머릿속은 질투와 미움, 좌절과 우울 따위로 충만한데 뭘 더 사라는 말인가. 수저로 푹 퍼낼 수만 있다면 이 지긋지긋한 감정들을 절반이라도 덜어내고 싶다는 의미였다.

내 마음과 똑같구나…. 목구멍까지 올라온 말을 꿀꺽 삼켰다. 속마음을 들키고 싶지는 않았으니까. 하지만 다들 눈치챘을 것이다. 강의실에 앉은 모두는 비슷한 생각을 하고 있을 터였다.

글 쓰는 이들은 자아가 남들보다 강한 편이다. 나보다 잘 쓰는 사람을 잘도 찾아내고, 폭풍같이 질투한다. 압도적으로 잘 쓰는 사람을 발견하면 넘어설 수 없는 벽이라 여기고 좌절한다. 나와 비슷한 수준인 줄 알았는데, 실력이 뛰어난 동료를 발견하면 참을 수 없는 자괴감에 휩싸인다.

내가 바로 그 증거다. 수없이 좌절한다. 한없이 얕고 가벼운 지식과 좋지 않은 머리를 탓한다. 타고난 산만함과 끈기없음으로 무장한 내 모습이 밉다. 방송사고라도 내는 날엔 무심하게 넘어간 찰나의 순간을 내내 곱씹으며 후회한다. 이 모든 단점에도 불구하고 자존심은 팔팔해서 누군가 지나가는 말로 무시라도 하면 밤에 잠을 이루지 못할 정도로 머리가 들끓는다.

〈앵커브리핑〉을 쓸 때 참 많이도 울었다. 힘들었고 괴로웠다. 열 번 잘해도 한 번 실수하면 대역 죄인이 되는 직업이 방송작가다. 고생하는 만큼 인정받지 못한다고 생각했고, 때로는 내가 쓴 글을 엉뚱하게 해석하고 욕하는 시청자가 미웠다. 이젠 그만 쓰겠다며 책상 위 소지품을 모조리 쌓았다 풀었다를 반복한 날만 여러 번이다.

어느 밤인가, 식탁에 앉아 맥주 한잔 따라 먹다가 아이처럼 엉엉 울어댔다. 놀란 사춘기 아들 녀석이 문을 빼꼼 열더니 얼굴을 내밀었다.

— 이젠 좀 힘이 드네. 글 쓰는 일 그만둘까 봐….

내친김에 못난 투정을 늘어놓자 뜻밖의 대답이 돌아왔다.

— 제가 보기에는요, 엄마는 내가 아는 가장 최고의 작가예요. 오늘 좀 못했어도 내일 잘하면 되잖아요.

정신이 번쩍 들었다. 훌륭한 작가의 기준은 저마다 다르겠지만 나는 가족이 인정해주는 최고의 작가였다. 단순히 가족이어서 후한 평가를 내준 건 아니라고 믿는다. 정신없이 사느라 밥 한 끼 제대로 챙겨주지 못한 빵점 엄마지만, 긴 시간 글을 쓰느라 얼마나 애써왔는지 곁에서 지켜보았기에 보내준 위로가 아니었을까. 그래 나는 훌륭한 작가지. 오늘 너무 속상해서 나의 훌륭함을 잠시 잊고 있었구나…. 부어오른 눈가를 훔치면서 헤헤 웃는다.

비워야 다시 채울 수 있다. 오늘 좀 못 썼다고 하늘이 무너지지 않는다. 커다란 실수를 저질렀거나, 무시당했다 해도 잊는다. 복잡한 감정을 마음속에 담아두고 곱씹을수록 나만 무너지고 상처 입는다. 지금 이 순간, 할 수 있는 만큼 최선을 다한 뒤에 내일 또 시도하면 된다. 쓰는 사람, 쓰려는 사람은 모두가 훌륭하다. 지금 이 순간, 온 마음을 다해 쓰고 있다는 사실만으로 나는 제법 괜찮은 작가가 된다.

함께라면 오래 달릴 수 있다

해 질 무렵, 집 근처 반포운동장에 나가 보았다. 대한민국 사람들은 모두 뛰고 있다는 착각이 들 정도로 트랙이 북적인다. 다같이 구호를 외치며 준비운동을 하고 발을 맞춰 달린다.

나에겐 맞지 않는 방식이다. 나는 남하고는 같이 못 뛰는 사람이다. 20년을 같이 산 남편과도 나란히 뛰기 힘들다. 나는 신경 쓰지 말고 그냥 먼저 가…. 타고난 체력이 저질인데다 노력해도 좀처럼 늘지 않는다. 꾸준히 뛰고 있다는 사실 만으로도 스스로를 대견히 여기는 수준이다. 결국 혼자 뛴다. 이어폰을 꽂고 나에게 맞는 속도로. 혼자서 기뻐하고 힘이 들면 혼자서 숨을 고른다.

이렇게 혼자서도 잘 뛰는 것 같지만 실은 나는 혼자가 아니다. 혼자서는 절대 못 뛴다. 텅 빈 운동장에서 홀로 길게 뛸 수 있다면 대단한 인내심의 소유자라고 생각한다. 다른 사람이 있기에 계속 뛰게 된다. 다들 처음 보는 얼굴이지만 같은 운동장을 달리는 사람들은 마치 지구를 도는 행성과도 같다. 저마다의 공전 주기가 달라서 두 바퀴, 혹은 세 바퀴를 뛸 때마다 마주친다.

— 저 사람 아직도 뛰고 있군. 그렇다면 나도 한 바퀴 더.
— 건너편 그늘에서 누군가 구경하고 있네. 나의 저력을 보여주겠어.

이름도 사는 곳도 서로 모르지만, 모두는 따로 또 함께 뛴다. 서로를 적당히 의식하면서 눈빛과 시선을 슬며시 나눈다. 체육관 트레드밀에서 달릴 때도 마찬가지. 이젠 그만 뛰어야 하나 싶은 순간, 등 뒤에서 시원한 바람이 불어온다. 지나가던 트레이너가 대형 선풍기를 슬쩍 나의 등 뒤로 돌려놓았다. 바람이 지친 몸을 밀어주는 것만 같다. 응원해준 마음을 생각해서라도 더 오래 뛰어야지. 다시 한번 숨을 고르고, 배와 다리에 힘을 준다. 함께 뛸 때 더 길게, 더 오래 뛸 수 있다.

― 김현정 씨. 나 김옥영 작가예요. 밥을 한번 사주고 싶은데 시간 좀 내줄래요?

2015년 11월, 가을의 한복판이었다. 전화기를 든 오른손이 사정없이 떨렸다. 이게 대체 '머선 일'인가…. 전화를 걸어온 사람은 한국방송작가협회 이사장을 지낸 김옥영 작가. 다큐멘터리 작가의 교과서이자 이름만으로도 고개가 수그려지는 작가들의 선생님이다. 혹시 피싱 전화 아닌가 싶은 생각마저 들었다. 지금 저에게 전화하신 분, 정말 김옥영 선생님 맞으세요?

― 뉴스룸을 보는데 원고가 너무 좋네요. 현정 씨 이뻐서 밥 한번 사주고 싶어서 그래요.

누가 어떻게 〈앵커브리핑〉을 만드는지 아무도 알지 못하던 시점이었다. 굳이 제작과정을 밖으로 내보이고 싶지 않아서 기자들의 취재도 마다해왔었다. 하지만 전문가의 촉은 예리했다. 방송을 보자마자 작가가 쓴다는 것을 단번에 알아보셨다고 한다. 글에 묻어있는 작가의 흔적과 냄새 때문이었다. 냄새를 진하게 풍긴 그 원고는 무라카미 하루키의 《1Q84》에서 모티브를 가져온 '두 개의 달'이었다.

무라카미 하루키의 소설 《1Q84》의 하늘에는 두 개의 달이 뜹니다. 노란색 달 뒤편에 희미하게 떠 있는 초록빛의 또 다른 달. 이 두 개의 달은 두 개의 다른 세계를 상징합니다. 연결되어 있긴 하지만 결코 건너갈 수 없는 두 세상은 공존하기 어려운 초월적인 시간과 공간으로 존재하지요. 그리고 그날 저녁 역시 달은 두 개였는지도 모르겠습니다.

겹겹이 세워진 성처럼 견고한. 3중의 차벽이 세워졌습니다. 공권력은 거리로 나선 시민과 그렇지 않은 이른바 순수한 시민을 '벽'을 세워 구분했습니다. (중략) 거리에서도 양쪽으로 갈라져 서로를 비난했던, SNS에서도 서로가 서로를 쓰러뜨린, 마치 전쟁과도 같았던 우리의 자화상.

우리가 바라본 하늘은, 달은 제각기 달랐을 테지요. (중략) 우리는 어쩌면 두 개의 달을 가진 서로가 함께할 수 없는 두 개의 다른 세상을 살고 있는 것인지도 모르겠습니다.

그런데 그 혼돈의 와중에 한 장의 사진이 사람들의 마음을 움직였습니다. 차벽을 세운 경찰버스 뒤에서 있었던 일이었습니다. 경찰의 눈에 들어간 최루액을 씻겨주는 한 시민의 모습. 서로를 향한 증오와 폭력의 이면에서 발견한 인간에 대한 최소한의 예의가 아니었을까. (중략)

또 하나의 푸른 달이 떠오른, 눈물과 함성이 범벅이 되었던 그날 밤. 오늘은 그 달마저 보이지 않는 비 내리는 밤입니다.

— 두 개의 달
JTBC 뉴스룸 〈앵커브리핑〉, 2015년 11월 16일

뉴스를 보자마자 주변 피디들에게 수소문해 연락처를 받았다고 하셨다. 놀랄 수밖에 없었다. '누가 쓰느냐'가 아니라 콕 집어 '작가가 누구냐' 물으셨다니 더욱 신기하고 기쁜 일이었다.

떨리는 손으로 마주한 점심, 선배님이 직접 행차하신 이유는 '기특해서'였다. 기자가 중심이 되어 만드는 뉴스에서 작가의 영역을 잘 꾸려가고 있다는 칭찬과 함께, 앞으로 더 열심히 해서 좋은 선례를 만들라고 당부하셨다. 단지 원고가 근사해서 받은 칭찬은 아니었다. 손석희 앵커가 읽었기에 부족한 글이 주목받고 빛난다는 사실을 너무나 잘 알고 있다. 하지만 뜨거운 밥 한 그릇과 함께 건너온 왕 선배의 격려는 나를 뿌듯하게 만들기에 충분했다. 넘치는 칭찬과 더불어 너도 좋은 선배가 되라는, 그래서 방송작가라는 직업의 품격을 더 높이라는 무언의 명령. 세상엔 역시 공짜 밥은 없다.

방송작가는 자격증이 없다. 입사 시험도 없다. 낮춰 말하면 능력이 검증되지 않았어도 방송사에 발을 디디는 순간 모두가 작가로 불린다. 스물다섯에 처음 MBC에 들어간 첫날부터 나의

호칭 역시 작가님이었다. 원고 한 줄 제대로 써보지 못한 햇병아리였지만 호칭만은 대단했다. 하지만 으쓱했던 순간은 잠시뿐, 작가님에 걸맞은 태도와 실력은 스스로 채워가야 한다. 모두가 저 잘난 맛에 사는 치열한 방송사 안에서 작가가 제대로 된 영역을 차지하려면 남보다 두 배 세배로 자신을 끊임없이 증명해 보여야만 한다.

더구나 글은 내 것이지만 내 것이 아니었다. 〈앵커브리핑〉 총 950편 중 한 줄도 달라지지 않은 원고가 방송에 나간 날은 다섯 손가락 안에 꼽을 정도이다. 때론 꾸중을 듣고, 때로는 오기를 부려가면서 끊임없이 수정을 거듭한 글이 세상에 나갔다.

가끔 생각해본다. 원고에 있어 좀 더 너그러운 앵커를 만나서, 내가 쓴 글이 그대로 나갔다면 〈앵커브리핑〉은 950회를 이어갈 수 있었을까? 나아가 내 글을 앵커 손석희가 아닌 다른 사람이 읽었더라면 지금 같은 평가를 받을 수 있었을까? 어느 질문에도 고개를 끄덕이기 어렵다. 글 감옥 같은 골방에 갇혀 홀로 원고를 써왔다고 여겼지만, 나는 실은 앵커와 끊임없이 협업하며 함께 글을 쓰고 있었다.

컴컴한 골방에서 앵커와 텔레파시만 주고받았던 건 아니다. 좁은 골방 안에는 동료들이 가득했다. 이른 아침부터 소재 발굴을 도와주고 일일이 팩트를 확인한 후배 작가들이 있었고, 옥상에 나가 담배를 뻑뻑 피워대며 화면을 고민하는 프로듀서가 있었다. 디자이너는 매일 눈이 빠지게 그래픽을 만들고, 경우에 따라선 현장에 나가 스케치를 해왔다. AD 후배들은 오탈자 하나하나를 검수하고, 까탈스러운 작가의 도시락까지 세심하게 챙겨주었다. 찬란한 무대의 뒤편엔 작가만 쓸쓸히 서 있지 않았다. 내 뒤에는 세상 든든한 백만대군이 버티고 있었다. 덕분에 나는 분에 넘치게 과분한 찬사를 받는 작가가 되었고 지금도 글로 밥벌이를 하며 살아가고 있다.

이제 나는 선배 작가이다. 물론 하늘 같은 선배들은 여전히 많지만, 나이와 경력이 쌓여 선배보다 후배가 더 많은 위치가 되어버렸다. 하지만 지금도 방송사에서 작가의 역할은 애매할 때가 많다. 프리랜서, 즉 외부인이기 때문이다. 이 척박한 영토 안에서 작가의 영역을 제대로 개척하고 일구는 것이 현업에서 뛰는 작가들에게 주어진 역할이다.

사실 기자나 피디의 문법과 작가의 문법이 어떻게 다른지 묻는다면 명확하게 대답하기 어렵다. 정해진 교과서는 없기 때문이다. 나 역시 선배와 동료들 모습을 흉내 내고 위로하고 격려하며 나아갈 뿐이다. 아직 형태와 모양은 완전치 않지만 조금씩 틀을 만들어가며 길을 내고자 한다. 나의 선배들이 앞에서 그래왔던 것처럼 나도 후배들에게 먼저 애쓴 선배로 기억되고 싶다. 그리고 언젠가 나도 김옥영 작가처럼, 응원하고픈 후배를 발견할 날이 오기를 바란다. 따뜻한 밥 한 그릇, 다정한 격려와 함께.

7장

나를 찾아가는
글쓰기 수업

팔꿈치로 툭 친다. 그걸로 충분하다. 다음은 상대방이 알아서 선택하게 둔다. 단 선택은 내가 원하는 방향으로 흘러가도록 설계한다.

경제학 용어로 넛지(nudge) 효과라고 한다. '사람들의 선택을 유도하는 부드러운 개입'을 뜻한다. 예를 들어, 야채를 먹으라고 권하는 대신 근사한 접시에 담아 가장 가까운 자리에 놓는다. 접시와 위치만 바꿨을 뿐이지만 평소엔 손도 대지 않던 사람이 먼저 한 입 콕 찍어 먹도록 유도하는 방식이다.

분야는 다르지만 넛지는 글 쓰는 사람에게도 필요하다. 누구에게나 마음속 담아둔 이야기 하나쯤은 있다. 살아온 세월을 풀어내면 장편 대하드라마쯤 된다고 말하는 사람도 여럿이다. 관건은 머릿속에 가득한 생각과 경험을 어떻게 하면 글로 풀어낼 수 있느냐다. 이럴 때 필요하다. 찰랑찰랑 고인 생각을 흘러넘치게 만드는 방법. 팔꿈치로 툭 치는 넛지 말이다.

— 어떻게 하면 글을 잘 쓰게 되나요?

방송작가가 된 이후 가장 많이 들었던 질문이다. 비슷한 질문도 줄을 잇는다.

— 연습하는 방법이 따로 있나요?
— 아카데미를 다니거나 작가에게 배우면 나아질까요?
— 이렇게 쓰면 되는지 좀 봐주세요.

솔직히 답하자면, 나도 잘 모른다. 비법이 있다면 나에게도 좀 알려주면 좋겠다. 글쓰기를 가르치는 일이 얼마나 어려운가를 실감하고 싶으면 서점에 가보면 된다. 글쓰기 비법을 담은 책이 수십 권, 아니 수백 권쯤 널려있다. 거꾸로 말하면 특별한 비법은 따로 없다는 의미다. 글쓰기 책을 펴낸 수많은 작가들, 아마 속으론 뜨끔할 거다. 어떻게 하면 글을 잘 쓸 수 있을지 지금 이 순간에도 고민하고 있을 테니 말이다.

2021년부터 예술대학 극작과에서 강의를 하고있다. 방송 글쓰기를 중심으로 한 미디어 스토리텔링 수업이다. 20년 넘게 글을 써왔으니 이 정도야 수월할 거라 생각할지도 모르지만 천만의 말씀. 수십 명의 학생 앞에서 글 선생 노릇을 해야 하는 상황이 두려웠다. 내 글도 답이 안 나오는데 남의 글을 만지다니 가당키나 한 일인가. 뭔가 뾰족한 방법이 없을까 싶어 다른 교수의 강의록을 엿보고, 글쓰기 책도 여러 권 뒤져봤지만 이거다! 하는 발견은 하지 못했다. 결국 고심 끝에 내가 시도한 방법은 넛지, 쿡 찌르기다.

별다른 교습법은 아니다. 글의 물꼬를 틔우는 매우 간단한 방법을 몇 가지 제시하고, 나머지는 그들이 알아서 잘 펼쳐가기를 바랐다. 4년 가까이 시도해본 결과 효과는 기대 이상이었다. 조심스레 시동을 걸기 시작하니 각자의 마음에 고여있던 이야기가 흘러넘치기 시작했다.

무언가 쓰고 싶은 마음으로 이미 충만해진 당신. 강의실 문은 이미 열려있다. 준비물은 손에 익은 연필 한 자루면 충분하다. 지금부터 학생들과 함께하는 작은 글쓰기 수업을 시작한다.

수업 하나, 나는 ____입니다

대학 시절 강의실을 떠올리면 헛웃음부터 나온다. 1학년 첫 학기 강의실 풍경은 엄청난 문화충격이었다. 동네에서 함께 자란 친구들과는 너무나 다른 외계인이 가득했다. 지역마다 말씨와 쓰는 단어가 달랐고, 차림새와 머리 스타일도 제각각이었다. 깻잎 모양 앞머리와 글레이즈 바른 파마머리. 양말도 누군가는 종아리 절반까지 올려 신는가 하면, 그 올라간 양말에 질겁하는 동기생도 있었다. 이런 외계행성에서 과연 살아갈 수 있을까, 눈앞이 캄캄했다. 사정은 다른 대학에 입학한 친구들도 마찬가지였다. 각자의 외계행성에 떨어진 나와 친구들은 저녁이면 동네 아지트에 모여 '우리 학교 애들이 얼마나 촌스러운지'를 경쟁하듯 씹어댔다.

절대 나와는 통하지 않을 것 같은 그 친구들. 하지만 조금씩 섞이기 시작하면서 우리가 다른 점보다 같은 점이 많다는 사실을 발견하기 시작했다. 따지고 보면 그랬다. 서로 다른 지역, 다른 환경에서 자랐지만 같은 대학 역사학과에 모인 40명은 다를 수가 없었다. 엇비슷한 수능점수를 받았고 남보다 역사에 관심이 많았다. 수학을 못 하는 대신 국어는 잘했고 이야기를 풀어내는 재주도 제법이었다. 패션 감각은 미안하지만 모두 꽝이었다. 나는 외계행성에 떨어진 것이 아니라 이 넓은 우주에서 나와 가장 비슷한 40명을 만나게 된 셈이었다.

글 선생을 하면서 학생들에게 보여주고 싶었던 세상도 마찬가지다. 글을 좋아하는 사람들의 공통점은 자아가 우주만큼 크다는 점이다. 각자의 우주가 너무나 깊고 광활해서, 옆 사람을 들여다볼 여력이 없다. 서로의 우주는 같지 않다고 생각한다.

하지만 스무 살 남짓, 글쓰기를 좋아하는 비슷한 성향의 친구들. 내가 누구인지를 먼저 드러내고 타인을 깊게 들여다볼수록, 글 쓰는 사람의 우주는 팽창하고 더 깊어질 터였다. 서로 다른 시공에 존재하지만 또 다른 나의 모습인 아바타처럼 말이다.

과제 : 자신을 상징하는 아바타를 그린 뒤, 이유를 간단히 설명해봅니다. 단, 아바타는 사람이 아니어야 합니다. 동물이나 자연, 물건이라도 상관 없습니다. ('발그림'도 대환영!)

나는 _____입니다.

_____

_____

_____

_____

_____

당신이 어떤 그림을 그려왔을지 궁금하다. 학생들도 저마다 열심히 궁리한 뒤에 답을 찾아온다. 김빠진 콜라와 돌하르방, 집 없는 민달팽이가 등장하는가 하면, 지금 이 순간 바로 옆에 놓인 지우개나 달력 따위의 사소한 소품이 등장하기도 한다.

이제 차례대로 발표하는 순서이다. 자신의 아바타를 화면에 크게 띄워두고 친구들에게 설명하는 방식이다. 씩씩하게 앞으로 나와 마이크부터 쥐는 학생도 있고, 좀처럼 용기가 나지 않는지 한참 뜸을 들이다 몇 마디 웅얼대고 들어가는 녀석도 있다. 누군가는 "얘들아 나 떨리지 않게 박수 좀 쳐줘" 응원을 유도하며 친구들 앞에 나선다. 지금부터 극작과 1학년 학생들의 아바타 소개를 들어보자.

가장 먼저 나온 학생은 수업 첫 시간에 손을 번쩍 들었던 우리 반 반장이다. 자존심 강하게 생긴 녀석은 화면 앞에서 큰 숨을 한번 몰아쉬더니 이야기를 시작했다.

저는 컴퍼스입니다

컴퍼스는 중심을 잡고 정확한 원을 그려내는 도구입니다. 뾰족한 침을 어딘가에 놓고 한 바퀴를 돌리면 말끔한 원이 그려집니다.

돌아보면 저는 항상 컴퍼스 같은 삶을 살았던 것 같습니다. 나

의 어딘가에 중심을 찍고 원을 그려내는 것입니다. 이 정도 범위에선 상처받거나 침범당하고 싶지 않다는 생각으로요. 또 타인의 어딘가에 중심을 찍고 원을 그려내기도 합니다. 아, 이 사람이 나한테 가지고 있는 감정은 이 정도 크기구나 하면서 말입니다.

좋고 싫음이 뚜렷한 성격임을 짐작할 수 있었다. 그만큼 누군가에게 상처 주기도, 상처받기도 싫다는 의미였다. 도전적인 성격인 줄로만 알았는데, 의외로 칸막이를 높이 세우고 있었다. 더구나 반전은 뒤에 있었다. 그림을 자세히 들여다보니 녀석이 그린 컴퍼스엔 침이 없었다.

하지만 착각이었습니다. 제 컴퍼스엔 중심을 박을 침이 없습니다. 원을 그릴 연필심만 있을 뿐입니다. 중심을 찍지 않고 컴퍼스를 사용하면 원은 굉장히 보기 싫게 그려집니다. 삐뚤빼뚤하거나, 혹은 끝과 끝이 연결되지 않을 수도 있습니다. 저는 그것이 제 '어설픈 지레짐작'과 닮았다고 생각해서 제 평생의 버릇을 투영한 침 없는 컴퍼스를 그렸습니다.

침범당하고 싶지 않아 그어두었던 동그란 우주, 이제는 그 기준을 제대로 잡고 싶다고 설명한다. 용기를 내서 반장에 지원했겠구나…. 처음엔 마냥 아이 같아 보였던 1학년이었는데, 짧은 이야기 속에 어른의 우주가 펼쳐지기 시작한다.

이어서 아이돌처럼 깜찍한 외모와 옷차림이 인상적인 학생이 앞으로 나왔다. 화면 가득 펼쳐놓은 건 시커먼 거미 한 마리, 구불구불하게 펼쳐둔 거미줄을 꽉 움켜쥐고 있었다.

저는 거미입니다

사실 거미는 제가 되고 싶은 모습에 가깝습니다. 거미는 어디에나 집을 짓습니다. 홀로 집을 짓는 거미는 느리더라도 촘촘하게 자신의 구역을 만들어갑니다.

저 또한 보편적인 루트가 아니라 제가 하고 싶은 것을 하고 가고 싶은 길을 만들며 살고 있습니다. 이런 제 삶의 방식은 빠른 성공과는 거리가 멀지도 모릅니다. 하지만 멀리 본다면 확실하게 저의 입지를 다지고, 스스로 만족하는 삶을 살 수 있을 거라고 확신합니다.

마침 학생이 오늘 입고 나온 옷은 새까만 원피스였다. 설정이었다면 대략 성공이다. 목표물을 향해 집요하게 다가가는 한 마리의 거미처럼 보였으니까. 발표는 말과 글이 전부가 아니다. 행동과 몸짓 표정까지 모두 포함된다.

거미는 자신의 구역에서 조용하고 얌전하게 기다리며 원하는 것들을 손에 넣습니다. 야망 있는 한편 여유로운 모습은 제가 추구하는 삶의 모습과도 닮았습니다. 저는 원하는 것을 성취하기 위해 끊임없이 노력할 것이지만 그렇다 해서 여유를 잃고 조급해지는 상황은 피하는 편입니다. 그리고 이 선택이 성취한 것들을 오래 유지하는 방법이라고 생각합니다.

거미를 통해 끈질긴 근성도 은연중에 드러낸다. 아바타를 효과적으로 보여주기 위해 의상과 그림, 말투까지 모두 신경을 쓴 발표다. 듣는 친구들의 눈빛이 반짝였다. 저마다 품고 있는 성취에 대한 욕망도 다르지 않기 때문이다. 1년 뒤 이 학생은 직접 곡을 쓰고 만들어 가수로 데뷔했다. 로라(AURORA)라는 이름으로 활동하며, 소망해온 것들을 찾아가고 있는 중이다.

이 밖에도 서로 다른 표정, 다른 몸짓의 학생들이 동료들을 향해 저마다의 우주를 펼쳐냈다. "여러분은 이 그림이 무엇으로 보이시나요?" 발표 도중 용기를 내어 질문을 던지거나 칠판에 그림을 그려가며 설명하는 학생도 있다. "슈퍼 I입니다." 떨리는 첫 마디를 시작한 뒤, 목소리에 힘을 주며 또박또박 이야기를 풀어나간다. 두터운 갑옷 속에 감춰둔 자아를 꺼내어 스토리텔링 하며 모두는 깨닫는다. 단지 우리는 이야기를 풀어놓을 기회가 없었을 뿐이다.

저는 건전지입니다

내향형이 짙은 사람이라 밖에 나가기만 해도 에너지를 계속 소모합니다. 사람을 만나면 더욱더 많은 에너지를 소모합니다. 집에 와서는 꼭 충전을 해주어야 합니다. 사실 밖에 나가지 않는 것이 제일 좋습니다.

그렇지만 저는 해야 할 일이 있을 때는 제 에너지를 열심히 소모하여 최선을 다합니다. 혹시 제가 무언가 넋이 빠져있다거나, 힘들어 보인다면 이렇게 생각해주세요. '아 지금, 에너지가 떨어졌구나.' 조금만 기다려주시면 다시 충전해서 여러분 곁으로 돌아오겠습니다.

나는 클립입니다

클립은 일상생활에서 되게 작고 사소합니다. 크기도 작고 존재감도 희미합니다. 게다가 요즘엔 잘 쓰지 않죠. 스테이플러로 종이 묶음을 쿵쿵 찍어내는 것이 더 편합니다.

저도 클립과 마찬가지입니다. 많은 사람 속에 섞였을 때의 저는 존재감조차 희미합니다. 클립 대신 편하게 쓰는 스테이플러처럼 저를 대체할 수 있는 사람도 많을 겁니다.

하지만 가끔 절박하게 클립을 찾아본 경험, 혹시 없으신가요? 종이를 상하게 하고 싶지 않을 때, 잠시만 서류를 분류하고 싶을 때 클립은 필요합니다. 작지만 사소하게 도와주는 이 클립처럼 저도 어딘가에서는 사소하지만 가끔 도움이 되는 사람이 되고 싶습니다.

학생들의 글을 읽고 어떤 생각이 드시는지? 이 순간 글을 읽고 있는 당신도, 강의실에 함께 앉아있는 친구들도 같은 마음이다. 의외로 나와 비슷하다는 느낌, 내 인생도 저랬으면 좋겠다는 기분이 든다. 깊이 들여다보기 전에는 알지 못했을 은밀한 고백이다. 먼저 스스로를 들여다보고 나의 마음을 풀어내는 작업이 스토리텔링의 시작이다. 이후엔 타인의 말에 귀를 기울이며 나의 세계를 확장시킨다. 처음엔 너무나 달라 보이지만 실은 우리가 다르지 않다는 것을 느끼면서 타인의 우주를 들여다보기 시작한다.

내 목소리, 들어본 적 있나요?

학생들이 발표할 때 나는 촬영기사가 된다. 한 명 한 명이 말하는 모습을 영상으로 찍어 보내준다. 글만 잘 쓰면 되지 발표까지 신경 써야 하느냐는 원망 섞인 눈초리가 날아온다. 하지만 작품을 독자 앞에서 풀어내는 과정 역시 글쓰기의 다른 모습이다. 바야흐로 피칭의 시대다. 작가가 매력있어야 글에도 매력이 부여된다. 준비한 발표문 안에 발음하기 어려운 단어는 없었는지, 말하기를 염두에 두고 목적에 맞게 썼는지, 전달할 때 몸짓과 표정은 적절했는지 살펴야 한다. 나아가 나의 작품을 누군가 읽는다면 어떤 호흡과 표정이면 좋겠다는 상상까지 해본다.

혼자 하는 글쓰기 수업이라면, 스스로 소개하는 모습을 동영상으로 촬영해보기를 권한다. 자신이 말하는 몸짓과 목소리를 유심히 관찰하는 시도 자체가 나를 알아가는 과정이다.

— 헐… 어깨가 이렇게나 구부정하다니요.
— 제 목소리 징그러워요. 교수님.
— 못 알아듣겠네요. 발음을 더 또렷이 해야겠습니다.

발표 동영상을 받아본 학생들도 하나같이 낯설다는 반응이다. 평소 내 목소리가 저랬던가? 낯선 음색에 머리털이 곤두서고 엉거주춤 서 있는 자세가 어색하기만 하다. 3초도 참지 못하고 동영상을 꺼버렸다는 학생이 있을 정도다. 어찌 보면 당연하다. 화면 속 모습에 손발이 오그라드는 건 나 역시 마찬가지다. 이젠 제법 대중강연이 익숙해졌다고 여기고 있었는데, 누군가 촬영한 동영상 속 나의 모습은 말 그대로 가관이었다. 긴장을 감추기 위해서인지 수없이 눈을 깜박이는가 하면 고개는 자라처럼 앞으로 튀어나와 있었다. 그동안 이렇게 한심한 모습으로 강의하고 있었다니 믿기지 않을 지경이다.

이 괴로운 과정을 두 번 세 번 반복해야 비로소 달라진다. 타인에게 비치는 나의 모습을 머릿속에 입력해두었기 때문이다. 입을 열 때마다 그동안 부족했던 부분을 떠올리며 조금씩 개선점을 찾아가게 된다. 이른바 '일타강사'도 같은 과정을 겪었으리라 믿는다.

수업 둘, 당신의 목소리를 들려주세요

앞서 '아바타 소개하기'에서는 내 마음을 들여다본 뒤, 타인을 향해 풀어내는 스토리텔링을 연습해보았다. 이번엔 순서를 바꿔보자. 먼저 타인의 마음을 들여다본 뒤에 다시 나의 이야기로 풀어가는 두 번째 스토리텔링이다.

길을 걷다가, 혹은 드라마를 보다 한순간 마음에 훅 들어와 꽂혀버리는 노래가 있다. 대부분 가사 때문이다. 마치 내 마음을 읽은 듯한 대목을 발견하면 노래는 인생곡이 되고, 노래가 흐르던 시간과 공간은 평생 잊지 못할 추억으로 기억된다.

나의 경우엔 신해철, 윤상의 프로젝트 그룹 노땐스의 '달리기'가 그랬다. 익숙한 멜로디가 흐르면 입시를 준비하던 고등학교 시절이 재생된다. 유난히 무더웠던 여름날의 독서실, 끝이 보이지 않는 계절이었다. 습관처럼 친구에게 삐삐 메시지를 남기려 공중전화 박스에 들어갔다. 곧이어 흘러나오는 메시지 연결음.

> 지겨운가요 힘든가요. 숨이 턱까지 찼나요.
> 할 수 없죠. 어차피 시작해 버린 것을.
> 쏟아지는 햇살 속에 입이 바싹 말라와도
> 할 수 없죠. 창피하게 멈춰설 순 없으니.
> 단 한 가지 약속은 틀림없이 끝이 있다는 것.
> 끝난 뒤엔 지겨울 만큼 오랫동안 쉴 수 있다는 것.
>
> ― '달리기', 노땐스

수험생을 위해 만든 노래는 아니었을 것이다. 목표를 향해 달리는 모든 이들을 위한 곡이라고 짐작한다. 음악적인 완성을 추구하며 달리는 신해철과 윤상, 자신들의 마음일지도 모른다. 하지만 그 순간 고3 수험생에게 화살처럼 꽂혀버린 가사와 멜로디. 입시공부가 너무나도 버거웠던 여고생은 공중전화 박스에서 그만 엉엉 울어버렸다.

학생들에게도 똑같은 과제를 내주었다. 타인이 만든 곡이 어떻게 내 마음에 스며드는지. 마치 내 이야기처럼 느껴진 까닭은 무엇인지 들여다보자는 의도였다.

과제 : 내 마음을 담아낸 노래 가사를 소개하고, 그 이유를 설명해 봅니다.

제목 :

가수 :

내 마음을 훔친 구절과 그 이유 :

이번 과제는 당신에게도 어렵지 않았을 것이라고 짐작한다. 학생들 역시 저마다 마음에 담아둔 인생곡을 끄집어낸다. 오히려 한 곡만 고르기 어려웠다는 불평마저 나온다. 여기서 신기한 점, 노래는 한쪽으로 치우치지 않는다. 한 강의실에서 수업을 듣는 스물다섯 명이 저마다 다른 곡을 가져온다. 장르도 취향도 제각각이다. 더욱 신기한 점은 따로 있다. 각자 다른 곡을 골라왔지만 학생들이 그 안에서 뽑아낸 가사의 결은 하나같이 비슷한 방향을 가리키고 있다.

당신의 노래는 어떨까? 조심스레 예언하자면 당신도 다르지 않다. 내 예측이 맞는지는 스무 살 학생들이 노래에서 뽑아낸 스토리를 확인해보면 좋겠다. 세대도 사는 지역도 저마다 다르지만 우리의 마음을 훔친 노래가사는 크게 몇 가지 부류로 나뉜다.

무너진 나를 다시 세우고 싶어

노래로 위안받고 싶은 마음이 첫 번째다. 고달픈 입시를 거쳐, 지금 이 순간도 진로에 대한 고민이 들끓는 스무 살의 언저리. 학생들은 하루에도 수십 번씩 무너지는 자신과 마주해왔을 것이다. 때론 엇나가고 싶지만 두려움이 앞선다. 이러다 돌이킬 수 없을까봐. 아무도 내 곁에 남아있지 않을까봐….

친구들, 한번 엇나간 뒤로는
돌아올 수 없다고 느낀 적이 있다는 거 알아.
화가 나 신발 끈을 묶고 집을 나서려던 내 뒤에서
할머니가 해 주신 말.
너무 늦기 전에는 집에 돌아와야 해.
저녁을 먹을 때는 집에 돌아와야 해.

— 'X (Butterfly)', 원슈타인

그렇게 억지로라도 웃어 보이는 건 내일이 있어서야.
나를 좀 더 돌봐줘야겠어.
외로움도 저 바다에 날려버리겠어.
아무리 도망쳐봐도 아침은 올 테니.

— '등대', 하현상

하지만 이런 고민은 스무 살만의 전유물이 아니다. 우리 역
시 남몰래 견디느라 마음이 너덜너덜해진 날이 얼마나 많은가.
이젠 나이가 들어 함부로 눈물을 보이기도 어렵다. 실패해도 재
도전할 기회 자체가 드물다. 힘겹게 견디어낸 저녁, 누군가 말없
이 어깨를 툭툭 쳐준다면, 혹은 불 켜진 따뜻한 거실에서 사랑
하는 이가 나를 기다리고 있다면 얼마나 좋을까…. 무너진 나를
토닥이고, 다시 일으켜 세우고픈 마음이 학생들의 선곡표 안에

서 가만히 고개를 내민다.

나는 그저 나일 뿐

사실 우린 어쩌면 조금씩 남들과 다른게 아닐까.
너만 알 수 있는 내 마음을
복잡한 나만의 언어를 알아봐 줘.

— '물고기', 백예린

누가 맞고 틀린 게 아닌걸,
모두 다르게 사랑하듯, 모두 다르게 살아가듯.
전부 좋다고. 사랑과 미움 모두 다 가지면 되는 거야.
하나만 고를 필요 없다고.

— 'Either way', 아이브

세상은 우리에게 틀에 맞추어 살라고 한다. 한줄서기를 처음 배우는 유치원 시절부터, 타인을 끊임없이 의식하며 살아야 하는 오늘날까지 변함없이 규칙을 강요한다. 그래서 종종 사람이 싫어진다. 섞이지 않고 살아갈 방법을 궁리하기도 한다.

하지만 사람 마음이란 참으로 복잡하다. 코로나19가 세상을 가로막던 시절, 너무도 절실히 느끼지 않았나. 그토록 혼자 있고 싶었던 시간이 주어졌는데 행복한 마음도 잠시, 우리는 외로워지곤 했다. 함께 있을 땐 미워하고 떨어져 있으면 그리워한다. 익명에 묻힌 편안함을 즐기지만, 나만의 개성과 고독을 갈구한다. 더구나 글 좀 쓴다 여기는 사람들은 자신이 남들과 조금 다른 인종이라고 여기고 있는지도 모르겠다. 그 다름을 인정하거나 인정받기가 어려워 우리는 요 모양 요 꼴로 갈등하고 산다. 남다른 나를 있는 그대로 보아달라고 끊임없이 외치면서….

어른이 되어버린 나

하지만 뭐니 뭐니 해도 이십 대의 대표적인 고민은 이것이 아닐까. 갑자기 커다란 세상으로 떠밀려온 듯한 느낌…. 어릴 때는 얼른 어른이 되고 싶었지만, 막상 어른이 되기에는 두려운 시간 앞에서 모두는 두렵고 떨리고 문득 외로워진다.

우리는 우리는 어째서 어른이 된 걸까.
하루하루가 참 무거운 짐이야.

— '꿈과 책과 힘과 벽', 잔나비

슬퍼만 하면 애지.

착한 내 친구의 삶까지는 내가 못 챙겨. 서로 이해해.

신나기만 하던 주정뱅이가 변하긴 했네. life goes on.

— '비행', 이센스

왜 갑자기 어른이 되어버렸는지, 이 나이 먹은 나도 잘 모른다. 이제 갓 대학에 들어온 학생들은 오죽할까. 철없이 어울려 놀던 친구들이 서로 다른 선택지를 찾아가고 있다. 조금 있으면 하나둘 정장을 차려입고 면접장으로 향할 예정이다. 갖고 싶은 것, 가고 싶은 곳은 많은데 지금은 돈이 없다. 연애도 맘처럼 안 된다. 끝도 없는 두려움이 몰아치는 시기….

그러나 청춘만 아픈 건 아니다. 어른이 된 지 한참 지났지만 나 역시 두렵다. 나와 가족의 삶을 온전히 책임져야 하는 생이 버겁다. 어른이 두려운 스무 살의 노래는 이미 어른이 되어버린 세대에게도 현재 진행형이다.

행복하고 싶어

그래서 우리는 끊임없이 노래하나 보다. 행복하고 싶은 마음을 흥얼거리고 때론 둠칫둠칫 몸을 흔들며 노래를 따라부른다. 모두는 행복하기 위해 산다. 소중한 사람들과 마주 보고 웃기 위해서.

비가와도 나는 문제 없을 걸 마냥 기분이 좋아.
좋은 그루브에 몸을 맡겨 살랑거려요.

— 'SSY', 오월오일

네 이름을 가만히 불러보면 사랑한단 말 같아.
숨길 수 없이 두근대. 부르고 불러봐도 매일 그래.

— 'About love', 레드벨벳

가사처럼 아무런 생각 없이 행복하고 싶은 날이 있다. 모두가 나를 사랑하고 미움 걱정 따윈 없고, 바람은 살랑거리고 햇볕은 따뜻하다. 과거의 어느 날 경험했거나 앞으로 만나게 될 어느 날의 풍경에 저절로 눈이 감긴다. 살아 있는 것만으로도 충만한 순간, 마음은 경쾌한 멜로디를 타고 춤을 춘다. 바람의 질감과 경쾌한 웃음소리, 계절의 빛깔마저 생생하게 되살아난다. 그 행복을 매일 누리지는 못하기에 그 순간을 기억하며 우리는 흥얼거린다. 노래는 그런 것이다.

다른 이의 마음이 나의 마음으로

이렇듯 각자 마음에 들어온 노래 가사와 이유를 차례로 소개하는 시간이 되면 모두는 같은 마음이다. '나도 그래. 그치, 그치…. 맞아.' 자연스레 고개를 끄덕인다.

생각해보면 한 번도 만나본 적 없는 다른 사람이 쓴 노랫말일 뿐이다. 가장 솔직한 마음을 표현한 그 가사가 어느 순간 나의 일상과 섞여 이야기가 된다. 내 안에 들어와 흘러넘친 곡을 꺼내놓았더니 또 다른 타인에게 흘러 들어가 마음을 적신다. 참으로 신기한 노래의 마법이다. 강의실을 가득 채운 가사와 곡조를 흥얼거리면서 공감하는 글쓰기의 기본을 서서히 깨닫기 시작한다.

타인을 유혹하는 가장 강력한 방법은 나에 대한 충실함이다. 나의 깊숙한 이야기를 가장 솔직하게 펼쳐내면 상대방에게도 언젠가 경험한 감정의 물결이 일렁인다. 지극히 사적인 감정이 발화되는 순간, 깊은 공명이 일어나고 우리는 스토리텔링의 바다에 몸을 적시기 시작한다.

당신의 귓속이 궁금해요

수업을 마친 이후에 빼먹지 않는 작업이 있다. 학생들이 선곡한 노래를 한데 모아 플레이 리스트를 공유한다. 함께 강의를 듣는 친구들 마음이 모인 컴필레이션 음반이다. 마음이 버석거릴 때, 까닭 없이 외로울 때 들으면 힘이 난다. '카더가든의 이 노래⋯. ○○이 골라왔지⋯. 작년 내 마음과 비슷했어⋯.' 다정한 마음을 떠올리면서 오늘의 글쓰기를 견뎌낸다.

같이 수업을 듣고있는 동료가 없는 당신이라면, 친구나 가족에게 플레이리스트를 공유해달라고 부탁해보자. 무성의하게 노래만 알려주지는 않을 것이다. 선곡에는 이유가 다 있다. 가수가 잘 생겨서, 첫사랑에 실패한 날 듣게 되어서, 날이 좋을 때 흐르던 멜로디가 아름다워서, 혹은 노래방 애창곡이어서⋯. 감춰진 사연을 듣다보면 사람사는 게 별일 아니라는 생각이 든다. 소중한 주변의 이야기와 함께 음악이 넘실거린다. 나에게 스며들어 찰랑이다가 끝내 넘쳐흐르는 순간을 만나게 된다.

수업 셋, 일상의 순간을 저장한다

대학에서 1교시, 9시 수업이라니⋯. 과연 가능할까 싶지만 요즘 학생들 생각보다 성실하다. 대학 시절의 나라면 상상도 못 했을 일이다. '라떼'는 말이지, 1교시는커녕 3교시도 지각할까 봐 숨이 넘어갔단다⋯. 실로 존경을 보내고픈 MZ로운 대학 생활이다.

강의를 시작하면서, 이 괴로운 1교시 수업을 택한 이유는 어쩔 도리가 없어서였다. 오후에 KBS로 출근해 보도국 회의에 참석하려면, 정오까지는 수업을 마쳐야 했다. 고맙게도 잠이 덜 깬 얼굴의 학생들은 졸음을 참아가며 수업을 들어주었다.

저 아이들의 등굣길은 어땠을까? 가까이 사는 학생도 있지만 일산이나 수원, 양주에서 서울 방배동 캠퍼스까지 바특하게 잡아도 왕복 네 시간을 오가는 학생이 여럿이었다. 빼곡한 지하철과 버스에서 전쟁을 치르는 모습이 눈에 선했다. 길고 긴 통학시간 동안 이어폰으로 음악을 듣거나 부지런히 카톡 창을 두드리겠지. 누군가는 웹툰을 읽고, 운 좋게 자리가 나면 밀린 과제를 끄적일지도 모르겠다. 머릿속엔 각자의 생각이 무한대로 펼쳐지고 있을 것이다.

성석제의 단편 소설 《내 인생의 마지막 4.5초》를 보면 자동차가 다리에서 추락해 물에 빠지는 순간, 한 남자의 머릿속을 스쳐 가는 생각이 장장 28페이지에 걸쳐 펼쳐진다. 한없이 짧은 찰나이지만, 길게 펼쳐놓는다면 끝없이 이어지는 영겁의 시간이다.

그 순간을 이야기로 기록하면 어떨까? 학생들과 함께 당신의 오늘 아침 기억을 펼쳐내보자.

과제 : 오늘 아침 일어나 학교에 도착하는 순간까지 나의 머리를 스친 생각들을 자세히 펼쳐 써봅니다. 단 몇 초의 생각을 길게 늘이거나, 등굣길 내내 겪은 일들을 줄여 써도 좋습니다.

오늘 아침 눈을 뜨는 순간부터 3분간 나의 머리를 스친 생각들을 자세히 펼쳐 써 봅니다.

_____

_____

_____

_____

_____

_____

_____

이번엔 거꾸로 위에 쓴 이야기를 한 두 문장으로 줄여봅니다.

_____

_____

_____

글은 쓰고 싶지만 무엇을 써야할지 모르겠다면 가장 가까운 곳을 뒤진다. 글의 소재는 생각보다 멀리 있지 않다. 거창하지 않아도 된다. 가장 내가 잘하는 일, 잘 아는 내용부터 시작하면 쉽다. 매일 맞이하는 평범한 아침이라 해도 빠짐없이 펼쳐보면 참으로 많은 일들이 이어져있다.

— 어제 입었던 옷을 다시 입을까 말까 고민했던 순간
— 밤새 참았다가 아침부터 끓여먹은 라면의 맛
— 지하철을 타자마자 용케 자리가 나서 속으로 부른 콧노래
— 굽을 교체할 시기를 놓쳐 유난히 딸각대던 하이힐 소리
— 새벽에 친구가 보낸 의미심장한 카톡 메시지

그 짧은 순간의 발견을 놓치지 않는 사람이 바로 스토리텔러다. 머릿속을 스쳐 간 수만 가지 생각을 주욱 늘이거나, 한 줄로 압축하는 훈련을 시작한다. 1초를 무한대로, 거꾸로 무한대를 1초로 줄이는 작업이다. 학생들이 발견한 몇 가지 순간을 공유한다.

아침밥 짓는 시간

오랜만에 아침밥을 차려 먹기 위해 주방으로 향했다. 촤아악, 쌀을 붓는 소리. 쪼르륵, 물을 붓는 소리. 슥슥, 쌀을 씻는 소

리. 달칵, 씻은 쌀을 밥솥에 넣은 후 취사 버튼을 눌렀다. '압력 취사가 시작되었습니다'라는 음성안내가 들렸다.

쏴아아, 이번엔 물을 세차게 틀어 손을 씻었다. 계란을 꺼내 꽈직, 두 개씩 마주 부딪혔고 스륵, 흰자와 노른자가 그릇에 흘러 내렸다. 파를 꺼내 씻고 쫑쫑쫑 다졌다. 찹찹찹, 계란 물을 섞는 소리가 좋았다. 촤아악, 기름을 부은 프라이팬에 계란 물을 부었다. 치지직, 계란이 구워지는 소리에 뒤집개를 이용해 지단을 접어갔다. 공간이 날 때마다 촤르륵, 계란 물을 붓는다. 연기가 스멀스멀 올라와 시야를 흐리게 만들었다. 마침내 다 구워냈을 때, 뜨거워서 김이 펄펄 올라오는 계란말이를 도마 위에 올리고 칼로 먹기 좋게 잘랐다. 튀어나온 옆부분을 집어 먹으니 담백하고 짭짤한 맛이 났다.

주름진 손등

운 좋게 지하철 좌석에 앉아 한숨을 돌리고 있었다. 가방에서 얼마 전 친구가 선물해 준 시집 한 권을 꺼내 읽고 있었는데 의도치 않게 내 앞에 서 있던 누군가의 손등을 보게 되었다.

곳곳에 세월의 흔적과 같은 짙은 검버섯과 주름이 자리 잡고 있었다. 손등 사이로 훤히 보이는 커다란 핏줄은 당장이라도 터질 듯 허약해만 보였다. 그의 손등을 바라본 난, 아직 젊고 생기가 넘치는 나의 손등을 바라보았다. 그리고 자리를 양보했다.

나는 다시 나의 손등을 바라보았다. 그리고 창밖의 하늘을 보았다. 오늘은 비가 오려나 보다. 무언가 나의 힘으로는 해결할 수 없는 두려움이 저 너머에서 나를 지켜보고 있는 것 같았다.

아침마다 만나는 그녀

종종 아침 등굣길에 마주치는 용인대 무도스포츠학과 복싱전공 여학생이 있습니다. 말쑥한 얼굴에 새벽 운동을 마친 뒤 버스에 올라타는 그 학생이 유독 인상적이어서 몇 번 본 적이 없지만, 뇌리에 깊이 박혀있습니다.

매일 아침 버스를 탈 때면 그 학생이 오늘 버스에 탔으면 하고 생각합니다. 만약 타지 않았다면 강의실에 도착할 때까지 아쉬운 마음이 들며 내일은 볼 수 있었으면 좋겠다고 생각합니다.

아무 날도 아닌 평범한 아침, 각자가 경험한 순간들이다. 세세하게 돌아보고 기록하지 않으면 휘발되고 말 기억이다. 습관처럼 아침밥을 준비하는 시간이 의성어와 의태어로 버무린 오늘의 요리로 변신했고, 지하철에서 운 좋게 잡은 자리를 양보하며 인생을 고요하게 관조해본다. 매일 아침 정류장에서 만나는 또래에게 호기심을 느끼는 마음을 발견한다.

이 밖에도, 지하철역 노숙자 앞을 무심한 듯 지나치며 느낀 복잡한 마음. 내릴 때가 되었는데 버스 출입문을 가로막고선 사람에 대한 분노. 몇백 원 더 비싸지만 앉아갈 수 있는 직행버스를 탈지 말지 망설였던 기억까지…. 분주한 출근길에 누구나 겪었음 직한 순간이 학생들 문장 곳곳에 펼쳐진다.

2024년 봄학기, 학생 한 명이 슬그머니 교탁 앞으로 나왔다.

― 제가 오늘 아침에 발견한 장면인데요, 교수님께 꼭 보여드리고 싶었어요.

서울 버스 기사들이 일제히 파업에 들어간 날이었다. 대체 투입된 차량이 있긴 했지만, 출근길 시민 불편은 당연한 수순이었다. 발을 동동거리며 기다리다 버스에 올라탄 이 학생은, 운전석 앞에 붙어있는 종이를 발견했다고 한다.

서울 시내버스 파업 기간에는 요금을 받지 않습니다.

종이엔 버스 기사들의 미안한 마음이 담겨있었다. 파업은 필요하지만, 출근길 시민들 고생을 생각하면 죄스럽기도 했을 터. 궁리 끝에 기사님은 요금을 안 받는다는 종이를 붙인 채 버스를 몰고 있었다. 학생은 평소 같았으면 무심히 지나쳤을 이 장면을 사진으로 남겼다. 복잡했을 그 마음을 잊지 않고 싶었단다. 이날 학생이 발견한 장면은 머지않아 소중한 글감으로 사용될 것이다. 누구나 보았지만 나만이 주목하여 건져 올린 순간이기 때문이다.

소설 작업을 할 때면 내가 지금 보는 것, 느끼는 것, 먹는 것, 우연히 마주치는 것 모두 뭔가 쓰임이 있겠지, 라고 생각한다. 안테나를 높이고 걷는다. 어디서든 어떤 신호가 잡히기를 기다리며

— 〈대온실 수리 보고서〉 작업일지, 김금희, 창비

소설가 김금희의 말이다. 잘 쓰고 싶다면 언제 어디서나 안테나를 높이고 걷는다. 세상을 더듬어 발견한 순간들을 기억하고 또 기록한다. 마주치는 모든 순간이 저마다 깜박이며 말을 걸어올 것이다.

수업 넷, 나는 기자다

나만의 제목뽑기

JTBC 뉴스룸에서 일할 때였다. 〈중앙일보〉 편집기자를 하다 JTBC 보도국으로 자리를 옮긴 이세영 피디가 흥미로운 부탁을 해왔다.

— 현정, 인상 깊게 읽었거나 재미있다 싶은 칼럼 있으면 몇 개만 추천해 줄 수 있을까?

당연하죠. 선배, 있다마다요…. 읽다가 배꼽을 쥐었던 칼럼과 인상 깊게 남아 지금까지 기억하고 있는 기사 몇 편을 추려보았다. 그런데 선배, 이걸 어디에 쓰시려고?

알고 보니, 이세영 피디는 인턴기자로 보도국에 온 학생들을 위한 과제를 만들고 있었다. 신문사에서 신임 편집기자를 교육할 때 써먹었던 방식 중 하나였단다. 제목을 가린 채로 출력한 칼럼이나 기사를 꼼꼼히 읽고, 핵심을 찌르는 제목을 뽑아내는 훈련이다.

얼핏 간단해 보이지만 제목 뽑기처럼 까다로운 작업도 없다. 말맛을 살려야 하는 동시에 함축적이고 재치있어야 한다. 오죽하면 제목만 종일 궁리하는 편집기자라는 직업이 따로 있겠나. 카피라이터나 예능 자막을 뽑는 작업도 마찬가지이다. 짧은 한 줄로 읽는 사람을 유혹해야 한다.

먼저 내용을 꼼꼼하게 읽어 필자가 글에 담고자 한 의도를 파악한다. 다음엔 독자가 제목만 읽어도 내용을 짐작할 수 있도록 한 줄로 표현한다. 글자 수는 많으면 안 되고, 필요 없는 조사나 어미는 생략한다. 내용을 전부 드러내서도 안 된다. 보일 듯 말 듯 애를 태워야 한다. 다들 머리 좀 아프겠군. 얘들아 고생해라, 그 기사 내가 골랐단다…. 빙글빙글 웃음을 참아가며, 머리 쥐어짜는 인턴들 옆을 지나치곤 했었다.

강의를 준비하면서 그 시절을 떠올렸다. 아, 그 방법이 있었지? 학생들 역시 괴롭겠지만 훈련을 되풀이하면 제대로 읽고 쓰는 기본기가 쌓일 것이다.

과제 : 나눠준 기사와 칼럼을 잘 읽고, 나만의 제목을 뽑습니다. 완성한 제목은 10분 뒤, 카카오톡 단체방에 동시에 올립니다.

기사를 잘 읽고 아래 빈 줄에 나만의 제목을 붙여봅시다.

최민영, 〈경향신문〉, 2016년 4월 1일

남지은, 〈한겨레〉, 2023년 5월 9일

끙끙, 하는 소리가 칠판 앞까지 전달된다. 요즘 학생들은 종이 신문을 펼쳐본 경험이 적고, 정독해서 읽기를 힘들어하는 편이다. 더구나 남들도 다 보는 단체방에 제목을 올리라니, 저 교수 진짜 왜 저러냐…. 하지만 글에서 핵심을 찾아내 반짝이게 가공하는 작업은 글 쓰는 사람이 반드시 거쳐야 할 과정이다. 지금 망신 좀 당한다고 해서 큰일 나지 않는다. 학교에서 실력을 가다듬은 뒤에 실전에서 제대로 쓰는 사람이 승자다.

10분이 지나면 미리 열어둔 단체방에 카톡이 한꺼번에 쏟아진다. 조금씩 개성이 다른 제목들이다. 각자의 생각이 모두 올라온 뒤에는 마지막으로 신문에서 붙인 제목을 공개한다.

첫 번째 칼럼은 공공장소에선 어떻게든 참아내야 할 방귀 이야기를 맛깔나게 풀어냈다. 몰래 방귀의 추억부터 방귀를 무례하게 뀌는 사람의 일화까지 담았다. 킥킥 웃음을 참으며 냄새나는 이야기를 따라가다 보면 주제에 도착한다. 타인 앞에서 삼가야 할 것은 방귀만이 아님. 부끄러운 말, 다시 말해 '말 방귀'를 가려서 뀌라는 일침이다. 그 모든 의미를 담아 굵직한 두 글자가 제목으로 올라갔다. 정답은 '방귀'.

두 번째 기사는 문화면에서 골라봤다. 2023년 JTBC와 SBS가 공교롭게도 같은 시기에 의사를 소재로 한 드라마를 방영했다. 직업은 같지만, 의사들의 결은 달랐다. 차정숙은 경력단절 여성이 다시 의사를 꿈꾸며 겪는 성장스토리이고, 김사부는 환자만 생각하는 불꽃 같은 의사의 이야기다. 기자는 두 개의 드라마가 모두 주말에 편성되어 있다는 사실에 집중했다. 당신은 누구에게 가서 진료받고 싶은가. 기사의 제목은 리모컨을 들고 진료실을 찾는 시청자에게 던지는 질문이다. '차정숙 대 김사부… 주말, 어느 닥터한테 가시나요?'

정답은 없다

모두가 궁금해하는 답안지를 공개하면서 강조하는 말이 있다. 지금 보여주는 제목이 무조건 정답이 아니라는 점이다. 글쓰기에 정답이 없듯, 제목도 정답은 없다. 학생들이 뽑아낸 제목이 신문 제목보다 더 근사할 때도 있다. 선생이 따로 정답을 제시할 필요도 없다. 강의실에 앉은 모두가 저마다 조금씩 다른 제목을 적어낸 뒤에 다 같이 구경한다. 재치있게 뽑아낸 친구의 제목을 보고 누군가는 나도 저렇게 연습해보겠다고 마음먹는다. "제목에 가급적 조사는 빼면 좋겠지?" 간단한 선생의 지적을 듣고 마음속에 저장한다. "의성어나 의태어를 재치있게 써도 좋을 것 같아. 아예 겹따옴표를 넣었구나?" 건네는 제안을 빼먹지 않고 기억했다가 다음 시간에 더욱 개성 있는 제목을 뽑아낸다. 그러면 또 누군가는 흉내 내고, 고민하고, 나아가서 발전시킬 것이다. 단체수업이 가져온 선순환 시스템이다.

물론 혼자 글쓰기를 연습한다면 다른 이들과 나의 생각을 비교해보기는 어렵다. 그럴 땐 기자와 경쟁하듯 제목 뽑기를 궁리한다. 기자가 뽑아둔 제목 옆에, 내가 생각한 제목을 써보고 누가 더 핵심을 잘 뽑아냈는지 견주어본다. 예능 프로그램의 자막, 책의 제목, 광고 카피의 기본이 모두 여기에 담겨있다.

같은 내용 다른 시선

서로 관점이 다른 신문기사를 비교하며 읽는 작업도 글쓰기 실력을 늘리는 방법이다. 마음에 드는 두어개의 신문을 선택한 뒤, 같은 주제를 다룬 기사를 찾아 비교하며 읽는 방식이다.

2024년 4월 내내 세간의 핫이슈는 그룹 '뉴진스'를 기획한 민희진 어도어 대표의 파격 기자회견이었다. 민희진 씨가 입은 티셔츠가 완판되었고, 회견 내용을 두고는 입장과 평가가 소란스럽게 갈렸다. 이럴 때 신문을 찾아보면 재미있다. 똑같은 사안을 저마다 다른 관점으로, 각기 다른 사례와 엮어 풀어낸다. 다음 두 개의 기사를 살펴보자.

뒤집으려면 민희진처럼, 김지은, 〈한국일보〉, 2024년 5월 6일

방시혁·민희진이라는 블랙홀, 어수웅, 〈조선일보〉, 2024년 5월 4일

    제목에서 짐작하듯 평가부터 극과 극으로 나뉜다. 김지은 기자는 민희진 대표가 '기자회견계의 새로운 판도를 열었다'고 썼다. 끝장을 봤고, 퍼포먼스를 했고, 틀을 깼다는 점에서다. 기자회견 하나로 여론을 뒤집은 사람. 김지은 기자가 본 민희진 대표의 기자회견이었다.

    반면 '개저씨와 내 새끼를 가로지르며 두 시간 넘는 폭포수를 쏟아낸 '광기의 기자회견''. 어수웅 기자는 방시혁, 민희진 사이 갈등으로 정작 스포트라이트를 받아야 할 아티스트는 방치되고 버려졌다고 비판했다. 시각의 차이는 민희진 씨의 기자회

견을 어떤 이슈와 엮어냈는지를 살펴보면 더욱 선명하게 구분
된다.

김지은 기자는 이번 기자회견을 며칠 뒤 예정된 윤석열 대
통령의 기자회견과 연결했다. 오랜만에 기자들 앞에 서는 대통
령이, 민희진 씨와 같은 파격적인 방식으로 판도를 뒤집길 바란
다는 흐름이다. 만약 본인이 어렵다면 불거진 각종 의혹에 대해
김건희 여사라도 대신 나서길 바란다며 대통령의 화법을 우회
적으로 비판했다.

어수웅 기자는 극단 '학전'의 김민기 씨를 소환했다. 한국
문화예술 성장에 굵은 선을 남겼지만 끝까지 그림자로 남았던
그를 강조한 이유는 짐작이 가능하다. 앞으로 나서기보다 무대
뒤에서 '뒷것'을 자처한 진정한 아티스트. '뉴진스' 논란을 둘러
싼 시선은 이렇듯 선명하게 엇갈렸다.

두 사람의 칼럼 중 무엇이 맞고 그른지는 글을 읽는 여러분
의 판단에 맡긴다. 민희진 씨의 기자회견에 대한 호불호 역시
독자의 자유다. 다만 이 상반된 평가, 그리고 글쓴이가 자신의
주장을 다른 소재와 연결하며 펼치는 스토리텔링을 견주어 살
피는 작업만으로도 큰 공부가 된다.

잘 쓴 글의 기본은 목적지의 절반 이상까지는 독자를 인도
하되, 종착지는 독자의 선택에 맡기는 것이다. 어설픈 글 선생

노릇을 하는 나 역시, 학생들에게 다양한 스토리텔링의 방식을
보여줄 뿐 선택은 그들의 자유에 맡길 수밖에 없다.

수업 끝, 일단 쓴다

　무모해도 좋다. 겁이 없어야 글을 잘 쓴다. 2024년 선풍적 인기를 모은 〈흑백요리사〉가 보여주듯 나이와 경력은 전부가 아니다. 세계적인 셰프들과 경쟁하면서도 주눅 들지 않았던 젊은 셰프들의 모습은 아름다웠다. 무모했지만 결코 무모하지 않은 도전이었다.

　글 쓰는 사람도 무모하면 좋겠다. 실제로 내가 쓰는 글쯤은 내가 장악할 수 있다는 자신감이 있어야 제대로 된 글이 나온다. 어깨에 힘을 팍 주고 잘난척하라는 의미가 아니다. 나에게 왔으니 뭔가 한 끗은 달라야 한다는 각오 또는 마음가짐을 탑재하자는 것이다.

　마음만 무모하면 안 된다. 행동도 무모해야 한다. 예컨대 나는 후배작가들에게 섭외할 때는 절대 복도에 나가 소리죽여 전화하지 말라고 주문한다. 다 같이 일하는 공간인데 큰 소리로 통화하면 실례 아닌가…. 여길 수 있겠지만 그렇지 않다. 마음속 깊은 곳을 들여다보자. 실례가 되어서가 아니라 실은 부끄러워서다. 남들 앞에서 절절매며 통화하는 모습, 당황하거나 실패하는 모습을 보이고 싶지 않아서 슬그머니 복도로 나가는 거다.

목소리와 눈빛만 봐도 상대는 본능적으로 눈치챈다. 이 사람이 자신 있는지, 주눅이 들어있는지…. 축 처진 어깨, 어딘지 모르게 기어들어 가는 말투는 귀신같이 상대에게 전달된다. 이런 사람에겐 아무도 글을 맡기지 않는다. 섭외에도 응하지 않는다. 글쓰기 강의를 마무리하기 전, 어디에도 주눅 들지 않는 용기와 배짱을 학생들에게 전수하고 싶었다.

지금까지 우리는 자신의 아바타를 고백했고, 좋아하는 노래를 공개하며 속마음을 열어 보였다. 칼럼 제목 뽑기와 신문기사 비교를 통해 서로 다른 시선을 조금이나마 엿보았다. 글쓰기 수업의 시작은 '나의 우주' 였으나 마무리는 '우리의 우주'로 매듭 짓는다.

글쓰기는 다소 서툴고 엉성해도 상관없다. 두렵고 험난한 과정을 거쳐 완성작을 만들어냈다는 사실만으로도 대단하다. 차기작을 더욱 기대하게 만들면 된다. 더불어 동료의 작품을 감상하며 자신에게 부족한 점이 무엇이었는지 점검하면 좋겠다.

이제 강의를 마무리할 시간이다. 첫 수업을 시작할 때는 엄두가 나지 않던 글쓰기가 제법 가깝게 느껴졌다면 성공이다. 마침내 모든 과정을 해내고야 만 스스로를 자랑스러워하자. 무모하지만 용감하게 도전한 그대들이 이뤄낸 결실이다. 모두에게 박수를!

오래전 내 꿈은 작가였고
지금 나는 작가다

오래전 내 꿈은 소설가였고 지금 나는 소설가인데 여전히 내 꿈은 소설가이다.

2018년 이상문학상을 받은 손홍규 소설가의 수상소감이다. 활자로 인쇄된 그 수상소감을 들여다보고 또 들여다봤다. 근사하고 부러웠다. 이루고 싶은 꿈을 이뤘는데 지금도 꿈을 꾸고 있다니. 나는 어떤가 하는 생각에 마음이 복잡했다.

돌아보면 오래전 나의 꿈도 작가였다. 초등학교에 다닐 땐 아동 문학가가 되고 싶었고, 중고생 시절엔 소설가를 꿈꿨다. 책을 사면 가장 먼저 책날개부터 펼쳐보았다. 애정하는 작가의 출신 대학을 눈여겨보며 지긋지긋한 수학의 정석을 다시 펼쳐보곤 하였다. 꿈을 접은 건 사춘기의 끝 무렵이다. 아무리 생각해도 재능이 부족했고 자신도 없었다. 자괴감 가득했던 여고생은 장래희망을 살짝 변침했다. 글을 못 쓰는 대신, 남의 글이라도 만져보면 어떨까. 그래 출판사 편집자가 되자.

그때를 생각하면 지금은 이게 어딘가 싶다. 희망했던 분야는 아니지만, 작가가 되었다. 20년 넘게 글을 써왔고 누군가 작가님, 하고 부르면 얼른 뒤를 돌아본다. 손홍규 식으로 표현하면 '오래전 내 꿈은 작가였고 지금 나는 작가'다. 문제는 그다음이다. 나는 여전히 작가를 꿈꾸는가.

아직도 이 질문에는 시원하게 답하기 어렵다. 글쓰기를 제외한 다른 재주라곤 없는 나를 먹여 살린 글이지만, 글은 때론 쳐다보기도 싫은 원수이다. 나의 수명을 갉아먹는 존재다. 이미 작가의 꿈은 세월에 마모되어 사라져버렸는지도 모른다. 때때로 쓰지 않는 삶을 꿈꾸기도 하니까. 나는 그러면 행복해질까?

장엄한 이 질문의 답은 싱겁게도 이미 내 안에 정해져 있다. 안 쓰고 견디는 괴로움보다 쓰면서 겪는 괴로움이 조금 더 낫다고 생각한다. 부족하고 때론 비웃음당할지라도 계속 가보기로 한다. 세상엔 대단한 작가들만 글을 쓰는 것은 아니니까. 나처럼 애를 태우고 발을 동동 구르고 매일 좌절하며 나아가는 작가들이 더 많을 테니까. 그래서 오늘도 쓴다. 꾸준하게 삶을 저어가듯이. 본디 나는 쓰는 인간이다.